그림 동화집 2

 재생종이로 만든 책

그림 형제

그림 동화집 2

홍성광 옮김 · 작품해설

펭귄클래식코리아

그림동화집 2

1판 1쇄 발행 2011년 12월 30일
1판 11쇄 발행 2022년 7월 4일

지은이 | 그림 형제 옮긴이 | 홍성광
발행인 | 이재진 단행본사업본부장 | 신동해
편집장 | 김경림 마케팅 | 최혜진 이은미 홍보 | 최새롬
국제업무 | 김은정 제작 | 정석훈

브랜드 펭귄클래식 코리아
주소 경기도 파주시 회동길 20
문의전화 031-956-7066 (편집) 02-3670-1123 (마케팅)
홈페이지 www.wjbooks.co.kr
페이스북 www.facebook.com/wjbook
포스트 post.naver.com/wj_booking

발행처 ㈜웅진씽크빅
출판신고 1980년 3월 29일 제406-2007-000046호

Penguin Classics Korea is the Joint Venture with Penguin Random House Ltd.
Penguin and the associated logo are registered and/or unregistered trademarks of
Penguin Random House Limited. Used with permission.
펭귄클래식코리아는 펭귄랜덤하우스와 제휴한 ㈜웅진씽크빅 단행본사업본부의 브랜
드입니다. 펭귄 및 관련 로고는 펭귄랜덤하우스의 등록 상표입니다. 허가를 받아야만
사용할 수 있습니다.

이 책은 저작권법에 따라 보호받는 저작물이므로 무단 전재와 무단 복제를 금지하며,
책 내용의 전부 또는 일부를 이용하려면 저작권자와 ㈜웅진씽크빅의 서면 동의를 받아
야 합니다.

한국어판 ⓒ 웅진씽크빅, 2011

ISBN 978-89-01-13622-6 04800
ISBN 978-89-01-08204-2 (세트)

• 잘못된 책은 구입하신 곳에서 바꾸어 드립니다.
• 책값은 뒤표지에 있습니다.

차례

뱀이 가져온 잎사귀 세 장 · 9
충직한 요하네스 · 15
외눈박이, 두눈박이, 세눈박이 · 29
재투성이 신데렐라 · 42
털북숭이 공주 · 54
진짜 신부 · 63
쇠 난로 · 74
왕자와 공주 · 83
거위치기 아가씨 · 96
야만인 한스 · 106
개구리 왕자 또는 쇠 띠를 두른 하인리히 · 119
당나귀 왕자 · 126
고슴도치 한스 · 132
요술 식탁, 황금 당나귀, 자루 속 몽둥이 · 140
배낭, 모자, 뿔피리 · 158
푸른 등잔 · 167
당나귀 상추 · 175
삼 형제 · 186
재주꾼 사 형제 · 189
어린 거인 · 196
엄지 동자 · 209
곰 가죽 · 220
악마와 그의 할머니 · 228
황금 산의 왕 · 234
겁 없는 왕자 · 244
수정 구슬 · 252
올드 링크랭크 · 257
요린데와 요링겔 · 261
물의 요정 닉시 · 265
이불 새 · 274
강도 신랑 · 280
브레멘 음악대 · 286
영리한 엘제 · 292

게으른 하인츠 · 299
세 명의 군의관 · 304
영리한 꼬마 재봉사 · 309
가난뱅이 농부 · 314
늙은 힐데브란트 · 324

작품해설/그림 동화로 보는 메르헨의 세계 · 330

1권 차례

서문/민담의 계보와 가공으로서 그림 동화 · 7

어부와 그의 아내 · 59
룸펠슈틸츠헨 · 74
헨젤과 그레텔 · 80
빨간 모자 · 93
라푼첼 · 100
장미 공주 · 107
백설 공주 · 112
노간주나무 · 127
어린 오누이 · 143
숲 속의 세 난쟁이 · 153
홀레 할머니 · 163
세 마리 작은 새 · 169
열두 오빠 · 176
일곱 마리 까마귀 · 185
여섯 마리의 백조 · 190
두 형제 · 198
솜씨 좋은 사냥꾼 · 232
생명의 물 · 240
황금 새 · 249
땅속 나라 난쟁이 · 261
힘센 한스 · 268
넓은 세상으로 나간 여섯 사내 이야기 · 279
여섯 명의 하인 · 288
비단털쥐 · 300
춤추느라 다 닳은 구두 · 306
악마의 황금 머리카락 세 올 · 312
괴물 그리핀 · 324

그림 동화집 2

The Frog Prince and Selected Tales

뱀이 가져온 잎사귀 세 장

옛날에 한 가난한 남자가 있었는데, 그는 단 하나 있는 아들을 더 이상 먹여 살리기가 어려워졌습니다. 그러자 아들이 말했습니다.

"아버지, 어려운 살림에 제가 아버지께 짐이 되고 있습니다. 차라리 제가 집을 떠나 먹고살 길을 알아보도록 하겠습니다."

그래서 아버지는 아들에게 축복을 빌어주고, 몹시 슬퍼하며 아들과 작별했습니다.

그때 국력이 강한 어느 나라의 왕이 전쟁을 치르고 있었고 젊은이는 그 왕의 군대에 들어가 전쟁터에 나가게 되었습니다. 군대가 적과 맞닥뜨리며 전투가 벌어졌고, 상황은 몹시 위험해졌습니다. 총알이 빗발처럼 쏟아지고 전우들이 사방에서 쓰러졌습니다. 대장도 전사하자 살아남은 병사들은 도망치려 했습니다. 그러나 젊은이가 앞으로 나서서 용기를 불어넣는 말을 외쳤습니다.

"우리의 조국이 이대로 망하게 해서는 안 됩니다."

그러자 다른 사람들도 그의 뒤를 따랐습니다. 그는 앞으로 돌진하여 적을 쳐부쉈습니다. 왕은 오로지 그 젊은이 덕분에 승리를 거둘 수 있었다는 말을 듣고, 그를 지휘관으로 임명해 많은 보물을 내려주었습니다. 이제 그는 그 나라에서 제일가는 사람이 되었습니다.

왕에게는 무척 아름답지만 성질이 아주 괴팍한 딸이 하나 있었습니다. 공주는 자신이 먼저 죽으면 그녀와 함께 산 채로 무덤에 묻히겠다고 약속하는 사람만 주인이자 남편으로 삼겠다고 맹세했습니다.

공주는 "그가 나를 진심으로 사랑한다면, 혼자 더 사는 게 무슨 소용이 있겠어?" 라고 말했습니다.

또 반대로 남편이 먼저 죽으면 자신도 함께 무덤에 들어가겠다고 맹세했습니다. 공주에게 구혼하러 온 젊은이들은 공주가 이런 괴상한 맹세를 한 것을 알고는 모두 겁이 나서 도망쳐 버렸습니다. 그러나 젊은이는 공주의 아름다움에 마음을 빼앗겨 아무것도 따지지 않고 왕에게 공주와 결혼하겠다고 했습니다.

"그대가 어떤 약속을 해야 하는지 알고 있는가?"

왕이 물었습니다.

"제가 공주보다 오래 살면 함께 무덤으로 들어가야 합니다. 하지만 저는 공주님을 매우 사랑하기 때문에 그런 위험은 걱정하지 않습니다."

그가 이렇게 대답하자 왕은 결혼을 승낙하였고, 아주 성대한 결혼식이 열렸습니다.

얼마 동안 그들은 함께 즐겁고 행복하게 잘 살았습니다. 그러던 어느 날 젊은 왕비가 중병에 걸렸는데, 어떤 의사도 그녀의 병을 고칠 수 없었습니다. 공주가 죽자 젊은 왕은 자신이 했던 약속이 생각났습니다. 산 채로 무덤에 들어갈 생각을 하니 소름이 끼쳤지만 피하려야 피할 도리가 없었습니다. 왕이 성에 있는 모든 문에 보초를 세워두었기에 그는 도저히 자신의 운명을 피해 갈 수 없었습니다. 공주의 시신을 왕궁의 지하 무덤에 매장하는 날이 왔습니다. 그도 공주의 시신과 함께 지하 무덤으로 끌려 내려갔고, 그런 다음 무덤의 문에 빗장이 질러졌습니다.

지하 무덤 속의 관 옆에는 탁자가 하나 있었고, 그 위에는 네 자루의 초, 네 덩어리의 큰 빵, 네 병의 포도주가 놓여 있었습니다. 그것들이 다 떨어지면 그는 그냥 굶어 죽을 수밖에 없었습니다. 이제 그는 고통과 슬픔에 가득 차 앉아 있었습니다. 그는 매일 빵을 한 입 먹고 포도주는 한 모금만 마셨습니다. 그렇지만 매일 죽음이 가까이 다가왔습니다. 그러던 어느 날 그가 앞을 바라보고 있는데, 지하 무덤 한구석에서 뱀이 한 마리 기어 나와 공주의 시신 쪽으로 다가가는 것이 보였습니다. 그는 뱀이 시신을 갉아 먹으러 간다고 생각해 칼을 빼 들고 소리쳤습니다.

"내가 살아 있는 한 내 아내를 건드리지 못한다."

그는 뱀을 세 토막 냈습니다. 잠시 후에 두 번째 뱀이 구석에서 기어 나왔습니다. 그런데 그 뱀은 다른 뱀이 토막 나 죽어 누워 있는 것을 보고 돌아가더니 곧 초록 잎사귀 세 장을 입에 물고 다시 왔습니다. 그러고는 뱀 세 토막을 가져다 함께 놓고는 그것들이 맞춰지자 상처마다 잎사귀를 한 장씩 붙였습니다. 그러자 잘렸던 토막들이 금방 달라붙으며 죽은 뱀이 살아나 움직이기 시작했습니다. 그리고 두 마리 뱀은 급히 그곳을 빠져나갔습니다. 그 잎사귀들은 바닥에 그대로 남아 있었는데, 이 모든 것을 지켜보던 불행한 젊은이는 문득 그 잎사귀들의 놀라운 힘이 혹시 사람도 살려낼 수 있지 않을까 생각했습니다. 그래서 잎사귀들을 집어 들고 한 장은 죽은 아내의 입에, 다른 두 장은 눈에 하나씩 올려놓았습니다. 그가 그렇게 하자마자 아내 몸속에 피가 돌기 시작하면서 창백한 얼굴에 핏기가 올라오고 두 뺨이 다시 발그레해졌습니다. 그러자 아내는 깊은 숨을 몰아쉬며 눈을 번쩍 뜨고 말했습니다.

"오, 맙소사, 여기가 어디지요?"

"여보, 당신은 내 곁에 함께 있는 거요."

그는 이렇게 대답하고, 그동안 무슨 일이 있었는지, 어떻게 다시 그녀를 살려냈는지 모두 이야기해 주었습니다. 그런 다음 그는 아내에게 포도주와 빵을 조금 주었습니다. 아내는 그것을 먹고 다시 기운을 차려 몸을 일으켰습니다. 그들은 문 쪽으로 가서 문을 두드리며 큰 소리로 외쳤습니다. 무덤을 지키던 보초들이 그 소리를 듣고 왕에게 보고했습니다. 그러자 왕이 몸소 지하 무덤으로 내려와 문을 열었고, 두 사람 모두 건강하고 멀쩡한 모습으로 살아 있는 것을 발견했습니다. 왕은 모든 역경을 이겨낸 것을 그들과 함께 기뻐했습니다. 그러나 세 장의 잎사귀는 젊은 왕이 가져가 하인에게 주었습니다. 그리고 이렇게 말했습니다.

"날 위해 조심해서 보관해 다오. 언제나 네 몸에 지니고 있도록 해라. 우리가 곤경에 빠질 때 이것들이 우리를 도와줄지 누가 알겠느냐?"

그런데 아내는 다시 살아난 후에 마음이 변했습니다. 마치 남편에 대한 사랑의 감정이 마음에서 모두 사라져버린 것 같았습니다. 얼마 후 젊은이는 바다 건너에 있는 늙은 아버지를 찾아가기 위해 아내와 함께 배에 올라탔습니다. 그러나 아내는 남편이 자기를 죽음에서 구해 줄 때 얼마나 큰 사랑과 헌신을 베풀었는지 잊어버리고, 어처구니없게도 그 배의 선장을 좋아하게 되었습니다. 그리고 어느 날 밤 젊은 왕이 누워 잠자고 있을 때, 왕비가 선장을 불러 잠든 남편의 발을 잡게 하고 자기는 머리를 움켜잡고는 둘이 힘을 합쳐 남편을 바닷속으로 던져버렸습니다. 이렇게 못된 짓을 한 뒤 그녀가 선장에게 말했습니다.

"자, 이제 집으로 돌아가서 남편이 항해하는 도중에 죽었다고 합시다. 당신이 내게 큰 도움을 주었다고 아버지께 당신을 칭찬하면, 아버지는 나와 당신을 결혼하게 해줄 것이고, 그러면 당신은 왕위를 잇게 될 거예요."

그러나 젊은이의 충실한 하인은 이 모든 광경을 빠짐없이 지켜보았습니다. 그는 두 사람이 눈치채지 못하게 큰 배에서 작은 배 한 척을 풀어내 거기에 올라타고 주인을 향해 저어 갔습니다. 배신자들은 고국을 향해 떠났습니다. 하인은 죽은 사람을 다시 건져 올리고, 몸에 지니고 다니던 세 장의 잎사귀를 주인의 두 눈과 입에 붙였습니다. 그러자 그가 다행히도 다시 살아났습니다.

두 사람은 있는 힘을 다해 밤낮으로 노를 저었습니다. 그들의 작은 배는 신속히 바다를 달려 공주와 선장이 탄 배보다 먼저 늙은 왕 앞에 도착했습니다. 왕은 두 사람만 되돌아온 것을 보고 이상하게 여겨 어찌 된 일이냐고 물었습니다. 딸의 못된 소행을 들은 왕이 말했습니다.

"내 딸이 그렇게 나쁜 짓을 했다니 믿을 수 없구나. 하지만 진실은 곧 밝혀질 것이다."

그리고 왕은 아무에게도 들키지 않게 비밀의 방에 숨어 있으라고 두 사람에게 명령했습니다. 얼마 지나지 않아 큰 배가 들어왔습니다. 못된 공주는 슬픈 표정을 지으며 아버지 앞에 나타났습니다. 아버지가 물었습니다.

"왜 너 혼자만 돌아왔느냐? 네 남편은 어디 있느냐?"

"오, 아버님, 저는 무척 슬픈 일을 당하고 돌아왔습니다. 남편은 항해 도중에 갑자기 병이 들어 죽었습니다. 저 고마운 선장이 나를 도와주지 않았더라면 저도 어떻게 되었을지 모른답니다. 남편이 죽었을 때 그가 곁에 있었으니 모든 것을 설명해 줄 수 있을 거예요."

그러자 왕이 "내가 죽은 자를 살려내겠다."라고 하면서 골방 문을 열어 두 사람을 밖으로 나오게 했습니다. 공주는 남편을 보고 벼락을 맞은 듯 놀라 털썩 주저앉으며 제발 용서해 달라고 빌었습니다. 왕이 말했습니다.

"용서할 수 없다. 너의 남편은 너와 함께 죽는 것도 마다하지 않았고, 너의 목숨을 다시 살려주었다. 그런데 너는 잠든 사이에 그를 죽였으니 이제 그 대가를 받아야 할 것이다."

왕은 공주와 선장을 밑창에 구멍이 뚫린 배에 태워 바다로 내보냈고, 배는 곧 파도에 휩쓸려 가라앉고 말았습니다.

충직한 요하네스

옛날에 한 늙은 왕이 병이 들었습니다. 왕은 '이렇게 누워 있다가는 일어나지 못하고 죽을 거야.'라고 혼자 생각했습니다.

그래서 그는 "충직한 요하네스를 들라 하라." 하고 말했습니다.

충직한 요하네스는 왕이 가장 아끼는 신하였습니다. 그는 평생토록 왕을 아주 충직하게 섬겼기 때문에 그런 이름으로 불렸습니다. 그가 침대 곁에 다가오자 왕이 말했습니다.

"더없이 충직한 요하네스여, 짐의 죽음이 가까이 온 것 같구나. 하지만 나는 오직 왕자가 걱정이라네. 그 아이는 아직 나이가 어려 어떻게 행동해야 할지 잘 알지 못하네. 그대가 왕자에게 그 아이가 알아야 할 모든 것을 가르쳐주겠다고 약속한다면, 그러니까 왕자의 양아버지가 되어준다면 나는 안심하고 눈을 감을 수 있겠네."

그러자 충직한 요하네스가 대답했습니다.

"저는 절대로 왕자님 곁을 떠나지 않겠습니다. 제 목숨을 바쳐서라도 왕자님을 충실히 모시겠습니다."

그러자 늙은 왕이 "그렇다면 난 마음 놓고 편안히 죽을 수 있겠네."라고 말했습니다.

그리고 덧붙여서 "내가 죽고 나면 이 성안의 모든 것을 왕자에게 보여주도록 하게. 모든 방과 홀, 지하실이며 그 안에 들어 있는 보물을 모두 다 보여주게. 하지만 긴 복도 끝에 있는 마지막 방만은 보여주지 말게. 그 안에는 황금 궁전에 사는 공주의 초상화가 숨겨져 있어. 만약 왕자가 그 초상화를 보면 걷잡을 수 없는 사랑을 느껴 정신을 잃고 공주 때문에 큰 위험에 빠지게 될 거야. 왕자가 그렇게 되지 않도록 지켜주게나." 하고 말했습니다.

충직한 요하네스가 다시 한 번 약속하자 왕은 말없이 머리를 베개 위에 내려놓더니 숨을 거뒀습니다.

늙은 왕이 무덤으로 옮겨질 때 충직한 요하네스는 선왕이 돌아가신 자리에서 자신이 약속했던 모든 것을 젊은 왕에게 들려주며 말했습니다.

"저는 그 약속을 꼭 지키겠습니다. 그리고 선왕을 모셨던 것처럼 충실하게 전하를 모시겠습니다. 설사 제 목숨을 바치는 한이 있더라도 그렇게 하겠습니다."

애도 기간이 끝나자 충직한 요하네스가 새 왕에게 말했습니다.

"이제 전하가 상속받은 유산을 둘러보실 때가 되었습니다. 제가 전하의 조상 대대로 물려받은 성을 보여드리겠습니다."

그는 왕을 모시고 성을 둘러보았습니다. 그는 수많은 계단을 오르내리고 이곳저곳을 돌아다니면서 온갖 보물이며 화려한 방들을 새 왕에게 빠짐없이 보여주었습니다. 하지만 위험한 초상화가 들어 있는 방만은 열지 않았습니다. 그 방의 문을 열면 바로 마주 보이는 곳에 그 위험한 초상화가 걸려 있기 때문이었습니다. 게다가 그 그림은 마치 숨을 쉬고 살아 있는 듯 훌륭한 작품이라 이 세상에서 그보다 더 사랑스럽고 아름다운 그림은 없을 정도였습니다.

그런데 젊은 왕은 충직한 요하네스가 늘 방문 하나를 열어주지 않고 그냥 지나치는 것을 알아차리고 물었습니다.

"이 방문은 왜 열어주지 않는 거요?"

충신 요하네스가 대답했습니다.

"그곳엔 전하께서 깜짝 놀라실 물건이 있기 때문입니다."

그가 대답했습니다.

"나는 성안을 모두 둘러보았으니 이 방 안에 무엇이 있는지도 알고 싶소." 하면서 왕이 억지로 문을 열려고 하자 충직한 요하네스가 왕을 말리며 말했습니다.

"저는 선왕께서 돌아가시기 전에 저 방 안에 있는 것은 전하께 보여드리지 않겠다고 약속드렸습니다. 그 물건은 전하와 제게 커다란 불행을 안길지도 모릅니다."

젊은 왕이 대답했습니다.

"아, 그렇지 않을 거요. 저 방에 들어가지 못하면 난 분명 파멸하고 말 거요. 내 눈으로 그것을 직접 보기 전에는 밤이나 낮이나 마음이 편치 않을 테니 말이요. 그러니 그대가 문을 열어줄 때까지 난 여기서 꼼짝도 하지 않을 거요."

일이 그렇게 되자 충직한 요하네스는 어쩔 도리가 없음을 알았습니다. 그는 무거운 마음으로 커다란 꾸러미에서 열쇠를 찾으면서도 몇 번이나 한숨을 내쉬었습니다. 그는 문을 열고 먼저 방 안으로 들어가 왕이 보지 못하게 초상화를 자기 몸으로 가려야겠다고 마음

먹었습니다. 하지만 그래 봐야 무슨 소용이 있겠어요? 왕은 까치발을 하고 서서 그의 어깨 너머로 초상화를 보고 말았습니다. 황금과 보석으로 화려하게 빛나는 처녀의 초상화는 무척 훌륭했습니다. 왕은 그것을 보자 그만 정신을 잃고 바닥에 풀썩 쓰러지고 말았습니다. 충직한 요하네스는 왕을 일으켜 안고 침대에 눕혔습니다. 그는 크게 걱정하며 생각했습니다.

'불행한 일이 일어나고 말았구나. 맙소사, 이제 어떻게 한단 말인가!'

그는 기운을 차리게 하려고 왕의 입에 포도주를 흘려 넣었습니다.

왕은 마침내 정신을 차리자마자 첫마디로 "아! 그림 속의 아름다운 처녀는 대체 누구요?" 하고 물었습니다.

"황금 궁전에 사는 공주랍니다."라고 충직한 요하네스가 대답했습니다.

그러자 왕이 계속 말했습니다.

"나는 그녀를 정말로 사랑하게 되었소. 숲에 있는 모든 나뭇잎이 전부 혀로 바뀐다 해도 나의 사랑이 얼마나 큰지 말로 표현할 수 없을 거요. 나는 목숨을 바쳐서라도 그녀를 얻고 말 거요. 그대는 나의 가장 충직한 요하네스이니 나를 도와주어야 하오."

충직한 그 신하는 일을 어떻게 풀어나가야 할지 오랫동안 곰곰이 생각에 잠겼습니다. 공주를 보는 것만도 쉽지 않은 일이었기 때문입니다. 마침내 그는 한 가지 방법을 생각해 내어 왕에게 말했습니다.

"공주님 주변의 모든 물건은 금으로 되어 있습니다. 탁자와 의자, 접시와 컵, 그릇과 가구도 모두 금이지요. 전하의 보물 가운데 황금이 5톤 있고요. 그중 1톤으로 나라의 모든 금세공사에게 갖가지 그릇과 세간살이, 그녀의 마음에 들 만한 온갖 새와 야생동물이며 신기한 짐승들을 만들게 하십시오. 그 물건들을 가지고 떠나 우리의 운을 시험해 보기로 하지요."

왕은 나라 안의 모든 금세공사를 불러 모았습니다. 그들은 밤낮으로 일했고 마침내 가장 멋진 물건들을 만들어냈습니다. 이 모든 것이 완성되어 배에 싣고 나자, 충직한 요하네스는 장사꾼의 옷을 입었습니다. 왕도 사람들이 전혀 알아보지 못하도록 감쪽같이 변장했습니다. 그런 다음 그들은 배를 타고 바다를 건넜고, 오랫동안 항해한 끝에 마침내 황금 궁전의 공주가 사는 도시에 도착했습니다.

충직한 요하네스는 왕에게 배에 남아서 자신을 기다려달라면서 말했습니다.

"공주님을 모시고 올지도 모르니, 모든 준비를 잘 해놓아야 합니다. 황금 그릇들을 잘 진열해 놓고 배를 전부 잘 꾸며놓으십시오."

그런 뒤에 그는 온갖 황금 세공품을 보자기에 싸 들고 배에서 내려 곧장 왕궁을 향해 갔습니다. 그가 궁궐 안뜰에 이르렀을 때, 아름다운 소녀가 양손에 황금 물통을 들고 샘에서 물을 긷고 있었습니다. 그녀는 반짝반짝 빛나는 물이 든 물통을 들고 몸을 돌리려다가 낯선 사람을 보고는 누구냐고 물었습니다.

충직한 요하네스가 "저는 장사꾼입니다."라고 대답하고 보자기를 펼쳐 안에 든 것을 보여주었습니다. 그러자 그녀가 외쳤습니다.

"어머나, 정말 예쁜 금세공품들이네!"

그녀는 물통을 내려놓고 금세공품들을 하나씩 찬찬히 살펴보더니 말했습니다.

"공주님께서 이걸 보셔야 할 텐데. 공주님은 금세공품을 정말 좋아해서 당신의 물건을 다 사주실 거예요."

그녀는 그의 손을 잡고 그를 성안으로 데려갔습니다. 그녀는 바로 공주의 시녀였습니다.

공주는 금세공품을 보자 아주 흡족해하면서 말했습니다.

"참 예쁘게 잘 만들었네요. 내가 모두 사겠어요."

그러자 충직한 요하네스가 말했습니다.

"저는 부유한 상인의 하인에 지나지 않는답니다. 제가 여기 가져온 물건들은 우리 주인의 배에 실려 있는 것에 비하면 아무것도 아니지요. 거기 있는 것들은 지금까지 만들어진 금세공품 중에서 가장 정교하고 귀중한 물건들이랍니다."

공주가 그 물건들을 다 가져오라고 하자 요하네스가 말했습니다.

"물건이 너무 많아서 그것들을 다 실어 오려면 여러 날이 걸릴 겁니다. 또 그것들을 진열하려면 큰 방이 여러 개 있어야 하는데, 이 궁전은 그다지 넓지 않군요."

공주는 호기심과 갖고 싶은 욕심이 점점 더 커져서 마침내 이렇게 말했습니다.

"그럼 나를 배에 데려다 주세요. 내가 직접 그곳에 가서 당신 주인의 보물을 살펴봐야겠어요."

그 말에 충직한 요하네스는 몹시 기뻐하면서 그녀를 배로 안내했습니다. 왕은 그녀를 보고 실제 모습이 그림보다 훨씬 아름답다고 생각했습니다. 가슴이 너무 뛰어서 금방이라도 심장이 터질 것 같았습니다. 공주가 배에 오르자 왕은 그녀를 선실로 안내했습니다. 그때 충직한 요하네스는 키잡이들 곁에 남아 있다가 그들에게 배를 띄우라고 지시했습니다.

"하늘의 새가 날아가듯 항해할 수 있도록 모든 돛을 다 올려라."

왕은 공주에게 황금 그릇들을 하나하나 다 보여주었습니다. 접시와 컵이며 사발뿐만 아니라, 새와 야생동물이며 신기한 짐승들도 다 보여주었습니다. 그녀가 이 모든 것을 다 보는 동안 여러 시간이 지나갔습니다. 그녀는 매우 기뻐서 배가 떠난 사실을 알아채지 못했습니다. 그녀는 마지막 물건까지 다 살펴본 후 상인에게 고맙다는 인사를 하고 집으로 돌아가려 했습니다. 하지만 그녀가 갑판에 나와보니 배는 돛을 잔뜩 올리고 뭍에서 멀리 떨어진 바다를 쏜살같이 달리고 있었습니다.

공주가 깜짝 놀라 소리쳤습니다.

"아, 속았어. 납치되었구나. 장사치의 손아귀에 떨어지다니. 차라리 죽어버릴 거야!"

그러자 왕이 공주의 손을 붙잡고 말했습니다.

"사실 난 장사꾼이 아니라 왕이랍니다. 나도 당신 못지않게 고귀한 태생입니다. 계략을 써서 당신을 납치한 것은 당신을 몹시 사랑했기 때문입니다. 당신의 초상화를 처음 보고 나는 정신을 잃고서 바닥에 쓰러졌답니다."

황금 궁전의 공주는 그 말을 듣고 마음이 진정되었습니다. 그리고 서서히 마음이 왕에게로 기울어 마침내 기꺼이 그의 아내가 되겠다고 승낙했습니다.

그들이 큰 바다를 달리는 동안 뱃머리에 앉아 음악을 연주하던 충직한 요하네스는 공중에서 까마귀 세 마리가 날아오는 것을 보았습니다. 그러자 연주를 멈추고 그들이 하는 말에 귀를 기울였습니다. 그는 까마귀들의 말을 잘 알아들을 수 있었기 때문입니다. 까마귀 한 마리가 외쳤습니다.

"아, 왕이 황금 궁전의 공주를 집으로 데려가는구나."

두 번째 까마귀가 대답했습니다.

"그래. 하지만 아직 그녀를 얻은 건 아냐."

세 번째 까마귀가 말했습니다.

"아니야, 왕은 공주를 얻은 거야. 그녀가 배에서 왕 곁에 앉아 있거든."

그러자 첫 번째 까마귀가 말하기 시작했습니다.

"그래 봤자 소용없어! 그들이 육지에 닿으면 적갈색 말이 달려올 테고, 왕은 그 말에 올라타려 할 거야. 하지만 왕이 그 말에 올라타면 말은 왕을 태우고 내달리다 공중으로 올라가 버리고 말걸. 그래서 왕은 다시는 공주를 보지 못할 텐데, 뭘."

두 번째 까마귀가 물었습니다.

"왕이 빠져나올 방법이 없을까?"

"오, 있지. 누군가 다른 사람이 그 말 위에 재빨리 올라타 안장에 달린 권총집에서 권총을 꺼내 말을 쏘아 죽이면 젊은 왕을 구할 수 있어. 하지만 누가 그걸 알겠어? 그리고 설령 그것을 안다 해도 왕에게 그 말을 하는 순간 그 사람은 발끝에서 무릎까지 돌로 변해 버릴 텐데."

그러자 두 번째 까마귀가 말했습니다.

"나는 또 다른 걸 알고 있어. 그 말이 죽는다 해도 젊은 왕은 아직 신부를 지키지 못해. 그들이 같이 성에 들어가면 쟁반 위에 신랑의 예복이 놓여 있을 거야. 그것은 마치 금실과 은실로 짠 것처럼 보이지만 사실은 유황과 역청으로 만든 거지. 왕이 그 옷을 입으면 그것이 왕의 뼈와 골수까지 태워버릴 거야."

세 번째 까마귀가 물었습니다.

"왕의 목숨을 구할 방법이 없을까?"

두 번째 까마귀가 대답했습니다.

"오, 있지. 누군가 장갑을 끼고 그 옷을 집어 불 속에 던져 태워버리면 젊은 왕은 목숨을 구할 수 있을 거야. 하지만 그게 무슨 소용이 있겠어! 그것을 아는 사람이 왕에게 그 사실을 말하면 그 사람의 무릎에서 가슴까지 몸의 절반이 돌로 변해 버릴 텐데."

그러자 세 번째 까마귀가 말했습니다.

"나는 또 다른 것을 알고 있어. 신랑 옷을 태워버린다 해도 젊은 왕은 아직 신부를 맞아들이지 못해. 결혼식이 끝나고 무도회가 시작하면 젊은 왕비는 춤을 추다가 갑자기 얼굴이 창백해져서 죽은 사람처럼 바닥에 쓰러져 버릴 거야. 그때 누군가 그녀를 안아 일으켜 오른쪽 가슴에서 피 세 방울을 빨아내 뱉어야 해. 그러지 않으면 왕비는 죽고 말 거야. 하지만 이런 사실을 알고 입 밖에 내는 사람은 발끝에서 머리끝까지 온몸이 다 돌로 변해 버릴 거야."

까마귀들은 그런 이야기를 하고 날아갔습니다. 충직한 요하네스는 그 모든 말을 알아들었기 때문에, 그때부터 아무 말도 못하고 슬픔에 잠겼습니다. 그가 들은 이야기를 주인에게 털어놓지 않으면 주인이 화를 당하고, 털어놓으면 자신이 목숨을 잃을 테니 말입니다. 마침내 그는 혼자 중얼거렸습니다.

"설령 내가 목숨을 잃는다 해도 주인을 구해야겠어."

배가 해안에 닿자 까마귀가 예언했던 일이 그대로 일어났습니다. 그들이 육지에 오르자 굉장한 적갈색 말이 그들을 향해 달려왔습니다.

왕이 "잘됐어, 저 말을 타고 성으로 가면 되겠다." 하고 말했습니다.

그리고 왕이 막 말을 타려는 순간 충직한 요하네스가 왕을 앞질러 날쌔게 말에 올라탔습니다. 그러고 나서 그는 안장에 달린 권총집에서 권총을 빼내 말을 쏘아 죽였습니다. 그러자 충직한 요하네스를 좋아하지 않는 왕의 다른 신하들이 외쳤습니다.

"이 무슨 고약한 짓인가! 전하를 태워 성으로 모시고 갈 멋진 말을 죽이다니!"

그러나 왕이 말했습니다.

"다들 조용히 하고 그가 하는 대로 내버려 두어라. 그는 나의 가장 충직한 요하네스가 아니더냐. 이 일이 우리에게 득이 될지 누가 알겠느냐!"

이제 그들은 성안으로 들어갔습니다. 연회장에 들어가 보니 쟁반이 있었고, 그 위에 마치 금실과 은실로 짠 것 같은 신랑의 예복이 놓여 있었습니다. 젊은 왕이 그곳으로 가서 막 손으로 잡으려는 순간 충직한 요하네스가 왕을 옆으로 밀치고 장갑을 낀 손으로 옷을 집어 들고는 재빨리 불 속에 던져 태워버렸습니다. 다른 신하들이 다시 투덜대기 시작했습니다.

"저것 봐. 이제는 전하의 결혼 예복까지 태워버리는군."

그러나 젊은 왕이 말했습니다.

"이 일이 우리에게 득이 될지 누가 알겠느냐? 그가 하는 대로 내버려 두어라. 그는 나의 가장 충직한 요하네스니라."

이제 결혼식이 끝나고 무도회가 시작되었습니다. 신부도 그곳에 들어갔습니다. 충직한 요하네스는 온 정신을 집중해 신부의 얼굴을 들여다보았습니다. 그런데 갑자기 신부의 얼굴이 창백해지더니 죽은 사람처럼 바닥에 쓰러졌습니다. 그는 얼른 신부에게 달려가 그녀를 안고 방으로 옮겼습니다. 그리고 신부를 눕히고 무릎을 꿇어 신부의 오른쪽 가슴에서 피 세 방울을 빨아내 뱉었습니다. 그러자 그녀가 다시 숨을 쉬기 시작하면서 정신을 되찾았습니다. 하지만 이 모든 장면을 함께 지켜본 젊은 왕은 충직한 요하네스가 왜 그런 짓을 하는지 모르고 있다가 버럭 화를 내며 소리쳤습니다.

"저자를 감옥에 가두어라."

이튿날 아침 충직한 요하네스는 사형 판결을 받고 교수대로 끌려갔습니다. 교수대에 서서 형이 막 집행되려는 순간 그가 말했습니다.

"이 나라에서 사형수는 누구나 처형당하기 전에 마지막 말을 할 수 있게 되어 있습니다. 저에게도 그럴 권리가 있습니까?"

왕이 대답했습니다.

"좋다. 그대에게도 그럴 기회를 주겠다."

그러자 충직한 요하네스가 말했습니다.

"저는 억울하게 사형 판결을 받았습니다. 저는 항상 전하에게 충성을 다했기 때문입니다."

그러고 나서 충직한 요하네스는 바다 위에서 까마귀들이 했던 이야기를 해주었고, 자신은 왕을 구하기 위해 이 모든 일을 하지 않을 수 없었다고 설명했습니다. 그러자 왕이 외쳤습니다.

"오, 나의 가장 충직한 요하네스, 용서해 다오! 용서해 다오! 그를 당장 풀어줘라."

하지만 충직한 요하네스는 그 말을 하면서 의식을 잃고 바닥에 떨어져 돌로 변하고 말았습니다.

그 일로 인해 왕과 왕비는 말할 수 없이 괴로웠습니다. 왕이 말했습니다.

"아, 은혜를 원수로 갚다니!"

왕은 석상을 자기 침실의 침대 옆에 세워놓게 했습니다. 왕은 석상을 바라볼 때마다 눈물을 흘리며 말했습니다.

"아, 나의 가장 충직한 요하네스, 그대를 다시 살려낼 수 있다면 얼마나 좋겠는가!"

어느덧 세월이 흘러 왕비가 쌍둥이 아들을 낳았습니다. 두 아들은 무럭무럭 자라 왕과 왕비에게 기쁨을 주었습니다. 어느 날 왕비는 교회에 가고 두 아들은 아버지 곁에 앉아 놀고 있을 때였습니다. 아버지가 슬픔에 가득 찬 표정으로 다시 요하네스의 석상을 바라보다 한숨을 쉬며 소리쳤습니다.

"아, 나의 가장 충직한 요하네스, 그대를 다시 살려낼 수 있다면 얼마나 좋겠는가!"

그 순간 석상이 입을 열어 말하기 시작했습니다.

"네, 전하께서 가장 아끼는 것을 제물로 바칠 의향이 있으시면 저를 다시 살려낼 수 있습니다."

그러자 왕이 외쳤습니다.

"그대를 위해서라면 내가 이 세상에서 가진 모든 것을 바치겠소."

석상이 계속 말했습니다.

"전하께서 직접 두 왕자의 머리를 베어 그들의 피를 제 몸에 바르신다면, 저는 다시 살아날 겁니다."

왕은 자신이 끔찍이 사랑하는 두 아이를 제 손으로 죽여야 한다는 말을 듣고 깜짝 놀랐습니다. 그러나 왕은 충직한 요하네스의 크나큰 충성심과 그가 자신을 위해 목숨을 버렸다는 것을 생각하고, 칼을 뽑아 제 손으로 두 아들의 머리를 베었습니다. 그런 뒤 그들의 피를 석상에 바르자 다시 그가 살아났습니다. 충직한 요하네스는 다시 원기 있고 건강한 모습으로 왕 앞에 서 있었습니다. 그리고 그가 왕에게 말했습니다.

"전하의 신의는 반드시 보답받을 것입니다."

그리고 그는 두 아이의 머리를 다시 그들의 몸 위에 얹고 상처 부위에 그들의 피를 발랐습니다. 그러자 아이들이 순식간에 다시 멀쩡하게 살아나 이리저리 뛰어다니며, 마치 아무 일 없었다는 듯이 놀이를 계속했습니다. 왕은 이루 말할 수 없이 기뻤습니다.

그는 왕비가 집에 돌아오는 것을 보고 충직한 요하네스와 두 아들을 커다란 벽장 속에 들어가 숨어 있으라고 했습니다. 왕비가 안으로 들어오자 왕이 "교회에서 기도를 하고 왔소?" 하고 물었습니다.

"네, 하지만 줄곧 우리 때문에 목숨을 잃은 충직한 요하네스를 생각했어요."

왕비가 대답했습니다.

"여보, 우리는 그를 살려낼 수 있다오. 하지만 그 대신 우리 두 아들을 희생시켜 그들의 목숨을 바쳐야 한다오."

왕비는 얼굴이 창백해졌고, 깜짝 놀라 가슴이 마구 뛰었지만 이렇게 말했습니다.

"우리는 그의 크나큰 충성심에 빚을 졌으니까요."

왕은 왕비도 자기와 똑같은 생각을 하는 것이 기뻤습니다. 그는 벽장으로 가서 벽장을 열고 두 아들과 충직한 요하네스를 데려왔습니다.

"이토록 기쁜 일이 있을까요! 충직한 요하네스는 되살아났고, 우리 두 아들도 무사하니까요."

왕은 어떻게 모든 일이 일어났는지 왕비에게 이야기해 주었습니다. 그들은 죽을 때까지 함께 행복하게 살았답니다.

외눈박이, 두눈박이, 세눈박이

　세 딸을 가진 여자가 있었습니다. 첫째 딸은 이마 한가운데 눈이 한 개라서 '외눈박이'라고 불렸고, 둘째 딸은 다른 사람들처럼 눈이 두 개라서 '두눈박이'라고 불렸습니다. 막내딸은 눈이 세 개라서 '세눈박이'라고 불렸는데, 그녀의 세 번째 눈 역시 이마 한가운데 있었습니다. 그런데 두눈박이는 보통 사람들과 똑같이 생겼다는 이유로 어머니와 언니, 동생으로부터 미움을 받았습니다. 그들은 이렇게 말했습니다.
　"너는 눈이 두 개라서 보통 사람들보다 나을 게 없어. 넌 아무래도 우리 식구 같지 않아."
　그들은 두눈박이를 구박했습니다. 그들은 그녀에게 낡은 옷만 던져주고, 먹을 것도 먹다가 남긴 것밖에 주지 않았습니다. 그리고 그들은 두눈박이의 마음을 아프게 하는 일들만 했습니다.
　두눈박이는 들로 나가서 염소를 지켜야 했습니다. 그러나 언니와 동생이 먹을 것을 아주 조금밖에 주지 않았기 때문에 그녀는 항상 몹시 배가 고팠습니다. 그래서 두눈박이는 언덕배기에 올라앉아 울기 시작했습니다. 얼마나 슬피 울었는지 눈물이 두 줄기 강물처럼 흘러내렸습니다. 그렇게 슬퍼하면서 문득 고개를 들어보니 한 부인이 옆에 서 있었습니다. 그녀가 물었습니다.

"왜 그렇게 울고 있니, 어린 두눈박이야?"

두눈박이가 대답했습니다.

"어떻게 울지 않을 수 있겠어요? 제가 다른 사람들처럼 눈이 두 개라고 언니와 동생, 어머니까지 저를 미워하면서 이 구석 저 구석으로 내몰기만 한답니다. 옷도 낡은 것만 던져주고 음식도 먹다 남긴 것만 주고요. 오늘은 너무 적게 줘서 아직도 너무 배가 고파요."

그러자 요술쟁이 부인이 말했습니다.

"두눈박이야, 이제 눈물을 닦아라. 내가 알려주는 대로 하면 더는 배고플 일이 없을 것이다. 염소에게 이렇게 말하는 거야.

　　작은 염소야, 매애 하고 울어라.
　　식탁아, 상을 차려라.

그러면 가장 맛있는 음식이 차려진 깨끗한 식탁이 앞에 나타날 거야. 너는 그것을 먹고 싶은 대로 먹으면 된단다. 그리고 배가 불러 식탁이 필요하지 않으면 이렇게 말하는 거야.

　　작은 염소야, 매애 하고 울어라.
　　식탁아, 상을 물려라.

그러면 네 눈앞에서 식탁이 다시 사라질 거야."

요술쟁이 부인은 그렇게 말하고 사라졌습니다. 그러자 두눈박이가 생각해 보았습니다.

'부인이 말한 대로 되는지 당장 시험해 봐야지. 너무 배가 고파 안 되겠어.'

그리고 말했습니다.

작은 염소야, 매애 하고 울어라.
식탁아, 상을 차려라.

그 말이 끝나기 무섭게 하얀 식탁보가 덮인 작은 식탁이 나타났습니다. 식탁에는 나이프와 포크, 은수저가 담긴 접시가 놓여 있고, 그 위에는 부엌에서 방금 내온 듯 따뜻하고 김이 모락모락 나는 가장 맛있는 요리들이 담겨 있었습니다.

두눈박이는 자기가 아는 가장 짧은 기도문을 외웠습니다.

"하느님 아버지, 언제나 우리와 함께하소서, 아멘."

그러고는 음식에 손을 뻗어 이것저것 먹었습니다. 두눈박이는 배가 불러오자 요술쟁이 부인이 가르쳐준 대로 말했습니다.

작은 염소야, 매애 하고 울어라.
식탁아, 상을 물려라.

그러자 식탁이며 그 위에 있던 모든 것이 사라졌습니다.

두눈박이는 '살림하기 참 편하구나.' 라고 생각했고, 참으로 즐겁고 행복했습니다.

저녁이 되어 두눈박이는 염소를 몰고 집에 돌아갔습니다. 자매들이 차려놓은 질그릇에 음식이 조금 있는 것을 보았지만 그녀는 손대지 않았습니다. 다음 날 다시 염소를 몰고 밖으로 나갈 때 그녀에게 건네준 몇 개의 빵 조각도 손대지 않고 그대로 두었습니다.

언니와 동생은 처음 한두 번은 그녀가 그러는 것을 전혀 모르다가, 매번 그런 일이 일어나자 알아차렸습니다. 그들이 말했습니다.

"아무래도 두눈박이가 수상해. 번번이 음식에 손도 대지 않잖아. 전에는 주는 것을 전부 다 먹었는데. 아무래도 다른 수가 있는 게 분명해."

그들은 진실을 알아내야겠다고 생각하고, 두눈박이가 염소를 몰고 들판으로 나갈 때 외눈박이가 따라가 보기로 했습니다. 그러면 무슨 일이 일어나는지, 누가 먹을 것을 가져다주는지 알 수 있을 것이기 때문이었습니다.

두눈박이가 다시 집을 나서려는데, 외눈박이가 다가오더니 말했습니다.

"네가 염소를 잘 지키고 제대로 먹이는지 함께 들에 가서 봐야겠어."

두눈박이는 외눈박이의 속마음을 알아차리고, 풀이 무성한 곳으로 염소를 몰고 가서 말했습니다.

"자, 여기 앉아 쉬자, 외눈박이 언니. 내가 노래를 불러줄게."

외눈박이가 옆으로 와 앉았습니다. 그녀는 걷는 데 익숙하지 않은 데다 햇살이 따가워 피곤했습니다. 두눈박이가 계속해서 노래를 불렀습니다.

외눈박이 언니야, 깨어 있는 거야?
외눈박이 언니야, 자고 있는 거야?

외눈박이는 눈을 감고 스르르 잠이 들었습니다. 두눈박이는 외눈박이가 곤하게 자고 있어 아무것도 보지 못할 것이라 생각했습니다. 그래서 이렇게 말했습니다.

작은 염소야, 매애 하고 울어라.
식탁아, 상을 차려라.

그러고는 식탁에 앉아 배가 부르도록 먹고 마신 다음 다시 소리쳤습니다.

작은 염소야, 매애 하고 울어라.
식탁아, 상을 물려라.

그러자 모든 것이 눈 깜빡할 사이에 사라졌습니다. 두눈박이는 외눈박이를 깨우며 말했습니다.
"외눈박이 언니, 염소를 지키겠다더니 잠만 쿨쿨 자네. 그동안에 염소는 온 벌판을 다 헤집고 돌아다녔을 거야. 자, 이제 그만 집에 가자."
그래서 그들은 집으로 돌아갔습니다. 그러나 두눈박이는 이번에도 자기 음식에 손을 대지 않았습니다. 외눈박이는 두눈박이가 왜 먹으려 하지 않는지 어머니에게 말해 줄 수 없었습니다. 그녀는 용서해 달라면서 사실대로 말했습니다.

"밖에서 그만 잠이 들고 말았어요."

다음 날 아침이 되자 어머니가 세눈박이에게 말했습니다.

"이번에는 네가 따라가 두눈박이가 밖에서 무엇을 먹는지, 누가 그 애에게 먹고 마실 것을 가져다주는지 잘 살펴봐라. 그 애가 몰래 먹고 마시는 것이 분명해."

그래서 세눈박이가 두눈박이에게 가더니 말했습니다.

"염소를 잘 지키고 제대로 먹이는지 같이 따라가 봐야겠어."

하지만 두눈박이는 세눈박이의 속마음도 알고 있었습니다. 그래서 풀이 무성하게 자란 곳으로 염소를 몰아놓고 말했습니다.

"세눈박이야, 저기 앉아서 쉬자. 내가 노래를 불러줄게."

세눈박이가 옆에 와서 앉았습니다. 그녀는 길을 걸어온 데다 햇살이 따가웠기 때문에 피곤했습니다. 두눈박이는 저번처럼 다시 짧은 노래를 부르기 시작했습니다.

　　세눈박이야, 깨어 있는 거니?

그리고 이어서

　　세눈박이야, 자고 있는 거니?

하고 불러야 할 것을 그만 잘못해서

　　두눈박이야, 자고 있는 거니?

라고 부르고 말았습니다. 그러고는 계속해서 노래를 불렀습니다.

　　세눈박이야, 깨어 있는 거니?
　　두눈박이야, 자고 있는 거니?

　그러자 세눈박이의 두 눈이 감기며 스르르 잠이 들었습니다. 하지만 나머지 한 눈은 노래로 불리지 않았기 때문에 잠이 들지 않았습니다.
　그러나 세눈박이는 세 번째 눈도 감고 있었습니다. 같이 잠든 것처럼 보이게 하려고 속임수를 쓴 것이었습니다. 그렇지만 실눈을 뜨고 무슨 일이 벌어지는지 다 볼 수 있었습니다.
　두눈박이는 세눈박이가 깊이 잠들었다고 생각하고 짤막한 주문을 외웠습니다.

　　작은 염소야, 매애 하고 울어라.
　　식탁아, 상을 차려라.

　그러고는 실컷 먹고 마신 다음 식탁이 다시 사라지게 했습니다.

　　작은 염소야, 매애 하고 울어라.
　　식탁아, 상을 물려라.

　세눈박이는 이 모든 것을 보았습니다. 얼마 후 두눈박이는 세눈박이에게 오더니 깨우며 말했습니다.

"아이 참, 세눈박이야, 잠이 들었니? 그렇게 해서 염소를 잘도 지키겠다! 자, 이제 그만 집에 돌아가자."

그들은 집에 돌아갔습니다. 이번에도 두눈박이가 아무것도 먹지 않자 세눈박이가 어머니에게 말했습니다.

"저 거만한 것이 왜 아무것도 먹지 않는지 알아냈어요. 들판에 나가더니 염소에게 이렇게 말하는 거예요.

작은 염소야, 매애 하고 울어라.
식탁아, 상을 차려라.

그러자 우리가 집에서 먹는 것과는 비교도 안 되는 훌륭한 음식이 가득 차려진 식탁이 언니 눈앞에 나타나는 거예요. 그리고 배불리 먹고 나더니 이렇게 말했어요.

작은 염소야, 매애 하고 울어라.
식탁아, 상을 물려라.

그러자 모든 것이 다시 사라지는 거예요. 모든 걸 제 눈으로 똑똑히 보았답니다. 두 눈은 노래를 들어 잠이 들었지만, 이마 위의 눈은 다행히 깨어 있었거든요."

그 말을 듣자 질투심 많은 어머니가 외쳤습니다.

"네가 우리보다 잘살려 한다고? 네 희망을 없애주마!"

어머니는 부엌칼을 가져와 염소의 가슴을 찔러 죽였습니다.

이 모습을 본 두눈박이는 슬픔에 가득 차 밖으로 나갔습니다. 그리고 전에 앉았던 언덕배기에 앉아 슬피 울었습니다. 그때 갑자기 요술쟁이 부인이 다시 나타나 말했습니다.

"두눈박이야, 왜 울고 있니?"

두눈박이가 대답했습니다.

"어떻게 울지 않을 수 있겠어요! 부인이 가르쳐주신 주문을 외우면 나에게 매일 멋진 식탁을 차려주던 염소를 어머니가 죽이고 말았어요. 이제 저는 다시 배고픔과 슬픔을 겪게 되었어요."

그러자 요술쟁이 부인이 말했습니다.

"두눈박이야, 내 말대로 하려무나. 언니하고 동생한테 가서 그 염소의 내장을 달라고 해서 현관 앞에 묻어라. 그럼 행운이 찾아올 게다."

그리고 부인은 사라졌습니다. 두눈박이는 집에 돌아가 자매들에게 말했습니다.

"내게도 염소 고기를 좀 나눠줘. 좋은 것을 달라고 하지는 않을 테니 내장만이라도 줘."

언니와 동생이 깔깔 웃으며 말했습니다.

"아무렴, 그거야 못 주겠니."

내장을 받아 든 두눈박이는 그날 저녁 요술쟁이 부인이 일러준 대로 그것을 현관 앞에 몰래 묻었습니다.

다음 날 아침 모두 잠이 깨어 현관 앞에 나가 보니 몹시도 찬란한 나무가 서 있었습니다. 나뭇잎들은 은으로 되어 있고, 그 사이에 주렁주렁 달린 황금 열매는 이 세상 무엇보다 멋지고 값비싸 보였습니다. 물론 그들은 밤새 어떻게 나무가 그곳에 생겨났는지 알 수 없었지만, 두눈박이만은 염소의 내장에서 자란 나무임을 알았습니다.

바로 내장을 묻은 자리에 그 나무가 서 있었기 때문입니다. 어머니가 외눈박이에게 말했습니다.

"얘야, 나무에 올라가 열매를 따 오렴."

외눈박이가 나무에 올라가 황금 사과를 따려고 하자 나뭇가지가 손을 뿌리쳤습니다. 나뭇가지가 번번이 그렇게 하는 바람에 열매를 하나도 딸 수 없었습니다. 그러자 어머니가 세눈박이에게 말했습니다.

"세눈박이야, 네가 올라가 보렴. 너는 눈이 세 개이니 외눈박이보다 주위를 더 잘 둘러볼 수 있을 게다."

그래서 외눈박이가 미끄러져 내려오고 세눈박이가 올라갔습니다. 하지만 세눈박이도 더 나을 게 없었습니다. 아무리 잘 살펴보고 손을 뻗어도 황금 사과는 자꾸 뒤로 물러나기만 했습니다. 급기야 더는 참지 못한 어머니가 직접 나무에 올라갔습니다. 하지만 외눈박이, 세눈박이와 마찬가지로 열매를 따지 못하고 허공에 헛손질만 할 뿐이었습니다. 그것을 보고 있던 두눈박이가 말했습니다.

"내가 한번 올라가 볼게. 혹시 내가 딸 수 있을지 모르잖아."

그러자 언니와 동생이 소리쳤습니다.

"눈이 두 개인 주제에 네까짓 게 무얼 할 수 있다고!"

두눈박이가 올라가자 황금 사과들은 그녀에게서 물러나는 것이 아니라, 그녀의 손안으로 저절로 들어왔습니다. 그래서 두눈박이는 황금 사과를 하나씩 앞치마 가득 따서 밑으로 내려왔습니다. 어머니는 그 사과들을 모두 빼앗았습니다. 그리고 불쌍한 두눈박이에게 더 잘 대해 주는 것이 아니라 혼자만 황금 사과를 딸 수 있는 것을 질투해 더 못살게 굴었습니다.

그러던 어느 날 그들 모두가 나무 옆에 함께 서 있는데, 한 젊은 기사가 다가왔습니다.

"얼른 숨어라, 두눈박이야. 너 때문에 우리가 창피를 당하면 안 되잖아."

언니와 동생이 소리쳤습니다.

그러면서 바로 나무 옆에 있던 빈 통 속에 불쌍한 두눈박이와 그녀가 방금 따 온 황금 사과를 급히 밀어 넣었습니다. 가까이 다가온 기사를 보니 잘생긴 귀족 청년이었습니다. 그 기사는 말을 멈추고, 금과 은으로 된 찬란한 나무에 감탄했습니다. 그는 두 자매에게 말했습니다.

"이 아름다운 나무는 누구 것인가요? 저에게 나뭇가지를 하나 꺾어주는 분에게 보답으로 무슨 요구든 다 들어드리겠습니다."

그러자 외눈박이와 세눈박이가 제각기 나무가 자기 것이라면서 가지를 꺾어주겠다고 했습니다. 두 사람은 가지를 꺾으려고 갖은 애를 썼지만, 나뭇가지와 열매들이 번번이 뒤로 물러나는 바람에 뜻을 이룰 수 없었습니다. 그러자 기사가 말했습니다.

"그것참, 이상하군요. 당신들 나무라고 하면서 가지 하나 꺾을 힘이 없다니요."

자매들은 나무가 자기들 것이라고 계속 우겼습니다. 그들이 그런 말을 하고 있을 때 통 밑에 있던 두눈박이가 황금 사과 몇 개를 집어 기사의 발밑으로 굴려 보냈습니다.

두눈박이는 외눈박이와 세눈박이가 사실을 말하지 않아 화가 났던 것입니다. 기사는 사과를 보고 깜짝 놀라며 그것들이 어디서 나온 것이냐고 물었습니다. 외눈박이와 세눈박이는 자기들에게 자매가 한 명 더 있는데, 다른 보통 사람들처럼 눈이 두 개뿐이라서 모습을 보이기 싫어한다고 대답했습니다.

하지만 기사는 두눈박이가 어떻게 생겼는지 보고 싶어 소리쳤습니다.

"두눈박이 아가씨, 이리 나와 보세요."

두눈박이는 아주 자신만만하게 통 밑에서 나왔습니다. 두눈박이가 매우 아름다워 깜짝 놀란 기사가 말했습니다.

"두눈박이 아가씨, 나를 위해 저 나뭇가지를 하나 꺾어줄 수 있겠소?"

두눈박이가 말했습니다.

"그럼요, 할 수 있지요. 이 나무는 제 것인걸요."

그리고 그녀는 나무 위로 올라가 힘들이지 않고 멋진 은빛 잎사귀와 황금 열매가 달린 나뭇가지 하나를 꺾어서 기사에게 내밀었습니다. 기사가 말했습니다.

"두눈박이 아가씨, 그 보답으로 내가 뭘 해주면 되겠소?"

두눈박이가 대답했습니다.

"아, 저는 꼭두새벽부터 밤늦게까지 배고픔과 목마름에 시달리며 살아간답니다. 슬프고 고통스러운 일이지요. 그러니 당신이 저를 데려가 이곳에서 벗어나게 해주신다면 저는 행복해질 거예요."

기사는 두눈박이를 자신의 말에 태워 아버지의 성으로 데려갔습니다. 그리고 그곳에서 두눈박이에게 예쁜 옷을 주고, 마음껏 먹고 마시게 해주었습니다. 기사는 두눈박이를 매우 사랑하게 되어 마침내 그녀와 결혼했습니다. 모두가 기뻐하는 가운데 성대한 결혼식이 열렸습니다.

멋진 기사가 두눈박이를 데려가자 두 자매는 그녀의 행운에 질투가 났습니다.

그들은 '그래도 신기한 나무는 아직 우리 곁에 있어.'라고 생각했습니다.

'비록 우리가 그 열매를 따지는 못한다 해도 누군가 나무 앞에 멈추어 섰다가 우리에게 와서 나무를 칭찬할 수 있잖아. 그러면 우리에게 어떤 행운이 닥칠지 누가 알겠어!'

하지만 다음 날 아침에 일어나 보니 나무는 사라지고 없었습니다. 희망도 함께 사라졌던 것입니다. 그런데 두눈박이가 침실에서 밖을 내다보니 정말 기쁘게도 나무가 서 있었습니다. 나무가 두눈박이를 따라갔던 것입니다.

두눈박이는 성에서 오랫동안 행복하게 살았습니다. 그러던 어느 날 가난한 두 여자가 성으로 그녀를 찾아와 구걸을 했습니다. 두눈박이는 그들의 얼굴을 보고 언니와 동생인 것을 알아보았습니다. 그들은 너무나 가난해져서 이 집 저 집 돌아다니며 먹을 것을 구걸해야 했던 것입니다. 두눈박이는 그들을 반갑게 맞아들이며 친절하게 대해 주었습니다. 그리하여 두 자매는 젊은 시절 두눈박이에게 했던 잘못을 진심으로 뉘우치게 되었습니다.

재투성이 신데렐라

한 부자의 아내가 병이 들었습니다. 그녀는 자신의 죽음이 가까이 온 것을 느끼고 외동딸을 침대 머리맡에 불러 말했습니다.

"얘야, 착하고 경건하게 살아라. 그러면 자비로운 하느님께서 언제나 너를 지켜주실 게다. 나도 하늘에서 너를 내려다보며 보살펴 줄 테니."

그런 후 어머니는 눈을 감고 세상을 떠났습니다. 소녀는 매일 어머니의 무덤에 찾아가 슬피 울었습니다. 그리고 착하고 경건하게 살아갔습니다. 겨울이 되자 눈이 하얀 시트처럼 무덤을 덮어주었고, 봄이 와서 태양이 다시 그 눈 시트를 걷어주었을 때 그 부자는 새 아내를 맞아들였습니다.

계모는 두 딸을 집에 데려왔습니다. 딸들은 얼굴이 하얗고 예뻤지만, 마음씨는 심술궂고 못됐습니다. 그리하여 불쌍한 의붓딸에게 험한 앞날이 시작되었습니다.

계모의 두 딸이 말했습니다.

"우리가 저 멍청한 계집애하고 같이 거실에 앉아 있어야 하다니! 밥을 얻어먹으려면 밥벌이를 해야지. 당장 나가, 이 부엌데기야."

그들은 소녀의 예쁜 옷을 벗겨버리고 낡은 잿빛 작업복을 입히고 나막신을 주었습니다.

"저 도도한 공주님이 차려입은 꼴을 보라지!"

그들은 그렇게 외치고 웃으며 그녀를 부엌으로 데려갔습니다. 그녀는 새벽부터 밤까지 힘든 일을 해야 했습니다. 날이 새기 전에 일찍 일어나 물을 길어 오고, 불을 때고, 음식을 만들고, 빨래를 해야 했습니다. 그 밖에도 의붓 언니들은 온갖 궁리를 하며 그녀를 괴롭히며 놀려댔습니다. 그들이 아궁이의 재 속에 완두콩과 불콩을 쏟아버려 그녀는 앉아서 그것을 주워 담아야 했습니다. 그리고 밤이 되어 일에 지친 그녀는 침대가 아니라, 아궁이 옆의 잿더미에서 자야 했습니다. 그래서 그녀는 늘 재투성이의 더러운 모습이었고, '재투성이'라는 뜻의 '신데렐라'라고 불리게 되었습니다.

어느 날 아버지가 장에 가려고 하면서 두 의붓딸에게 무엇을 사다 줄지 물었습니다.

큰딸이 "예쁜 옷이오." 하고 말했습니다.

둘째 딸은 "진주하고 보석이오."라고 말했습니다.

아버지가 "신데렐라야, 너는 무엇을 가지고 싶니?" 하고 물었습니다.

"아버지, 집으로 돌아오실 때 모자에 걸리는 첫 번째 나뭇가지를 꺾어다 주세요."

장에 간 아버지는 두 의붓딸을 위해 예쁜 옷과 진주며 보석을 샀습니다. 그리고 말을 타고 집에 돌아오는 길에 푸른 수풀을 지나오는데 개암나무 가지 하나가 그를 스치며 모자를 툭 쳤습니다. 아버지는 그 가지를 꺾어서 가져왔습니다. 집에 돌아온 아버지는 의붓딸들에게는 그들이 원했던 것을 주고, 신데렐라에게는 개암나무 가지를 주었습니다. 신데렐라는 아버지에게 고맙다고 하고 어머니의 무덤으로 달려가 나뭇가지를 심은 뒤 하염없이 울었습니다. 어찌나 울었던지 떨어진 눈물이 나뭇가지를 흠뻑 적셨습니다. 그러자 그 나뭇가지가 쑥쑥 자라기 시작해 금세 아름다운 나무가 되었습니다.

신데렐라는 하루에 세 번 어머니의 무덤으로 가서 그 나무 밑에 앉아 울며 기도를 했습니다. 그럴 때마다 작고 하얀 새 한 마리가 나무 위로 날아왔습니다. 그리고 그녀가 소원을 말할 때마다 원하는 것을 떨어뜨려주었습니다.

그때 나라의 왕이 아들의 신붓감을 고르기 위해 나라 안에 있는 모든 아름다운 처녀들을 초대해 사흘간 무도회를 열기로 했습니다. 두 의붓 언니도 초대를 받고는 몹시 기뻐서 신데렐라를 불러 말했습니다.

"너는 우리 머리를 빗겨주고, 구두를 닦아주고, 코르셋도 꽉 졸라줘. 우리는 궁전 무도회에 참석해야 하거든."

신데렐라는 언니들이 시키는 대로 다 해주었는데, 자신도 무도회에 같이 가고 싶어서 자꾸 눈물이 났습니다. 그래서 자신도 가게 해달라고 계모에게 부탁했습니다.

그러자 계모가 말했습니다.

"너같이 먼지투성이에 지저분한 애가 무도회에 가고 싶다고? 너는 옷도, 구두도 없는데 어떻게 춤을 추겠다는 거냐?"

하지만 신데렐라가 계속 애원하자 마침내 계모가 말했습니다.

"불콩 한 단지를 잿더미 속에 쏟아놓을 테니, 네가 그 콩들을 두 시간 안에 다시 골라 담는다면 가도록 허락해 주마."

소녀는 뒷문으로 마당에 나가 소리쳤습니다.

> 온순한 비둘기들아, 산비둘기들아
> 하늘 아래 있는 온갖 새들아
> 이리 날아와 날 좀 도와주렴.
> 좋은 콩은 저 단지에 담고
> 나쁜 콩은 너희가 먹고.

그러자 먼저 하얀 비둘기 두 마리가 부엌 창문으로 날아왔고, 그 다음에는 산비둘기들이 날아왔습니다. 그리고는 하늘 아래 있는 온갖 새들이 푸드덕거리며 모여들더니 잿더미 주위에 내려앉았습니다. 비둘기들이 고개를 위아래로 까딱거리며 콕콕콕콕 쪼아대자 다른 새들도 콕콕콕콕 쪼면서 좋은 콩들을 모두 단지 속에 담았습니다. 일은 채 한 시간도 되지 않아 끝났고 새들은 다시 날아갔습니다. 소녀는 이제 무도회에 가도 좋다는 허락을 받으리라 생각하고 기뻐서 단지를 들고 계모에게 갔습니다. 그러나 계모가 말했습니다.

"안 돼, 신데렐라. 넌 입을 옷이 없고, 춤도 출 줄 모르잖아. 너는 비웃음만 살 거야."

신데렐라가 눈물을 흘리자 계모가 말했습니다.

"네가 한 시간 안에 불콩 두 단지를 저 잿더미 속에서 골라내면 같이 가도 좋아."

그리고 그녀는 그 일은 절대 못 하리라고 생각했습니다.

재투성이 신데렐라

계모가 불콩 두 단지를 재 속에 쏟아놓자 소녀는 뒷문으로 마당에 나가 소리쳤습니다.

온순한 비둘기들아, 산비둘기들아
하늘 아래 있는 온갖 새들아
이리 날아와 날 좀 도와주렴.
좋은 콩은 저 단지에 담고
나쁜 콩은 너희가 먹고.

그러자 하얀 비둘기 두 마리가 부엌 창문으로 날아왔고, 그다음에는 산비둘기들이 날아왔습니다. 그러고는 하늘 아래 있는 온갖 새들이 푸드덕거리며 모여들더니 잿더미 주위에 내려앉았습니다. 비둘기들이 위아래로 고개를 까딱거리며 콕콕콕콕 쪼아대자 다른 새들도 콕콕콕콕 쪼면서 좋은 콩들을 모두 단지 속에 담았습니다. 일은 반 시간도 되지 않아 끝났고 모두 다시 날아갔습니다. 소녀는 이제 그들과 함께 무도회에 갈 수도 있으리라 생각하고 들뜬 마음으로 단지를 들고 계모에게 갔습니다. 그러나 계모가 이렇게 말했습니다.

"그래 봐야 아무 소용 없어. 넌 옷이 없고, 춤도 출 줄 모르니 우리와 함께 갈 수 없어. 우리는 너 때문에 창피만 당할 거야."
그러고는 신데렐라에게 등을 돌리고 거만한 두 딸과 함께 서둘러 집을 나섰습니다.
이제 아무도 집에 없게 되자 신데렐라가 어머니 무덤이 있는 개암나무 밑으로 가서 소리쳤습니다.

나무야, 어린 나무야, 온몸을 흔들어
내 위에 금과 은을 떨어뜨려다오.

그러자 새 한 마리가 그녀에게 금실 은실로 짠 드레스와 비단과 은으로 수놓은 구두를 던져주었습니다. 그녀는 서둘러 드레스를 입고 무도회에 갔습니다. 황금 옷을 입은 그녀가 매우 아름다웠으므로, 언니들과 계모는 그녀를 알아보지 못하고 다른 나라에서 온 공주일 것이라 생각했습니다. 그들은 그녀가 신데렐라이리라고는 꿈에도 생각하지 못했고, 그녀는 집에서 더러운 옷을 입고 잿더미 속에서 불콩을 골라내고 있으리라고 믿었습니다.

그때 왕자가 신데렐라에게 다가가 그녀의 손을 잡고 춤을 추었습니다. 왕자는 다른 누구와도 춤을 추려 하지 않았고, 절대 신데렐라의 손을 놓아주려 하지 않았습니다. 그리고 다른 사람이 그녀에게 춤을 추자고 하면 "이분은 내 짝이오."라고 말했습니다.

신데렐라는 저녁이 될 때까지 춤을 추다가 집에 돌아가려고 했습니다. 그러자 왕자가 말했습니다.

"내가 그대를 집까지 바래다주겠소."

왕자는 그 아름다운 소녀가 어느 집에 사는지 알고 싶었습니다. 그러나 그녀는 왕자에게서 달아나 비둘기 집 속으로 뛰어들어 갔습니다. 왕자는 그녀의 아버지가 올 때까지 기다렸다가 낯선 소녀가 비둘기 집 속으로 뛰어들었다고 말했습니다.

아버지는 '설마 신데렐라는 아니겠지.' 라고 생각하고, 도끼를 자져오게 해 비둘기 집을 부수어보았지만 그 안에는 아무도 없었습니다.

그들이 집 안으로 들어가 보니 신데렐라는 더러운 옷을 입고 잿더미 속에 누워 있었습니다. 벽난로 위에 작고 희미한 등잔불이 타고 있었습니다. 신데렐라는 재빨리 비둘기 집 뒤로 뛰어내려 개암나무가 있는 곳으로 달려간 후 아름다운 옷을 벗어서 무덤 위에 올려놓았고, 새가 다시 그것을 물어 갔던 것입니다. 그런 다음 그녀는 잿빛 작업복을 입고 부엌의 잿더미 위에 누웠습니다.

다음 날 무도회가 새로이 시작하자 부모와 두 의붓 언니는 다시 한 번 집을 나섰습니다. 신데렐라는 다시 개암나무가 있는 곳으로 가서 말했습니다.

나무야, 어린 나무야, 온몸을 흔들어
내 위에 금과 은을 떨어뜨려다오.

그러자 새는 그 전날보다 훨씬 아름다운 드레스를 던져주었습니다. 그리고 신데렐라가 그 드레스를 입고 무도회에 나타나자 모두 그녀의 아름다운 모습에 감탄했습니다. 그녀가 오기를 기다리던 왕자는 즉시 소녀의 손을 잡고 오로지 그녀하고만 춤을 추었습니다. 다른 사람이 와서 소녀에게 춤을 추자고 하면 왕자는 "이분은 내 짝이오."라고 했습니다.

이제 날이 어두워져 신데렐라가 다시 떠나려 했습니다. 왕자는 그녀를 따라가 어느 집으로 들어가는지 보고 싶었습니다.

그러나 이번에도 그녀는 그에게서 달아나 집 뒤의 마당으로 뛰어갔습니다. 그곳에는 아주 탐스러운 배들이 달린 크고 아름다운 나무가 있었습니다. 소녀는 다람쥐처럼 날쌔게 나뭇가지 위로 올라갔습니다. 그래서 왕자는 그녀가 어디로 갔는지 알 수 없었습니다. 왕자는 소녀의 아버지가 올 때까지 기다렸다가 그에게 말했습니다.

"정체를 알 수 없는 소녀가 나에게서 달아나 버렸소. 내 생각에는 그녀가 이 배나무 위로 올라간 것 같소."

신데렐라의 아버지는 '설마 신데렐라는 아니겠지?'라고 생각했습니다.

그리고 그는 도끼를 가져오게 해 나무를 베어보았지만 나무 위에는 아무도 없었습니다. 그들이 부엌에 들어가 보니 신데렐라는 여느 때처럼 잿더미 속에 누워 있었습니다. 신데렐라는 배나무의 다른 쪽으로 뛰어내린 후, 개암나무 위의 새에게 아름다운 옷을 가져다주고, 잿빛 작업복으로 갈아입었던 것입니다.

사흘째 되던 날도 부모와 언니들이 집을 떠나자 신데렐라는 다시 한 번 어머니의 무덤으로 가서 나무에게 말했습니다.

나무야, 어린 나무야, 온몸을 흔들어
내 위에 금과 은을 떨어뜨려다오.

그러자 새는 지금까지 그녀가 받았던 것들보다 더욱 화려하고 눈부신 드레스를 떨어뜨려주었습니다. 구두는 순금으로 되어 있었습니다. 소녀가 그런 드레스를 입고 무도회에 가자 모두 놀라서 무슨 말을 해야 할지 몰랐습니다. 왕자는 그녀하고만 춤을 추었습니다. 누가 그녀에게 와서 춤을 추자고 하면 그는 "이분은 내 짝이오."라고 했습니다.

이제 날이 어두워지자 신데렐라는 그만 집으로 돌아가려고 했습니다. 왕자는 그녀를 몹시 바래다주고 싶었습니다. 그러나 그녀가 하도 빨리 그에게서 달아나는 바람에 왕자는 그녀를 쫓아갈 수 없었습니다. 그렇지만 왕자는 꾀를 내 밖으로 내려가는 계단에 끈적끈적한 역청을 발라놓게 했습니다. 그래서 소녀가 계단을 달려 내려갈 때 그녀의 왼쪽 구두가 계단에 달라붙고 말았습니다. 왕자가 구두를 집어 들었는데 그것은 작고 우아한 순금 구두였습니다.

이튿날 아침 왕자는 그것을 들고 왕에게 가서 말했습니다.

"저는 이 황금 구두가 발에 꼭 맞는 소녀하고만 결혼하겠습니다."

두 언니는 둘 다 발이 예뻤기 때문에, 그 말을 듣고 무척 기뻤습니다. 그래서 언니가 구두를 들고 자신의 방으로 들어가 신어보려고 했습니다. 어머니도 옆에 서 있었습니다. 그러나 큼직한 엄지발가락이 그 안에 들어가지 않았습니다. 그녀에게는 구두가 너무 작았습니다. 그러자 어머니가 큰딸에게 칼을 주며 말했습니다.

"네 엄지발가락을 잘라버리렴. 네가 왕비가 되면 걸어 다닐 필요가 없을 거야."

큰딸은 엄지발가락을 잘라버리고 발을 억지로 구두 속에 밀어 넣었습니다. 그리고 그녀는 고통을 삼키며 왕자에게 갔습니다. 왕자는 그녀를 신붓감으로 생각하고 말에 태워 함께 길을 떠났습니다. 그런데 그들은 무덤을 지나가야 했을 때 개암나무 위에 앉아 있던 비둘기 두 마리가 소리쳤습니다.

구구, 저것 좀 보세요. 구구, 저것 좀 보세요.
구두에서 피가 나네요,

구두가 너무 작아요.
진짜 신부는 아직 집에 있답니다.

왕자가 그녀의 발을 내려다보니 피가 새 나오고 있었습니다. 그는 말 머리를 돌려 가짜 신부를 다시 집으로 데려갔습니다. 그녀는 진짜 신부가 아니니 다른 딸에게 구두를 신겨보라고 했습니다. 그래서 둘째 딸이 자기 방으로 들어가 신어보았습니다. 다행히 엄지발가락은 구두 속에 들어갔지만, 뒤꿈치가 너무 컸습니다. 그래서 어머니가 딸에게 칼을 주며 말했습니다.

"네 뒤꿈치를 조금 잘라버리렴. 네가 왕비가 되면 걸어 다닐 필요가 없을 거야."

둘째 딸은 뒤꿈치를 조금 잘라버리고 발을 억지로 구두 속에 밀어 넣었습니다. 그리고 고통을 삼키며 왕자에게 갔습니다. 왕자는 그녀를 신붓감으로 생각하고 말에 태워 함께 길을 떠났습니다. 그런데 그들이 개암나무 옆을 지날 때 그 위에 앉아 있던 비둘기 두 마리가 소리쳤습니다.

구구, 저것 좀 보세요. 구구, 저것 좀 보세요.
신발에서 피가 나네요,
구두가 너무 작아요.
진짜 신부는 아직 집에 있답니다.

왕자는 그녀의 발을 내려다보았습니다. 그녀의 구두에서 피가 새어 나와 하얀 양말을 붉게 물들였습니다. 그는 말 머리를 돌려 가짜 신부를 데리고 다시 집으로 갔습니다.

"이 처녀도 진짜 신부가 아니오."

그가 말했습니다.

"다른 딸은 없나요?"

그러자 아버지가 말했습니다.

"없습니다. 다만 죽은 아내가 남기고 간 작고 발육이 더딘 신데렐라가 있지만, 왕자님의 신붓감은 못 됩니다."

왕자는 그 소녀를 데려오라고 했습니다. 그러자 계모가 거들었습니다.

"아, 안 돼요. 그 애는 너무 지저분해서 차마 보여드릴 수 없어요."

그래도 왕자가 한사코 그녀를 보고 싶다고 하자 그들은 신데렐라를 불러와야 했습니다. 그녀는 먼저 손과 얼굴을 깨끗이 씻고 왕자 앞에 나아가 허리를 숙여 인사했습니다. 왕자가 그녀에게 황금 구두를 건네주었습니다. 소녀는 의자 위에 앉아 무거운 나막신을 벗고 구두 속으로 발을 밀어 넣었습니다. 그 신은 마치 맞춘 것처럼 쏙 들어갔습니다. 그녀가 의자에서 일어나자 왕자는 그녀의 얼굴을 들여다보고, 자기와 함께 춤추었던 그 아름다운 소녀임을 알아보았습니다. 왕자가 소리쳤습니다.

"이 소녀가 나의 진짜 신부요."

계모와 두 언니는 소스라치게 놀랐고, 화가 난 나머지 얼굴이 새파래졌습니다. 왕자는 신데렐라를 말에 태우고 함께 길을 떠났습니다. 그들이 개암나무 옆을 지나갈 때 그 위에 앉아 있던 하얀 비둘기 두 마리가 소리쳤습니다.

구구, 저것 좀 보세요. 구구, 저것 좀 보세요.
구두에서 피가 나지 않네요.
구두가 꼭 맞네요.
왕자님이 진짜 신부를 데리고 가네요.

비둘기들은 그렇게 외치면서 개암나무에서 날아와 신데렐라의 어깨 위에 앉았습니다. 한 마리는 왼쪽 어깨에, 다른 한 마리는 오른쪽 어깨에 앉았습니다.

왕자와 신데렐라의 결혼식이 열리는 날 두 언니가 왔습니다. 그들은 동생의 환심을 사서 신데렐라의 행운을 나누어 갖고 싶었던 것입니다. 신랑과 신부가 교회에 갔을 때 큰언니는 오른쪽에, 작은언니는 왼쪽에 있었는데, 갑자기 비둘기 두 마리가 달려들어 두 사람의 눈을 하나씩 쪼아댔습니다. 그런 후 교회에서 돌아올 때는 큰언니가 왼쪽에, 작은언니가 오른쪽에 있었는데, 비둘기들이 다시 그들의 다른 눈을 쪼아댔습니다. 그래서 두 언니는 심술궂게 굴고 거짓말을 한 벌로 평생 앞을 보지 못하게 되었답니다.

털북숭이 공주

옛날에 한 왕이 살았습니다. 머리가 금발인 그의 아내는 세상에 둘도 없는 아름다운 왕비였습니다. 그런데 왕비가 그만 병이 들어 자리에 눕게 되었습니다. 그녀는 오래 살지 못할 것 같은 느낌이 들자 왕을 불러 말했습니다.

"제가 죽은 뒤에 당신이 다시 결혼을 하게 되면 저처럼 금발 머리에, 저처럼 아름다운 사람과 했으면 좋겠어요. 약속해 주세요."

왕이 그녀에게 그렇게 하겠다고 약속하자, 왕비는 눈을 감고 죽었습니다.

왕은 오랫동안 슬픔에서 헤어나지 못했고, 새 왕비를 맞을 생각도 하지 않았습니다. 마침내 대신들이 "이래서는 안 되겠소. 전하께서 새로 결혼을 하셔야 백성들에게 왕비님이 생기지 않겠소." 하고 말했습니다.

그리하여 사람들을 온 나라로 보내 죽은 왕비처럼 아름다운 신부를 찾아보게 했습니다. 그러나 세상 어디에서도 그렇게 아름다운 여자는 찾을 수 없었습니다. 어쩌다 그런 여자를 찾더라도 금발 머리가 아니었지요. 그래서 사람들은 그냥 돌아오고 말았습니다.

그런데 왕에게 딸이 하나 있었습니다. 그녀는 죽은 엄마 못지않게 아름다웠고 머리도 금발이었지요. 그녀가 자라자, 어느 날 왕은 딸을 바라보다가 그녀가 모든 면에서 죽은 아내와 무척 닮은 것을 알고 갑자기 걷잡을 수 없는 사랑을 느꼈습니다. 그래서 왕이 대신들에게 말했습니다.

"내 딸과 결혼해야겠어. 그 아이를 보면 죽은 아내가 살아 돌아온 것 같아. 어디서도 아내와 닮은 신부를 찾을 수 없으니 말이야."

대신들은 그 말을 듣고 깜짝 놀랐습니다. 그리고 이렇게 말했습니다.

"하느님께서는 아버지가 딸과 결혼하는 것을 금하셨습니다. 그런 죄를 지으면 좋은 일이 없을 것이고, 결국에는 나라가 망하고 말 것입니다."

아버지의 결심을 전해 들은 딸은 더욱 충격을 받았습니다. 하지만 그녀는 아버지가 마음을 바꾸도록 설득할 수 있으리라는 희망을 버리지 않았습니다.

그래서 그녀가 왕에게 말했습니다.

"제가 아버님 소원을 들어드리기 전에 저에게 드레스를 세 벌 주셔야 합니다. 해처럼 눈부신 금빛 옷과 달처럼 빛나는 은빛 옷과 별처럼 반짝이는 옷이어야 합니다. 게다가 일천여 가지 짐승의 털과 모피로 만든 망토가 있어야 합니다. 그리고 그 망토에는 아버님 나라에 사는 모든 짐승들의 털가죽이 한 조각씩 다 들어가야 합니다."

공주는 '그런 것을 다 구하기는 불가능하니, 그렇게 하면 아버님의 좋지 않은 생각을 돌릴 수 있겠지.'라고 생각했던 것입니다. 하지만 왕은 포기하지 않았습니다. 그는 나라 안에서 가장 솜씨 좋은 아가씨들에게 눈부신 금빛 옷과 달처럼 빛나는 은빛 옷과 별처럼 반짝이는 옷을 짜게 했습니다. 그리고 사냥꾼들에게는 온 나라 안의 온갖 짐승을 잡아 가죽을 한 조각씩 벗겨서, 그것들로 일천 여가지 다른 털의 망토를 만들게 했습니다.

마침내 모든 준비가 끝나자 왕은 망토를 가져오게 해서 공주 앞에 펼쳐놓고 말했습니다.

"내일 결혼식을 올리도록 하겠다."

공주는 이제 아버지의 마음을 돌릴 희망이 없다는 것을 알고서 달아나기로 결심했습니다. 그녀는 모두가 잠든 한밤중에 살그머니 자리에서 일어나 자신의 귀중품 가운데 세 가지, 금반지와 황금 물레와 황금 얼레를 챙겼습니다. 그리고 해와 달과 별, 세 가지 옷들은 호두 껍질 속에 넣었습니다. 그녀는 온갖 털가죽으로 만든 망토를 걸친 다음 얼굴과 손에 검댕을 칠하고 황금 얼레를 챙기고는 모든 것을 하늘의 뜻에 맡기고 궁전을 떠났습니다. 밤새 걸어가다 보니 커다란 숲에 이르렀습니다. 피로에 지친 그녀는 속이 빈 나무에 들어가 잠이 들었습니다.

해가 떠서 어느덧 대낮이 되었는데도 그녀는 여전히 자고 있었습니다. 마침 숲의 주인인 그 나라의 왕이 그곳으로 사냥을 나왔습니다. 왕의 사냥개들이 나무로 달려가 킁킁 냄새를 맡더니 나무 주위를 빙빙 돌면서 컹컹 짖어댔습니다. 왕이 사냥꾼들에게 말했습니다.

"가서 어떤 짐승이 숨어 있는지 보아라."

왕의 분부에 따랐던 사냥꾼들은 갔다가 돌아와서 이렇게 말했습니다.

"속이 빈 나무 속에 우리가 여태까지 보지 못한 이상한 짐승이 누워 있습니다. 가죽에는 온갖 종류의 짐승 털이 뒤엉켜 붙어 있는데 아직 누워 자고 있습니다."

왕이 말했습니다.

"그 짐승을 산 채로 잡아 오너라. 그리고 마차에 묶어서 데리고 가자."

사냥꾼들이 소녀를 움켜잡자 그녀는 잔뜩 겁에 질려 눈을 뜨고 비명을 질렀습니다.

"저는 부모님께 버림받은 불쌍한 아이랍니다. 저를 불쌍히 여겨 부디 데려가 주세요."

그들이 말했습니다.

"털북숭이야, 너 같은 아이는 부엌일에 적당하겠구나. 우리와 같이 가자. 마침 재를 쓸어 모을 사람도 필요하니까."

그리고 그들은 그녀를 마차에 태워 궁전으로 데려갔습니다. 그들은 햇빛 한 점 들지 않는 계단 밑 골방을 가리키며 말했습니다.

"털북숭이야, 여기서 지내도록 해라."

그러고는 그녀를 부엌으로 보냈습니다. 그녀는 그곳에서 장작을 나르고 물을 긷고 불을 지피고 닭 털을 뜯고 채소를 다듬고 재를 쓸어 모으고, 온갖 궂은일을 다 했습니다.

털북숭이는 오랫동안 그렇게 비참하게 살았습니다. 아, 아름다운 공주님, 그대는 어떻게 될까요? 그러던 어느 날 성에서 무도회가 열렸습니다. 털북숭이는 요리사에게 이렇게 물었습니다.

"잠깐 위로 올라가서 구경해도 될까요? 문밖에 서 있기만 할게요."

그러자 요리사가 "그래, 가봐라. 하지만 재를 말끔히 쓸어야 하니까 삼십 분 안에 돌아와야 한다."라고 말했습니다.

털북숭이는 작은 등잔불을 들고 골방으로 들어가 털가죽 외투를 벗고 얼굴과 손에 묻은 검댕을 말끔히 닦았습니다. 그러자 다시 아름다운 자태가 살아났습니다. 그녀는 호두 껍질을 열고 해처럼 눈부신 드레스를 꺼내 입었습니다. 그녀가 그런 모습으로 무도회장에 올라가자 모두 그녀에게 길을 비켜주었습니다. 아무도 그녀가 누군지 알아보지 못했고, 그 모습을 보고는 어느 나라의 공주일 것이라고 생각했습니다.

왕이 마중 나와 그녀에게 손을 내밀었습니다. 왕은 그녀와 같이 춤을 추면서 속으로 '이렇게 아름다운 여인은 평생 처음 보았어.'라고 생각했습니다. 춤이 끝나자 그녀는 허리를 굽혀 예의 바르게 인사했습니다. 그런데 왕이 주위를 둘러보는 사이에 그녀는 어디론가 사라지고 없었고, 그녀가 어디로 갔는지 아는 사람은 아무도 없었습니다. 성문을 지키는 보초들을 불러다 물어보았지만 그녀를 봤다는 사람은 아무도 없었습니다.

그사이 그녀는 자신의 골방으로 달려가 재빨리 옷을 갈아입고, 얼굴과 손을 검게 칠한 다음 털 망토를 두르고 다시 털북숭이 모습으로 돌아갔습니다. 그리고 부엌으로 돌아가서 재를 쓸어 모으는 일을 하려는데, 요리사가 이렇게 말했습니다.

"재는 내일 쓸도록 하고, 임금님께서 드실 수프를 끓이도록 해라. 그동안 나도 잠깐 위로 올라가 구경하고 와야겠다. 그렇지만 수프에 머리카락 한 올이라도 떨어뜨렸다가는 앞으로 아무것도 얻어먹지 못할 줄 알아라."

요리사가 자리를 뜨자 털북숭이는 왕이 먹을 수프를 맛있게 끓였습니다. 수프가 다 되자 그녀는 골방에서 금반지를 가져와 수프가 담긴 접시 안에 넣었습니다. 무도회가 끝나자 왕은 수프를 가져오게 해 먹었습니다. 왕은 수프를 아주 좋아하며 이렇게 맛있는 수프를 먹어본 적이 없다고 했습니다. 그런데 왕이 수프를 다 먹어갈 때 바닥에 있는 금반지를 보았습니다. 그는 어떻게 반지가 여기 들어 있는지 알 수 없었습니다. 왕은 요리사를 불러오라고 명령했습니다. 명령을 전해 들은 요리사는 겁에 질려 털북숭이에게 말했습니다.

"네가 분명히 수프에 머리카락을 떨어뜨렸구나! 만약 그랬다면 맞을 줄 알아라."

그가 왕 앞에 가자 왕은 누가 수프를 끓였는지 물었습니다.

요리사는 "제가 끓였습니다."라고 대답했습니다.

그러나 왕은 "사실대로 말해라. 평소보다 훨씬 맛있고 다르게 끓였어."라고 말했습니다.

그러자 요리사가 대답했습니다.

"제가 끓이지 않고 털북숭이가 끓였습니다."

"가서, 그 아이를 이리 데려오너라."

왕이 말했습니다.

털북숭이가 오자 왕이 물었습니다.

"너는 누구냐?"

"저는 부모님이 없는 불쌍한 소녀이옵니다."

털북숭이 공주

왕이 계속 물었습니다.

"나의 성에서 무슨 일을 하고 있느냐?"

털북숭이가 대답했습니다.

"구두짝에 머리를 얻어맞는 것 말고 쓸모가 없답니다."

왕의 물음은 계속되었습니다.

"수프에 든 반지는 어디서 났느냐?"

털북숭이는 "반지에 대해서는 아무것도 모릅니다."라고 말했습니다.

그래서 왕은 아무것도 알아내지 못했고, 그녀를 다시 돌려보내야 했습니다.

얼마가 지난 뒤 다시 무도회가 열렸습니다. 털북숭이는 가서 구경하게 해달라고 요리사에게 부탁했습니다.

요리사가 "좋아. 하지만 삼십 분 안에 돌아와라. 그리고 임금님께서 아주 좋아하시는 그 수프를 끓여라." 하고 대답했습니다.

털북숭이는 골방으로 달려가 재빨리 몸을 씻었습니다. 그리고 호두 껍질 속에서 달처럼 은빛으로 빛나는 옷을 꺼내 입었습니다. 그리고 계단을 올라가 무도회장에 나타나니 공주 같았습니다. 왕은 그녀에게 다가왔고, 그녀를 다시 보게 되어 기뻐했습니다. 마침 춤이 시작되어서 두 사람은 함께 춤을 추었습니다. 하지만 춤이 끝나자 그녀가 재빨리 사라져버려 왕은 그녀가 어디로 갔는지 알 수 없었습니다.

그 사이 그녀는 골방으로 돌아와 다시 털북숭이로 변했습니다. 그러고는 부엌으로 가서 수프를 끓였습니다. 요리사가 위에 올라가자, 그녀는 황금 물레를 가져와 접시 안에 넣고 그 위에 수프를 부었습니다. 그리고 왕에게 수프를 가져갔고, 그는 그것을 먹었습니다. 지난번처럼 맛이 있어서 왕이 요리사를 불렀습니다. 그는 이번에도 털북숭이가 수프를 끓였다고 고백해야 했습니다. 털북숭이는 다시 왕 앞으로 왔습니다. 하지만 자기는 구두짝에 머리를 얻어맞는 것 말고는 쓸모없는 계집아이이고, 황금 물레에 대해서는 전혀 모른다고 대답했습니다.

세 번째로 왕이 무도회를 열었을 때도 그 전과 똑같은 일이 벌어졌습니다. 요리사가 말했습니다.

"이 털북숭이 짐승아, 너는 마녀가 틀림없어. 네가 늘 수프에다 맛있게 하는 뭔가를 집어넣으니까, 임금님이 내가 끓인 것보다 네 것이 더 맛있다고 하시는 거야."

그렇지만 그녀가 워낙 사정을 하자 요리사는 정해진 시간까지 무도회를 구경하라고 허락했습니다. 그녀는 별처럼 반짝이는 옷을 입고 무도회장으로 들어갔습니다. 왕은 다시 그 아름다운 아가씨와 춤을 추면서 그녀가 어느 때보다 아름답다고 생각했습니다. 그래서 왕은 그녀가 춤추는 동안 눈치채지 못하게 그녀의 손가락에 금반지를 끼워놓았습니다. 그리고 곡을 오래 연주해서 오랫동안 춤을 추게 해놓았습니다.

춤이 끝나자 왕이 빨리 그녀의 손을 잡으려고 했지만, 그녀는 손을 뿌리치며 재빨리 사람들 틈으로 뛰어들어 가 그의 시야에서 사라져버렸습니다. 그녀는 되도록 빨리 계단 아래 골방으로 달려갔습니다. 하지만 그녀는 너무 오래, 삼십 분이 넘게 머물러 있었기 때문에 예쁜 옷을 벗을 수 없었습니다. 그래서 그 위에 털 망토를 걸치기만 했습니다. 그리고 서두르느라 몸에 검댕 칠을 다 하지 못해 손가락 하나가 하얗게 남았습니다. 그런 다음 털북숭이는 부엌으로 달려가 왕이 먹을 수프를 끓였고, 요리사가 나가자 수프 접시에 황금 얼레를 넣었습니다. 왕이 그릇 바닥에서 황금 얼레를 발견하고 털북숭이를 불렀습니다.

그때 왕은 그녀의 하얀 손가락을 발견했고, 춤추는 동안 자신이 끼워놓은 반지도 보았습니다. 그래서 왕은 털북숭이의 손을 잡고 그녀를 꽉 붙들었습니다. 그녀가 몸을 뿌리치며 달아나려고 하자, 털가죽 망토가 조금 벌어졌고, 별의 옷이 밖으로 반짝였습니다. 왕이 망토를 붙잡고 그것을 찢어버리자 그녀의 황금 머리카락이 나타났습니다. 그녀는 눈부시게 거기에 서 있었고, 더는 자신을 숨길 수 없었습니다. 얼굴에서 검댕과 재를 닦아내고 나니, 그녀는 그가 본 이 세상의 그 누구보다 아름다웠습니다.

그러자 왕이 말했습니다.

"그대를 나의 신부로 맞아들이고 싶소! 우리 다시는 헤어지지 말고 영원히 함께 삽시다."

그 뒤 결혼식이 치러졌고, 두 사람은 죽을 때까지 행복하게 살았습니다.

진짜 신부

옛날에 아름답고 어린 소녀가 있었습니다. 그러나 그녀가 아이였을 때 어머니가 돌아가셨고, 새엄마는 온갖 방법으로 그녀를 괴롭혔습니다. 그녀는 새엄마가 무슨 일을 시킬 때마다 있는 힘을 다해 일했습니다. 그러나 아무리 열심히 일해도 사악한 새엄마의 마음에 들지 않았습니다. 새엄마는 언제나 못마땅해했고, 걸핏하면 트집을 잡았습니다. 소녀가 열심히 일하면 할수록 새엄마는 더 많은 일을 시켰습니다. 새엄마는 어떻게 하면 그녀에게 더 힘든 일을 시킬지만 생각했고, 그녀의 삶을 더 고달프게 만들었습니다.

하루는 새엄마가 소녀에게 말했습니다.

"여기 깃털이 5킬로그램 있는데, 그걸 모두 잘게 찢어놔라. 오늘 밤까지 다 해놓지 않으면 호되게 맞을 줄 알아라! 종일 게으름 피울 생각일랑 꿈에도 하지 말고!"

가련한 소녀는 일을 하려고 자리에 앉았지만, 눈물이 뺨으로 흘러내렸습니다. 그 일을 하루 만에 다 끝내기는 불가능하다는 것을 알았기 때문입니다. 깃털을 앞에다 잔뜩 쌓아놓고 한숨을 쉬거나 불안한 마음에 두 손을 맞잡기라도 하면 깃털들이 모두 날아가 버렸습니다. 그러면 그 깃털들을 다시 주워 모아놓고 새로 일을 시작해야 했습니다. 그래서 그녀는 팔꿈치를 탁자에 괴고 두 손으로 얼굴을 감싸 쥐더니 소리쳤습니다.

"이 세상에 나를 불쌍하게 생각하는 사람이 아무도 없단 말인가?"

그때 어디선가 부드러운 목소리가 들려왔습니다.

"걱정하지 마요, 아가씨. 내가 도와주러 왔어요."

소녀가 고개를 들어보니 나이 든 부인이 옆에 서 있었습니다.

그녀가 다정하게 소녀의 손을 잡으며 말했습니다.

"무엇 때문에 마음이 아픈지 나에게 털어놔 봐요."

부인이 무척 자상하게 말했으므로 소녀는 날마다 할 일이 많아지고, 그 일을 다 끝낼 수 없는 자신의 슬픈 생활에 대해 이야기했습니다.

"오늘 밤까지 이 일을 끝내지 않으면 새엄마가 나를 때릴 거예요. 새엄마가 그렇게 위협했거든요. 그리고 나는 새엄마가 그 말대로 하시리라는 것을 알아요."

다시 그녀의 뺨을 타고 눈물이 흘러내렸습니다. 그러자 나이 든 선량한 부인이 말했습니다.

"걱정하지 마요, 아가씨. 잠시 쉬어요. 그동안 내가 대신 처리해 줄 테니까요."

소녀는 침대로 가서 누운 후, 곧 잠이 들었습니다. 부인이 깃털이 있는 작업대 앞에 앉아 깃털들을 향해 혹 하고 숨을 내불자 깃털들이 갈기갈기 찢어졌습니다. 부인은 거의 손을 대지 않고 5킬로그램의 깃털을 다 끝냈습니다. 소녀가 잠에서 깨어나 보니 작업대 위에는 새하얀 깃털이 산더미처럼 쌓여 있고, 방 안도 말끔히 정리되어 있었습니다. 그러나 부인은 사라지고 없었습니다. 소녀는 하느님께 감사드리고 저녁이 될 때까지 가만히 앉아 있었습니다. 집에 돌아온 새엄마는 소녀가 일을 다 끝낸 것에 놀라워하며 말했습니다.

"그래, 이것아. 열심히 하니까 다 해치울 수 있지? 일을 다 했으면 다른 일도 해놓으면 안 되니? 그런데 너는 가만히 앉아 두 손을 놓고 있구나."

새엄마는 방을 나가면서 중얼거렸습니다.

"저것이 못하는 게 없단 말이야. 더 힘든 일을 시켜봐야겠어."

다음 날 아침 새엄마가 소녀를 불러 말했습니다.

"여기 이 숟가락으로 저기 정원 옆의 큰 연못 물을 말끔히 퍼내라. 저녁때까지 다 해놓지 않으면 어떤 일이 일어나는지 알고 있겠지?"

그녀가 숟가락을 받아 들고 보니 온통 구멍이 나 있었습니다. 그렇게 구멍 나지 않았어도 숟가락으로 연못 물을 퍼내기란 불가능한 일이었습니다. 그러나 그녀는 즉시 일을 시작했고, 연못가에 무릎을 꿇고 앉아 하염없이 눈물을 흘리며 물을 퍼냈습니다.

하지만 그때 마음씨 좋은 부인이 다시 나타났습니다. 부인은 소녀의 고민을 듣고 나서 말했습니다.

"걱정하지 마요, 아가씨. 숲 속에 가서 잠이나 자도록 해요. 아가씨의 일은 내가 해줄 테니까요."

부인은 혼자 남자, 손으로 연못 물을 살짝 건드렸습니다. 그러자 수증기가 물에서 공중으로 피어올라 구름과 섞였고 연못 물이 점차 사라졌습니다. 해 질 녘이 되어 소녀는 잠에서 깨어나 연못으로 가 보았습니다. 진흙탕 속에서 물고기들만 팔딱거리고 있었습니다. 그래서 그녀는 새엄마에게 가서 일을 다 했다고 알렸습니다.

새엄마는 "진작 다 해놓았어야지." 하면서 화가 나서 얼굴이 새파랗게 질렸습니다. 하지만 그녀는 새로운 일거리를 만들 궁리를 했습니다.

그러더니 셋째 날 아침에 새엄마가 소녀에게 말했습니다.

"저기 평지에 나를 위해 멋진 성을 하나 지어야 한다. 그것도 오늘 밤 안으로 말이야."

그녀는 당황하여 말했습니다.

"제가 어떻게 그런 엄청난 일을 할 수 있겠어요?"

그러자 새엄마가 소리쳤습니다.

"나는 말대꾸하는 걸 참지 못해. 네가 구멍 난 숟가락으로 연못 물을 다 퍼낼 수 있다면 성도 지을 수 있겠지. 오늘 안에 나는 그곳으로 이사할 생각이다. 만약 부엌이나 지하실에 아주 사소한 것이라도 빠져 있다면 어떻게 되는지 알고 있겠지?"

새엄마가 외출하고 나자 소녀는 골짜기로 가보았습니다. 그곳에는 바위가 겹겹이 쌓여 있었습니다. 그녀는 있는 힘을 다해 제일 작은 바위를 움직여보려 했지만 불가능했습니다. 소녀는 주저앉아 슬피 울면서 선량한 부인이 도와주기를 바랐습니다. 오래 지나지 않아 부인이 왔습니다. 부인이 그녀를 위로하며 말했습니다.

"저기 그늘에 누워 잠이나 자요. 내가 아가씨를 위해 곧 성을 지어줄게요. 그 성이 마음에 들면 아가씨가 거기서 살아도 돼요."

소녀가 가자 부인은 회색 바위를 슬쩍 건드렸습니다. 그러자 바위들이 스르르 움직이며 마치 거인이 벽을 쌓듯이 바위들이 저절로 쌓였습니다. 그것이 토대가 되어 건물이 지어졌습니다. 마치 수많은 손이 움직이는 것처럼 돌 위에 돌이 올라갔습니다. 그리고 땅속에서 굉음이 났습니다. 거대한 기둥들이 저절로 솟아나더니 나란히 질서 있게 세워졌습니다. 지붕 위에는 기와들이 착착 깔리고, 정오가 되자 하늘하늘한 옷을 걸친 금발 처녀 같은 커다란 풍향계가 탑 꼭대기에서 이미 돌아가고 있었습니다. 저녁때가 되자 성의 실내장식도 모두 끝났습니다. 부인이 어떻게 그런 일을 해냈는지는 알 수 없습니다. 아무튼 모든 방들의 벽에는 비단과 우단이 붙어 있었고, 대리석 식탁에는 화려한 장식 문양이 새겨진 팔걸이의자가 있었으며, 그 옆에는 수놓은 의자가 놓여 있었습니다. 천장에는 수정 샹들리에가 매달려 불빛이 매끈매끈한 바닥에 반사되었습니다. 초록색 앵무새가 황금 새장에 앉아 있었고, 이름 모를 진기한 새들이 아름다운 노래를 불렀습니다. 왕이 사는 곳처럼 온통 화려하기 그지없었습니다.

소녀가 잠에서 깨어났을 때 마침 해가 서산으로 넘어가면서 수천 개의 불빛이 그녀를 비추었습니다. 그녀는 서둘러 성으로 가서 열린 성문 안으로 들어섰습니다. 계단에는 붉은 양탄자가 깔려 있고, 황금 난간은 꽃이 만발한 나무로 장식되어 있었습니다. 방들의 화려한 모습을 본 그녀는 얼어붙은 듯 멍하니 서 있었습니다. 만약 새엄마를 생각하지 않았더라면 그녀는 언제까지 그렇게 서 있었을지도 모릅니다. 그녀는 혼잣말로 중얼거렸습니다.

"아, 이제 새엄마가 이것으로 만족하고 이제 나를 괴롭히지 않으면 좋을 텐데."

그녀는 새엄마에게 가서 성이 다 완성되었다고 말했습니다. 그녀가 자리에서 벌떡 일어나며 말했습니다.

"어디 가보자."

성안에 들어선 새엄마는 빛이 너무 눈부셔서 두 손으로 눈을 가려야 했습니다.

"봐라, 너한테는 얼마나 쉬운 일이냐! 너에게 더 힘든 일을 시켰어야 하는 건데."

새엄마는 방마다 돌아다니며 어디 잘못된 곳이나 흠잡을 곳이 없는지 샅샅이 살펴보았습니다. 그러나 그녀는 한 군데도 발견하지 못했습니다. 그러자 그녀는 심술궂은 눈길로 소녀를 노려보며 말했습니다.

"이제 아래층으로 내려가보자. 아직 부엌과 지하실을 조사해 봐야겠다. 만약 하나라도 빠진 것이 있으면 혼날 줄 알아라!"

그러나 화덕에는 불이 지펴져 있고, 솥에서는 음식이 끓고 있었습니다. 화덕 옆에는 부젓가락과 삽이 나란히 세워져 있었고, 벽에는 반짝반짝 빛나는 놋쇠 기구들이 진열되어 있었습니다. 석탄 상자며 물 양동이까지 어느 하나 흐트러진 것이 없었습니다.

"지하실 입구는 어디지?"

새엄마가 큰 소리로 물었습니다.

"포도주 통에 포도주를 충분히 채워두지 않았으면 혼날 줄 알아라!"

새엄마는 지하실 뚜껑 문을 직접 들어 올리고 계단을 내려갔습니다. 하지만 그녀가 채 두 걸음도 못 갔을 때 막대기로 받쳐놓은 무거운 지하실 뚜껑이 꽝 하고 닫혀버렸습니다. 지하실에서 비명이 들렸습니다. 그녀를 구하기 위해 소녀가 재빨리 지하실 문을 열고 급히 뛰어 들어갔지만, 새엄마는 이미 숨을 거둔 채 바닥에 쓰러져 있었습니다.

그리하여 그 화려한 성을 이제 소녀가 독차지하게 되었습니다. 처음에 그녀는 자신에게 주어진 행운을 어떻게 감당해야 할지 몰랐습니다. 옷장에는 아름다운 옷들이 걸려 있고, 금과 은이며 진주와 보석들이 상자 안에 가득했습니다. 그녀는 더 바랄 것이 없었습니다. 아름답고 부유한 소녀에 대한 소문이 즉시 온 세상에 퍼졌습니다. 날마다 그녀에게 구혼하는 청년들이 줄을 섰지만 그녀의 마음에 드는 남자는 없었습니다. 마침내 어느 왕자가 그녀의 마음을 사로잡는 데 성공해 두 사람은 결혼을 약속하게 되었습니다.

그 성의 정원에는 녹색의 보리수 한 그루가 서 있었습니다. 어느 날 두 사람이 나무 밑에 다정하게 앉아 있을 때 왕자가 그녀에게 말했습니다.

"집에 가서 아버지께 우리 결혼을 허락받고 와야겠소. 부탁하건대 여기 이 보리수 밑에서 나를 기다려주시오. 몇 시간 안에 다시 돌아오겠소."

소녀는 그의 왼쪽 뺨에 입맞춤하며 말했습니다.

"언제까지나 저에게 진실하게 대해 주세요. 그리고 어느 누구도 당신 뺨에 입을 맞추게 해서는 안 돼요. 저는 당신이 돌아올 때까지 이 보리수 아래에서 기다리고 있을게요."

그녀는 보리수 아래에서 해가 질 때까지 왕자를 기다렸지만 그는 돌아오지 않았습니다. 사흘 동안 아침부터 밤까지 보리수 아래 앉아 그를 기다렸지만 소용없었습니다. 나흘째가 되어도 왕자가 돌아오지 않자 그녀가 혼잣말을 했습니다.

'그가 사고를 당한 게 분명해. 내가 직접 가서 찾아봐야겠어. 그를 찾기 전에는 절대 돌아오지 않을 거야.'

소녀는 자신의 옷 중에서 가장 예쁜 옷 세 벌을 골라 짐을 꾸렸습니다. 하나는 반짝이는 별이, 다른 것은 은빛 달이, 또 다른 하나는 황금빛 해가 수놓아진 옷이었습니다. 그리고 나서 보석 한 움큼을 손수건에 싸서 둘둘 만 다음 길을 떠났습니다. 그녀는 가는 곳마다 그녀의 약혼자에 대해 물어보았지만, 그를 보았다는 사람도, 그를 안다는 사람도 만나지 못했습니다. 소녀는 세상 여기저기를 헤매고 다녔지만 그를 찾을 수 없었습니다. 그러다가 그녀는 어느 농부의 양치기로 일하게 되었습니다. 자기가 가져온 옷가지와 보석은 바위 밑에 묻어두었습니다.

이제 그녀는 양치기로 살면서 양 떼를 돌보며 지냈지만, 슬픔에 잠겨 있었고, 사랑하는 사람을 그리워하는 마음이 가득했습니다. 그녀는 송아지 한 마리에게 손수 먹이를 주어 길들이며 이렇게 말하곤 했습니다.

> 송아지야 송아지야, 무릎을 구부리렴.
> 자기 신부를 잊어버린 왕자님처럼
> 너의 양치기를 잊어서는 안 된단다,
> 저기 녹색 보리수 아래 앉아 있는 저 신부를.

그러면 송아지는 무릎을 구부렸고, 그녀는 손으로 송아지를 쓰다듬었습니다. 그렇게 외롭고 슬프게 몇 년 동안 살아가고 있을 때 공주의 결혼식이 있을 것이라는 소문이 나라 안에 퍼졌습니다. 그 도시로 가는 길은 소녀가 사는 마을을 지나가게 되어 있었습니다. 하루는 그녀가 양 떼를 몰고 나갈 때 신랑이 그 마을을 지나가게 되었습니다. 말 위에 앉은 거만한 신랑은 그녀를 거들떠보지도 않았지만, 그의 얼굴을 본 소녀는 그가 바로 자신이 사랑하는 사람임을 알았습니다. 그녀는 예리한 칼로 가슴을 도려내는 것 같은 느낌이 들었습니다.

"아, 난 그가 내게 변함없이 진실할 거라 생각했는데, 그는 날 잊어버린 거야."

다음 날 그는 다시 그 길을 지나갔습니다. 그가 가까이 왔을 때 소녀가 송아지에게 말했습니다.

>송아지야 송아지야, 무릎을 구부리렴.
>자기 신부를 잊어버린 왕자님처럼
>너의 양치기를 잊어서는 안 된단다,
>저기 녹색 보리수 아래 앉아 있는 저 신부를.

왕자가 그 소리를 듣고 그녀를 내려다보고는 말을 멈추었습니다. 그는 양치기의 얼굴을 빤히 쳐다보다가 기억을 더듬으려는 듯 손을 눈앞에 갖다 댔습니다. 하지만 그러다가 그는 말을 재촉하며 가버렸습니다.

소녀는 '아, 그는 나를 알아보지 못하는 거야.'라고 생각했습니다. 그녀의 슬픔은 더욱더 커졌습니다.

그런 직후 왕의 궁전에서 사흘 동안이나 성대한 결혼식이 치러지게 되어 온 나라 사람들이 초대되었습니다.

소녀는 '이제 마지막으로 시도해 봐야지.'라고 생각했습니다.

그녀는 밤이 되기를 기다렸다가 자신의 보물들을 묻어둔 바위로 갔습니다.

그러고는 우선 금빛 해가 수놓인 드레스를 꺼내 입고 보석으로 치장했습니다. 그녀는 수건으로 감쌌던 머리를 풀어 헤쳐 양옆으로 길게 늘어뜨렸습니다. 소녀가 도시를 향해 갈 때는 날이 어두워서 아무도 그녀를 알아보지 못했습니다. 소녀가 불빛이 찬란한 연회실 안으로 들어서자 모두가 경탄하면서 뒤로 물러섰지만, 그녀가 누군지 알아보는 사람은 없었습니다. 왕자가 그녀에게 다가왔지만, 이번에도 그는 소녀를 알아보지 못했습니다. 왕자는 소녀와 춤을 추는 동안 그녀의 아름다운 모습에 황홀해한 나머지 자신의 신부가 될 공주는 까맣게 잊어버렸습니다. 무도회가 끝나자 소녀는 사람들 속으로 사라졌습니다. 그녀는 날이 밝기 전에 서둘러 마을로 되돌아가 다시 양치기 옷으로 갈아입었습니다.

다음 날 밤 소녀는 은빛 달이 수놓인 옷을 입고 머리에는 반달 모양의 보석 장식을 달았습니다. 그녀가 무도회장에 모습을 드러내자 모두의 눈길이 그녀에게 향했습니다. 왕자는 곧장 그녀에게 달려갔습니다. 그는 이미 그녀에게 홀딱 반해 있었으므로 그녀하고만 춤을 추었고 다른 여자에게는 눈길도 주지 않았습니다. 그녀는 떠나기 전에 왕자에게 마지막 날 다시 오겠다는 약속을 해야 했습니다.

셋째 날이 되자 소녀는 반짝이는 별이 수놓인 옷을 입고 나타났습니다. 그래서 그녀가 걸을 때마다 별들이 춤추듯 반짝거렸습니다. 그녀의 머리띠에도 별 모양의 보석이 박혀 있었습니다. 왕자는 그녀가 나타나기만을 애타게 기다리다 그녀가 오자마자 그녀에게 달려갔습니다.

"당신이 누구인지 내게 말해 주시오. 나는 이미 오래전부터 당신을 알았던 것 같은 느낌이 든다오."

"당신이 떠날 때 내가 어떤 행동을 했는지 기억나지 않으세요?"

그러고 나서 소녀는 그에게 다가가 그의 왼쪽 뺨에 입을 맞추었습니다. 그 순간 그는 불현듯 실상을 깨닫게 되었고, 그녀가 바로 자신의 진짜 신부임을 알았습니다.

"자, 이리 와요, 더는 이곳에 머무르지 않겠소."

그는 소녀에게 손을 내밀어 마차가 있는 곳으로 그녀를 데리고 갔습니다. 마차는 마치 바람을 탄 듯 요술 성을 향해 서둘러 내달렸습니다. 멀리 성의 창문에서 반짝이는 불빛이 보였습니다. 그들이 보리수나무 사이를 달리자 수많은 개똥벌레들이 떼 지어 그 주위를 맴돌았고, 나무는 가지를 흔들어 향기로운 냄새를 내뿜었습니다. 계단에는 꽃들이 활짝 피어 있었고, 방에서는 진기한 새들의 노랫소리가 울려 퍼졌습니다. 식장에는 성안의 모든 사람이 모여 있었고, 목사님은 신랑과 진짜 신부의 결혼식을 진행하기 위해 기다리고 있었습니다.

쇠 난로

 소원을 말하면 이루어지던 시절, 한 왕자가 늙은 마녀의 마법에 걸려 숲 속에 있는 커다란 쇠 난로에 갇혔습니다. 아무도 그를 구해 낼 수 없어 그는 여러 해 동안 그곳에서 지내야 했습니다. 그러던 어느 날 한 공주가 숲에 들어왔다가 길을 잃어서 아버지 나라로 가는 길을 다시 찾지 못하고 숲 속을 헤매게 되었습니다. 아흐레 동안 이리저리 헤매던 공주는 드디어 쇠로 된 상자가 있는 곳에 이르렀습니다. 그때 그 안에서 목소리가 들려왔습니다.
 "어디서 와서, 어디로 가는 길인가요?"
 그녀가 대답했습니다.
 "저는 공주인데, 아버지의 왕국으로 가는 길을 잃어 다시 집에 돌아갈 수 없답니다."
 그러자 쇠 난로 안의 목소리가 말했습니다.
 "내가 요구하는 것을 약속해 준다면, 다시 집에 돌아갈 수 있게 도와드리겠습니다. 그것도 되도록 빨리요. 나는 당신 아버지의 나라보다 더 큰 나라의 왕자입니다. 그리고 당신과 결혼하고 싶습니다."

공주는 그 말을 듣고 깜짝 놀라 이렇게 생각했습니다.

'아이고 맙소사, 쇠 난로하고 어떻게 결혼한단 말인가!'

하지만 그녀는 어떻게든 빨리 집에 돌아가고 싶어서 그가 요구하는 대로 하기로 약속했습니다. 그가 말했습니다.

"당신은 칼을 가지고 다시 돌아와서 쇠에다 구멍을 하나 뚫어주어야 해요."

그러고 나서 쇠 난로는 그녀에게 길동무를 붙여주었습니다. 길동무는 아무 말 없이 두 시간 만에 그녀를 집에 데려다 주었습니다.

공주가 돌아오자 성안에 있던 사람들은 몹시 기뻐했습니다. 늙은 왕은 공주의 목을 껴안고 입맞춤을 했습니다. 하지만 그녀는 크게 걱정하며 말했습니다.

"아버님, 제가 무슨 일을 겪었는지 상상도 못 하실 거예요. 제가 쇠 난로를 만나 도움을 받지 않았더라면 그 깊고 무서운 숲에서 다시는 집에 돌아오지 못했을 거예요. 그 대신 저는 쇠 난로에게 다시 돌아가 그를 구해 주고 결혼하겠다고 약속해야 했어요."

그러자 늙은 왕은 너무 놀라 기절할 뻔했습니다. 공주는 하나밖에 없는 딸이었기 때문입니다. 그리하여 여러 신하들과 상의한 끝에 공주 대신 예쁜 방앗간 집 딸을 보내기로 해결을 보았습니다. 그들은 방앗간 집 딸을 그곳에 데려가 칼을 주면서 쇠 난로에 구멍을 뚫으라고 했습니다. 그녀는 스물네 시간 동안 박박 긁어댔지만 쇠 난로를 뚫을 수 없었습니다. 그러다가 동이 트자 쇠 난로 속의 목소리가 말했습니다.

쇠 난로 75

"이제 날이 밝아오는 것 같군요."

그러자 방앗간 집 딸이 "제가 보기에도 그런 것 같네요. 아버지의 방앗간에서 방아 도는 소리도 들리는 것 같고요."라고 대답했습니다.

"그러면 당신은 방앗간 집 딸이군. 당장 가서 공주를 보내라고 하시오."

그래서 방앗간 집 딸은 당장 돌아가 늙은 왕에게 쇠 난로 안의 남자는 자신을 원하지 않고 공주를 원한다고 말했습니다. 늙은 왕은 깜짝 놀랐고 딸은 슬피 울었습니다. 그러나 이번에는 돼지치기의 딸을 보내기로 했습니다. 그녀는 방앗간 집 딸보다 예뻤고, 공주 대신 쇠 난로에게 가는 대가로 돈을 조금 받기로 했습니다. 그래서 돼지치기의 딸은 숲으로 갔고, 역시 스물네 시간 동안 쇠 난로를 박박 긁어댔습니다. 그러나 그녀 역시 더 나을 것이 없었습니다. 동이 트자 난로 안에서 목소리가 외쳤습니다.

"이제 날이 밝아오는 것 같군요."

그러자 돼지치기의 딸이 말했습니다.

"제가 보기에도 그런 것 같네요. 아버지의 뿔피리 소리도 들리는 것 같고요."

"그럼 당신은 돼지치기의 딸이군요. 당장 가서 공주를 보내라고 하시오. 그리고 내가 약속한 대로 될 거라고 전하시오. 만약 공주가 오지 않으면 그 나라의 모든 것이 부서지고 무너져, 돌멩이 하나 온전히 서 있지 못할 거라고 말이오."

그 말을 들은 공주는 다시 울음을 터뜨렸습니다. 이제 약속을 지키는 것 말고 달리 뾰족한 수가 없었습니다. 그녀는 아버지에게 작별 인사를 하고 칼을 챙겨서 숲 속에 있는 쇠 난로에게 갔습니다. 그녀는 그곳에 도착하자마자 칼로 쇠 난로를 긁기 시작했습니다. 그러자 쇠는 버티지 못하고 굴복했습니다. 그리하여 두 시간쯤 지나니까 벌써 조그만 구멍이 생겼습니다. 그녀가 안을 들여다보니 아주 멋진 젊은이가 보였습니다. 아, 공주는 번쩍거리는 금과 보석에 둘러싸인 그가 무척 마음에 들었습니다. 그래서 그녀는 더욱 열심히 구멍을 팠습니다. 마침내 그가 빠져나올 수 있을 만큼 큰 구멍이 뚫렸습니다. 구멍에서 나온 왕자가 말했습니다.

"당신은 나의 것이고, 나는 당신의 것입니다. 당신이 나를 구해주었으니 나의 신부가 되는 겁니다."

그는 공주를 데리고 자기 나라로 가려고 했습니다. 그러나 그녀는 아버지를 한 번만 더 보게 해달라고 했습니다. 왕자는 그렇게 하라면서, 그녀에게 아버지와 세 마디 이상 말하지 말고 돌아와야 한다고 했습니다. 하지만 아버지를 만난 공주는 약속을 어기고 세 마디 이상 이야기하고 말았습니다. 그러자마자 쇠 난로는 사라져, 유리 산 너머, 날카로운 칼날 너머 저 멀리 날아갔습니다. 하지만 왕자는 이미 풀려난 몸이었기 때문에 다시 갇히지는 않았습니다.

그런 일이 있은 후 공주는 아버지와 작별 인사를 한 후 돈을 가지고 커다란 숲으로 다시 돌아왔습니다. 그녀는 쇠 난로를 찾아보았지만 쇠 난로는 어디에서도 보이지 않았습니다. 그녀는 아흐레 동안 쇠 난로를 찾아다녔고, 너무나 배가 고파 어쩔 줄을 몰라 했습니다. 이제 먹을 것이 없었기 때문입니다. 저녁이 되자 그녀는 사나운 짐승들이 무서웠기 때문에 작은 나무 위에서 밤을 보내려고 올라갔습니다. 한밤중이 되자 멀리서 작은 불빛이 보였고, 그녀는 '아, 저기 가면 살 수 있을지 몰라.' 라고 생각했습니다.

   공주는 나무에서 내려와 그곳까지 무사히 갈 수 있게 해달라고 기도하며 불빛을 향해 걸어갔습니다. 이윽고 그녀는 작고 낡은 오두막에 도착했습니다. 오두막 주위에는 풀이 무성했고, 그 앞에는 얼마 안 되는 장작더미가 쌓여 있었습니다.

   그녀가 '아, 여기가 어딜까?' 하고 생각하며 창문을 들여다보니 작고 통통한 두꺼비들만 있을 뿐이었습니다. 그런데 방 안에는 술과 고기가 식탁에 잘 차려져 있었고, 접시와 술잔들은 은으로 만들어져 있었습니다. 그녀는 용기를 내어 문을 두드렸습니다. 그러자마자 두꺼비들이 입을 모아 외쳤습니다.

     예쁘고 귀여운 아가씨구나
     쭈글탱아
     쭈글탱이 망보는 두꺼비야
     풀쩍 뛰어나가
     누가 왔는지 보고 오렴.

   그러자 작은 두꺼비 한 마리가 나와서 문을 열어주었습니다. 그녀가 안으로 들어가자 두꺼비들이 반갑게 맞이하며 자리에 앉으라고 했습니다. 두꺼비들이 물었습니다.

   "어디서 와서, 어디로 가는 길인가요?"

   공주는 자신이 겪은 일들을 모두 이야기했습니다. 세 마디 이상 말하지 말라는 왕자의 당부를 어겨서 왕자도 쇠 난로도 사라져버렸기 때문에, 이제 왕자를 찾아 산과 골짜기를 넘어 한없이 헤매고 다

닌다고 했습니다. 그러자 늙은 두꺼비가 말했습니다.

    귀엽고 예쁜 아가씨
    쭈글탱아
    쭈글탱이 망보는 두꺼비야
    펄쩍 뛰어나가
    커다란 상자를 가져오렴.

  그러자 작은 두꺼비가 뛰어가더니 상자를 하나 들고 왔습니다. 그런 다음 두꺼비들은 공주에게 먹고 마실 것을 주었고, 비단과 우단으로 만든 멋진 침대로 안내했습니다. 그녀는 침대에 누워 기도를 하고 잠을 잤습니다.

  아침이 되어 그녀가 자리에서 일어나자 늙은 두꺼비는 그녀에게 커다란 상자에서 바늘을 세 개 꺼내 주면서, 꼭 필요한 것이니 가져가라고 했습니다. 앞으로 그녀가 높은 유리 산을 넘고 세 개의 날카로운 칼날을 지나 큰 강물을 건너가야 한다면서요. 두꺼비는 이것들을 통과해야 사랑하는 왕자를 다시 만날 수 있다고 말했습니다.

  그리고 그들은 조심해서 간직하라며 세 가지 물건을 주었습니다. 그래서 그녀는 커다란 바늘 세 개, 쟁기 날 하나, 호두 세 알을 가지고 길을 떠났습니다. 한참을 가자 아주 미끄러운 유리 산이 나타났는데, 그녀는 바늘 세 개를 꽂고 그것을 발판 삼아 앞으로 나아가며 산을 올랐습니다. 공주는 산을 다 넘자 잘 생각해 둔 곳에 바늘들을 조심해서 숨겨두었습니다. 그런 다음에 날카로운 세 개의 칼날이 있는 곳에 갔을 때 그녀는 쟁기 날에 올라타고 그 위를 굴러갔습니다.

　마지막으로 큰 강이 나타나서 강물을 건너자 크고 멋진 성이 보였습니다. 성안으로 들어간 공주는 일자리를 구하러 온 가난한 하녀인 척했습니다. 그녀는 저 커다란 숲에 있던 쇠 난로에서 그녀가 구해 주었던 왕자가 성안에 있다는 사실을 알았습니다. 그리하여 그녀는 적은 돈을 받고 부엌 하녀로 일하게 되었습니다. 그런데 왕자는 공주가 오래전에 죽었다고 생각해 이미 다른 아가씨와 사귀고 있었고 그녀와 결혼하려고 했습니다.

　그날 저녁, 부엌일을 끝낸 공주는 주머니를 뒤지다가 늙은 두꺼비가 준 호두 세 알을 발견했습니다. 호두 하나를 이로 깨물어 알맹이를 먹으려는데, 이게 웬일입니까, 호두 안에 정말 예쁜 공주 옷이 들어 있었습니다. 그 소문을 들은 신부가 그녀를 찾아와 부엌데기 하녀에게 어울리지 않는 옷이니 자신이 사고 싶다고 했습니다. 그러나 그녀는 팔지 않겠다고 했습니다. 그러나 꼭 옷을 갖고 싶다면 그 대신 신랑의 방에서 하룻밤 자게 해달라고 했습니다. 그 옷이 무척이나 예뻤고, 신부는 그런 옷을 가져본 적이 없었으므로 공주에게 그렇게 하라고 허락했습니다.

　밤이 되자 신부가 신랑에게 말했습니다.

　"멍청한 하녀가 당신 방에서 자고 싶답니다."

　그러자 왕자가 말했습니다.

　"당신이 괜찮다면 나는 상관없소."

　그러나 신부는 수면제를 탄 포도주를 신랑에게 주었습니다. 두 사람이 방으로 자러 갔지만, 왕자는 공주가 깨울 수 없을 정도로 곤히 잠들고 말았습니다. 그녀는 밤새 눈물을 흘리며 탄식했습니다.

"나는 당신을 험한 숲 속의 쇠 난로에서 구해 주고, 당신을 찾아서 유리 산을 넘고, 날카로운 세 개의 칼날을 지나, 큰 강을 건너왔건만 당신은 내 말을 듣지 않는군요."

침실 밖에 앉아 있던 하인들이 그녀가 밤새 울며 탄식하는 말을 듣고 다음 날 아침 주인에게 전했습니다.

다음 날 저녁 부엌일을 끝낸 공주가 두 번째 호두를 깨물자 이번에는 전보다 훨씬 예쁜 옷이 나왔습니다. 신부는 그것을 보자 이번에도 사고 싶어 했습니다. 하지만 공주는 돈은 바라지 않았고, 다시 한 번 신랑의 방에서 자게 해달라고 했습니다. 신부가 신랑에게 수면제를 탄 술을 주었으므로, 이번에도 그는 잠에 빠져 아무 소리도 듣지 못했습니다. 부엌데기 하녀는 이번에도 밤새 눈물을 흘리며 탄식했습니다.

"당신을 험한 숲 속의 쇠 난로에서 구해 주고, 당신을 찾아 유리 산을 넘고, 날카로운 세 개의 칼날을 지나, 큰 강을 건너왔건만 당신은 내 말은 듣지 않는군요."

침실 밖에 앉아 있던 하인들이 그녀가 밤새 울며 탄식하는 말을 듣고 다음 날 아침 주인에게 전했습니다.

셋째 날 저녁 공주는 부엌일을 끝내고 세 번째 호두를 깨물었습니다. 그러자 온통 순금으로 된 옷이 나왔는데, 이전의 옷들보다 훨씬 더 예뻤습니다. 신부는 그 옷을 정말로 갖고 싶었습니다. 그러나 공주는 또다시 신랑의 방에서 자게 해주면 그것을 주겠다고 했습니다. 하지만 이번에는 왕자가 조심하여 수면제를 탄 술을 마시지 않았습니다. 밤이 되자 그녀는 눈물을 흘리며 탄식했습니다.

"내 사랑, 내가 당신을 무섭고 험한 숲 속의 쇠 난로에서 구해 주었건만."

그 말을 들은 왕자는 자리에서 벌떡 일어나며 말했습니다.

"당신이 나의 진짜 신부군요. 당신은 나의 것이고, 나는 당신 것이오."

아직 밤이었지만, 왕자는 즉시 공주와 함께 마차에 올랐습니다. 그리고 그들은 가짜 신부가 일어나 나올 수 없도록 옷을 벗겼습니다. 그들은 큰 강에 도착해서는 배를 타고 건넜고, 세 개의 날카로운 칼날 위는 쟁기 날을 타고 지났으며, 유리 산은 바늘 세 개를 꽂으며 넘었습니다. 그렇게 해서 그들은 드디어 두꺼비들이 사는 낡은 오두막에 도착했습니다. 두 사람이 안으로 들어서자 오두막은 커다란 성으로 변했습니다. 두꺼비들도 마법에 걸려 그런 생활을 했던 것입니다. 알고 보니 그들은 모두 왕자와 공주 들이었습니다. 모두 기뻐 어쩔 줄 몰랐습니다. 이제 결혼식이 열렸고, 그들은 공주 아버지의 성보다 큰 그 성에서 함께 살기로 했습니다. 하지만 혼자 살게 된 늙은 왕이 슬픔에 잠기자 그들은 아버지의 성으로 가서 왕을 모시고 왔습니다. 그리하여 두 사람은 두 개의 왕국을 다스리며 행복하게 살았습니다.

그런데 생쥐 한 마리가 나왔으니
이쯤에서 이야기를 끝맺도록 하겠어요.

왕자와 공주

 옛날 한 왕에게 사내아이가 있었습니다. 별자리 점은 그 아이가 열여섯 살이 되면 수사슴 때문에 죽을 것이라고 예언했습니다. 왕자가 열여섯 살이 되어갈 때 한번은 사냥꾼들이 그와 함께 사냥을 나갔습니다. 왕자는 숲에서 일행과 떨어져 혼자 있게 되었습니다. 그때 갑자기 큰 수사슴이 나타나 왕자가 사슴을 쏘려 했지만 맞힐 수가 없었습니다. 그는 수사슴을 뒤쫓다가 마침내 숲 밖으로 나갔습니다. 그런데 수사슴은 없고 대신 키가 굉장히 큰 남자가 서 있었습니다.
 그리고 그가 "이제야 너를 잡았으니 얼마나 좋은지 모르겠어. 그동안 네 뒤를 쫓느라 유리 스케이트가 여섯 켤레나 닳아버렸어. 그래도 너를 잡지 못했지만." 하고 말했습니다.
 그는 왕자를 데리고 큰 강을 건너 커다란 궁전으로 가서 함께 식탁에 앉았습니다. 식사가 다 끝나자 왕인 그가 말했습니다.
 "나에게는 딸이 셋 있는데, 너는 오늘 밤 나의 맏딸을 지켜주어야 한다. 저녁 9시부터 아침 6시까지 종이 울릴 때마다 내가 와서 너를 부르겠다. 만약 제때 대답이 없으면 내일 아침 넌 살아남지 못할 것이다. 하지만 제때 대답을 하면 내 딸을 아내로 주겠다."

젊은이가 큰딸과 함께 침실에 가보니 그곳에는 성 크리스토퍼*의 석상이 있었습니다. 공주가 석상에게 말했습니다.

"아버님께서 저녁 9시에 오실 거예요. 매시간 종이 세 번 칠 때까지, 아버님이 뭐라고 물으시면 왕자님 대신 당신이 대답해 주세요."

성 크리스토퍼 석상은 제법 빠르게 고개를 끄덕였습니다. 그러다가 점점 느려지며 마침내 완전히 멈추었습니다. 다음 날 아침 왕이 왕자에게 말했습니다.

"잘 해냈구나. 하지만 내 딸을 줄 수는 없다. 너는 오늘 밤 둘째 딸을 지켜야 한다. 그런 다음 맏딸을 신부로 줄 수 있을지 생각해 보겠다. 매시간 내가 와서 부를 테니 대답해라. 만약 내가 불러도 대답이 없으면 넌 피를 볼 것이다."

왕자가 둘째 딸과 함께 침실에 가보니 그곳에는 더 큰 성 크리스토퍼 석상이 서 있었습니다. 공주가 석상에게 말했습니다.

"제 아버님이 뭐라고 물으시면 왕자님 대신 대답해 주세요."

이번에도 거대한 성 크리스토퍼 석상이 제법 빠르게 고개를 끄덕였습니다. 그러다가 점차 느려지며 완전히 멈추었습니다. 왕자는 팔베개를 하고 문간에 누워 잠이 들었습니다. 다음 날 아침 왕이 왕자에게 말했습니다.

"잘해 냈구나. 하지만 내 딸을 내줄 수는 없다. 너는 오늘 밤 내

---

* 순례자와 여행자의 수호신.

막내딸을 지켜야 한다. 그런 다음 둘째 딸을 신부로 줄 수 있을지 생각해 보겠다. 매시간 와서 너를 부를 테니 대답해라. 만약 내가 불렀을 때 대답이 없으면 넌 무사하지 못할 것이다."

다시 왕자가 막내딸과 함께 침실에 가보니 거기에는 이전의 두 석상들보다 더 우람하고 훨씬 큰 성 크리스토퍼 석상이 있었습니다. 셋째 딸이 석상에게 말했습니다.

"제 아버님이 뭐라고 물으시면 왕자님 대신 대답해 주세요."

덩치도 크고 커다란 성 크리스토퍼 석상이 고개를 끄덕였고 반 시간쯤 그러고 나서야 다시 멈추었습니다. 왕자는 문간에 누워 잠이 들었습니다. 다음 날 아침 왕이 말했습니다.

"잘 해냈구나. 하지만 아직은 내 딸을 줄 수 없다. 나에게는 커다란 숲이 있는데, 오늘 아침 6시부터 저녁 6시까지 네가 나무를 모두 베어준다면 그때 가서 내 딸을 줄 수 있을지 생각해 보겠다."

왕은 왕자에게 유리 도끼, 유리 쐐기, 유리 곡괭이를 주었습니다. 왕자가 숲에 들어가 도끼로 나무를 찍기 시작하자 도끼가 대번에 두 동강이 나고 말았습니다. 이번에는 쐐기를 잡고 곡괭이로 내려쳤습니다. 하지만 그것도 모래알처럼 모두 산산조각이 나고 말았습니다. 그는 몹시 낙담하여 이제 죽었구나 생각하고 주저앉아 울었습니다.

이제 정오가 되자 왕이 딸들에게 말했습니다.

"너희 셋 가운데 하나가 왕자에게 먹을 것을 가져다주어라."

"아니에요, 우리는 가져다줄 수 없어요. 그가 마지막으로 지켜준 막내가 가져다줘야지요."

그래서 막내딸이 그에게 먹을 것을 가져다주었습니다. 숲으로 간 그녀가 왕자에게 어떻게 되어가느냐고 물었습니다.

"아, 아주 좋지 않아요."라고 그가 말했습니다.

그래서 그녀가 와서 먹을 것을 좀 들라고 했습니다.

그가 말했습니다.

"아니요, 그럴 수 없어요. 어쨌거나 죽을 몸이니 아무것도 먹고 싶지 않아요."

그러나 그녀가 그에게 상냥하게 말하고, 들어보라고 자꾸 권하자, 왕자는 다가가 음식을 먹었습니다. 식사를 마치자 그녀가 말했습니다.

"제가 머리를 조금 쓰다듬어드리면 기분이 좋아질 거예요."

그녀가 왕자의 머리를 쓰다듬어주자 그는 나른해지며 잠에 빠졌습니다. 그녀는 자신의 목도리를 꺼내 그것으로 매듭을 만든 뒤 땅을 세 번 내려치며 말했습니다.

"일꾼들아, 나오너라!"

갑자기 수많은 땅속 나라 난쟁이들이 나와 공주의 명령이 무엇이냐고 물었습니다.

"세 시간 안에 이 거대한 숲을 다 베어서 나무들을 무더기로 묶어놓아라."

난쟁이들은 이리저리 돌아다니며 동료들을 다 불러오더니 일을 돕도록 했습니다. 그리하여 일을 시작한 지 세 시간 만에 모두 끝났습니다. 그들이 다 했다고 말하자 공주는 다시 하얀 손수건을 꺼내 말했습니다.

"일꾼들아, 돌아가거라!"

그러자 일꾼들이 순식간에 사라졌습니다. 잠에서 깬 왕자는 매우 기뻐했습니다.

"시계가 6시를 치면 성으로 돌아가세요." 하고 그녀가 말했습니다.

그 시간에 왕자가 돌아가자 왕이 물었습니다.

"숲에 있는 나무를 다 베었느냐?"

"네." 하고 왕자가 대답했습니다. 그들이 식탁에 앉았을 때 왕이 말했습니다.

"아직은 내 딸을 너의 신부로 줄 수 없다. 그 전에 먼저 다른 일을 해야 한다."

왕자는 무슨 일을 해야 하는지 물었습니다.

"내게는 커다란 연못이 있다. 너는 내일 아침 그곳에 가서 모든 진흙을 치워 연못을 거울처럼 매끈하게 만들고, 그 안에 온갖 물고기를 잡아넣어야 한다."

다음 날 아침이 되자 왕이 그에게 유리 삽을 주면서 말했습니다.

"6시가 될 때까지 그 일을 끝내야 한다."

왕자는 궁전을 떠나 연못에 도착했습니다. 그가 삽을 연못의 진흙 속에 집어넣자 삽이 부러지고 말았습니다. 그래서 곡괭이로 파 보았지만 그것도 부러졌습니다. 왕자는 완전히 낙심했습니다. 한낮이 되자 막내딸이 먹을 것을 가져왔습니다. 그리고 일이 어떻게 되어가느냐고 왕자에게 물었습니다. 그는 일이 뜻대로 되지 않아서 목숨을 잃게 되었다고 말했습니다.

"내 연장들이 다 부러져 버렸소."

"자, 우선 와서 먹을 것을 드세요. 그러면 기분이 달라질 거예요."

"아니요, 나는 너무 슬퍼서 아무것도 먹을 수 없어요."

그러나 그녀가 왕자에게 다정하게 말하자 그가 다가가 음식을 먹었습니다. 이번에도 그녀가 그의 머리를 쓰다듬어주자 그는 잠이 들었습니다. 그녀는 목도리를 꺼내 매듭을 묶은 뒤 그것으로 땅을 세 번 내려치며 말했습니다.

"일꾼들아, 나오너라!"

그러자 금세 수많은 땅속 나라 난쟁이들이 나와서 무엇을 원하느냐고 물었습니다.

그녀는 그들에게 세 시간 안에 연못을, 그것에 비친 그들의 모습을 볼 수 있도록 아주 말끔하게 치워야 한다고 했습니다. 그러고 나서 온갖 물고기를 연못에 채워 넣어야 한다고 말했습니다.

난쟁이들이 어디론지 뛰어가더니 동료들을 불러와서는 자신들의 일을 돕게 했습니다. 그들은 두 시간 만에 일을 마치고 그녀에게 돌아와 말했습니다.

"공주님, 시키신 대로 다 했습니다."

공주는 목도리로 땅을 세 번 내려치며 말했습니다.

"일꾼들아, 돌아가거라!"

그러자 난쟁이들이 사라졌습니다.

왕자가 잠에서 깨어나서 보니 연못이 말끔히 치워져 있었습니다. 공주는 그에게 6시에 성으로 오라고 말하고 그의 곁을 떠났습니다. 그가 궁전에 도착하자 왕이 물었습니다.

"연못은 다 치웠느냐?"

"네, 말끔히 치웠습니다."

그들이 다시 식탁에 앉았을 때 왕이 말했습니다.

"네가 연못을 다 치웠어도 아직은 내 딸을 줄 수 없다. 너는 한 가지 일을 더 해야 한다."

"대체 어떤 일인가요?"

왕은 자기에게 온통 가시덤불로 뒤덮인 큰 산이 하나 있는데, 왕자가 그것들을 모두 베어내고 산 위에다 커다란 성을 지어야 한다고 했습니다. 그것도 사람들이 생각할 수 있는 가장 튼튼한 성을 지어야 하며, 성안에는 가구며 성에 어울리는 것들이 모두 다 갖추어져 있어야 한다고 말했습니다.

다음 날 아침 왕자가 일어나자 왕은 유리 도끼와 유리 송곳을 주면서 6시까지 일을 끝내라고 말했습니다. 그가 먼저 가시덤불을 베려고 하자마자 도끼는 산산조각이 나서 주위에 흩어져 버렸습니다. 그리고 송곳도 마찬가지로 아무 쓸모가 없었습니다. 그는 낙담해서 어찌할 줄 몰랐습니다. 이 절망적인 상황에서 벗어나게 해줄 사랑하는 공주가 오기만 기다렸습니다.

점심때가 되자 공주가 먹을 것을 들고 다시 왕자에게 왔습니다. 그는 그녀를 마중 나갔고, 모든 것을 이야기했습니다. 그리고 음식을 먹고, 그녀가 머리를 쓰다듬자 잠이 들었습니다. 그녀는 다시 목도리를 꺼내 땅을 내려치며 말했습니다.

"일꾼들아, 나오너라!"

그러자 다시 수많은 땅속 나라 난쟁이들이 나타나 바라는 것이 무엇이냐고 물었습니다.

"너희는 세 시간 안에 가시덤불을 모두 베어내고 산 위에다 성을 지어야 해. 그것도 생각할 수 있는 가장 튼튼한 성을 지어서 그 안에 필요한 모든 것을 갖추어놓아야 한다."

난쟁이들은 어디론지 뛰어가서 동료들에게 자신들을 도와달라고 부탁했습니다. 그리고 그들이 제시간에 일을 끝마치고 공주에게 그 사실을 알리자 그녀는 다시 목도리를 꺼내 땅을 세 번 내려치며 말했습니다.

"일꾼들아, 돌아가거라!"

그러자 난쟁이들이 다시 사라졌습니다. 왕자는 잠에서 깨어나 모든 것이 다 된 것을 보고, 하늘을 나는 새처럼 기뻐했습니다. 그때 종이 6시를 쳤으므로 두 사람은 함께 궁전으로 돌아갔습니다. 왕이 왕자에게 물었습니다.

"성은 다 지었느냐?"

"네." 하고 왕자가 대답했습니다.

그들이 다시 식탁에 앉자 왕이 말했습니다.

"두 언니가 먼저 결혼하기 전에는 막내딸을 줄 수 없네."

왕자와 공주는 무척 실망했습니다. 왕자는 어떻게 해야 할지 몰랐습니다. 그는 밤중에 공주를 찾아가 그녀와 함께 도망쳤습니다. 그러나 얼마 가지 못해, 공주는 아버지가 뒤쫓아 오는 것을 보았습니다.

그녀가 말했습니다.

"아, 우린 어떡하죠? 아버지가 우리를 다시 데려가려고 쫓아오고 있어요. 제가 당신을 가시덩굴로 만들고, 저는 장미가 되어 덩굴 가운데 숨어 있을게요."

왕이 그 자리에 가서 보니 장미꽃 한 송이가 핀 가시덩굴만 있었습니다. 왕이 장미꽃을 꺾으려 하자 가시가 그의 손가락을 찔렀습니다. 그래서 그는 할 수 없이 다시 집으로 돌아가야 했습니다. 왕비는 왕에게 왜 딸을 데려오지 않았느냐고 물었습니다. 왕은 그녀를 다 따라잡았는데 갑자기 그녀가 사라지고 대신 장미꽃 한 송이가 핀 가시덩굴만 있었다고 말했습니다.

"당신이 그 장미를 꺾었더라면 덩굴은 저절로 따라오는 건데요."

그래서 왕은 다시 장미를 꺾어 오려고 길을 떠났습니다. 한편 그 사이에 두 사람은 들판 저 멀리 걸어가고 있었습니다. 왕은 그들을 뒤쫓아 달려갔습니다. 막내딸은 뒤를 돌아 아버지가 뒤쫓는 것을 보고 말했습니다.

"아, 이제 어떡하죠? 제가 당신을 교회로 변하게 하고, 저는 목사로 변해 설교단 위에 서서 설교를 하겠어요."

왕이 그 자리에 가서 보니 교회가 하나 있고 단 위에서 목사가 설교를 하고 있었습니다. 그래서 왕은 설교만 듣고 다시 집으로 돌아갔습니다. 왜 그들의 딸을 데려오지 않았느냐고 왕비가 묻자 왕이 대답했습니다.

"한참 딸의 뒤를 쫓아 겨우 그 애를 잡았다고 생각했소. 그런데 거기에 교회가 서 있고, 목사가 설교단 위에서 설교를 하고 있더군."

"그 목사를 데려오지 그랬어요. 그러면 교회는 저절로 따라오는 건데요. 이제 당신을 보내봤자 아무 소용이 없으니 내가 직접 가야겠어요."

왕비가 한참을 가자 멀리 두 사람이 보였습니다. 공주가 뒤를 돌아보다 어머니가 오는 것을 발견하고 말했습니다.

"이제 큰일 났어요. 어머니가 직접 오고 있어요. 제가 당장 당신을 연못으로 만들고, 저는 물고기로 변하겠어요."

어머니가 그 자리에 가서 보니 커다란 연못이 있고, 그 한가운데

서 물고기 한 마리가 즐겁게 헤엄치며 머리를 물 위로 내밀고 둘러보았습니다. 그녀는 물고기를 잡으려고 애썼지만 잡을 수 없었습니다. 그녀는 몹시 화가 나서 물고기를 잡으려고 연못의 물을 다 마셔 버렸습니다. 하지만 그녀는 속이 메슥거리는 바람에 마셨던 물을 다시 전부 토해 냈습니다.

"이제는 우리가 어떻게 할 수 없다는 것을 알았다." 하고 그녀가 외쳤습니다.

그러자 공주가 다시 돌아왔고, 왕비는 딸에게 호두 세 알을 주면서 말했습니다.

"너에게 어려운 일이 닥칠 때 이것들이 너를 도와줄 게다."

그래서 젊은 한 쌍은 다시 길을 떠났습니다. 그들은 열 시간쯤 걸어 왕자가 떠났던 성 근처의 마을에 이르렀습니다. 그들이 마을에 들어서자 왕자가 말했습니다.

"당신은 여기서 기다리세요. 내가 먼저 성에 들어가서 마차와 하인들과 함께 당신을 데리러 오겠어요."

왕자가 성에 들어가자 모두 왕자가 돌아온 것을 기뻐했습니다. 그는 신부를 데려왔다고 그들에게 말했습니다. 신부가 지금 마을에 있는데, 마차를 몰고 그녀를 데리러 가야 한다고 했습니다. 그들은 곧장 마차에 마구를 달고 많은 하인을 마차에 태웠습니다. 왕자가 마차에 막 오르려는데, 어머니가 그에게 입맞춤을 했습니다. 그러자 그는 모든 것을 잊어버리고 말았습니다. 그동안 일어난 일도, 지금 자기가 하려던 일도 모두 까맣게 잊어버렸습니다. 그러자 어머니는 다시 마차를 풀라고 명령했습니다. 그들은 모두 다시 성으로 들어갔습니다.

공주는 마을에 남아 왕자가 자신을 데리러 오기만 하염없이 기다렸습니다. 하지만 아무리 기다려도 아무도 오지 않았습니다. 그녀는 성에 딸린 방앗간에 일자리를 얻어, 매일 오후 물가에 앉아 통을 씻어야 했습니다.

하루는 왕비가 성에서 나와 물가를 산책하다가 예쁜 소녀를 발견하고 말했습니다.

"참 예쁜 소녀구나! 정말 마음에 드는데!"

모든 사람이 소녀를 찬찬히 보았지만, 아무도 그녀가 누구인지 알아보지 못했습니다. 그렇게 오랜 시간 동안 그녀는 방앗간에서 열심히 일을 했습니다.

한편 왕비는 아주 먼 곳에서 온 처녀를 아들의 신부로 찾아냈습니다. 신부가 도착하자 그들은 서둘러 결혼식을 올리기로 했습니다. 수많은 사람들이 결혼식을 구경하려고 모여들었습니다. 공주는 방앗간 주인에게 자기도 구경하러 가고 싶다고 말했습니다.

그러자 그가 "그래, 가보아라. 곧장 다녀오렴." 하고 말했습니다.

공주가 떠나기 전에 어머니가 준 세 개의 호두 가운데 하나를 깨니 아주 어여쁜 옷이 들어 있었습니다. 공주는 그 옷을 입고 교회에 가서 제단 가까이에 섰습니다. 곧이어 신랑과 신부가 도착해 제단 앞에 앉았습니다. 목사가 그들에게 축복을 내려주려는 순간 신부는 옆에 아름다운 옷을 입고 서 있는 방앗간 집 하녀를 보았습니다. 신부는 자리에서 벌떡 일어나며 자신이 하녀보다 아름다운 드레스를 입어야만 결혼식을 올리겠다고 했습니다.

그래서 그들은 다시 집으로 돌아갔고, 처녀에게 그 옷을 팔지 않겠느냐고 물어보았습니다. 아니요, 그녀는 팔지 않겠다고 했습니다. 그러나 어쩌면 신부가 그것을 얻을 수 있을지도 모른다고 했습니다. 그들은 어떻게 하면 되겠느냐고 물었습니다. 그러자 처녀는 왕자의 방문 밖에서 하룻밤 자게 해주면 그 옷을 주겠다고 했습니다. 신부는 그렇게 하겠다고 했습니다. 그러나 그녀는 하인을 시켜 왕자에게 수면제가 든 술을 마시게 했습니다.

처녀는 문간에 누워 밤새 한탄했습니다. 자기가 왕자를 위해 숲의 나무를 베게 해주었고, 연못을 깨끗이 치웠으며, 성을 짓고, 왕자를 장미 덩굴로, 교회로, 마지막에 연못으로 변하게 했는데, 그렇게 빨리 자기를 잊었느냐고 했습니다. 왕자는 그 소리를 하나도 듣지 못했지만, 울음소리에 잠이 깬 하인들은 그 말을 전부 들었습니다. 하지만 그들은 그것이 무슨 말인지 알아듣지 못했습니다.

다음 날 아침 그들은 자리에서 일어나, 신부는 그 드레스를 입고 신랑과 함께 교회로 갔습니다. 한편 처녀가 두 번째 호두를 깨어보니 그 안에는 그 전 것보다 아름다운 옷이 들어 있었습니다. 그녀는 다시 그 옷을 입고 교회에 가서 제단 가까이에 섰습니다. 그러자 지난번과 똑같은 일이 벌어졌습니다.

처녀는 다시 왕자의 방문 앞에 누워 하룻밤을 지냈습니다. 하인들은 다시 왕자에게 수면제를 탄 술을 주어야 했지만, 이번에는 그에게 잠들지 않는 술을 주었습니다. 왕자는 그것을 마시고 잠자리에 들었습니다. 방앗간 소녀는 다시 문간에서 흐느껴 울며 자기가 했던 것을 모두 이야기했습니다.

왕자는 그 이야기를 모두 듣고 몹시 슬펐습니다. 자기가 겪었던 일들이 모두 다시 생각났습니다. 왕자가 그녀에게 가려고 보니까 어머니가 문을 잠가놓았습니다. 다음 날 아침이 되자 왕자는 사랑하는 처녀에게 당장 달려가 자신에게 일어났던 모든 것을 이야기했습니다. 그러면서 그녀를 잊었던 자신을 너무 나쁘게 생각하지 말라며 용서를 빌었습니다.

공주가 세 번째 호두를 열자, 그 전보다 훨씬 더 아름다운 드레스가 들어 있었습니다. 그녀는 그 옷을 입고 신랑과 함께 교회로 갔습니다. 아이들이 그들 주위에 떼를 지어 모여들어, 신랑 신부에게 꽃을 뿌리고 발밑에 오색 리본을 깔아주었습니다. 두 사람은 많은 축복을 받고 결혼식 잔치를 열었습니다. 하지만 몹쓸 어머니와 신부는 먼 곳으로 쫓겨나야 했습니다.

그리고 이 이야기를 마지막으로 해준 사람은 이야기에 열중한 나머지 아직 입술이 뜨겁답니다.

거위치기 아가씨

오래전 옛날, 남편을 잃은 나이 든 여왕에게 아름다운 딸이 있었습니다. 그 딸은 자라서, 먼 곳에 사는 왕자와 약혼을 했습니다. 결혼할 날이 다가와 그녀가 먼 나라로 가게 되자 나이 든 여왕은 값비싼 금은 그릇과 장신구 들을 많이 꾸려주었습니다. 잔과 보석, 말하자면 모든 것이 왕가의 지참금에 속하는 것이었습니다. 여왕은 딸을 몹시 사랑했거든요. 뿐만 아니라 말을 타고 함께 여행하면서 신부를 신랑 손에 잘 넘겨주라고, 시녀를 한 명 딸려 보냈습니다.

그리고 각자가 여행에 타고 갈 말을 받았는데, 특히 공주가 타고 갈 말의 이름은 '팔라다'로, 말을 할 줄 알았습니다. 작별의 시간이 다가오자 여왕은 침실로 들어가 작은 칼을 꺼내, 그것으로 손가락을 베어 피를 냈습니다. 그러고는 피 세 방울을 하얀 손수건에 떨어뜨린 다음 딸에게 주며 말했습니다.

"사랑하는 딸아, 가다가 필요할지 모르니 이것을 잘 간직해라."

이렇게 어머니와 슬픈 작별을 한 공주는 어머니가 준 헝겊을 가슴에 간직하고 말에 올라 신랑이 있는 곳을 향해 떠났습니다. 한동안 말을 달린 후, 그녀는 목이 타는 듯 말랐습니다.

그래서 그녀가 시녀에게 말했습니다.

"말에서 내려라, 그리고 날 위해 가져온 잔을 가져가 냇가에서 물을 떠 오렴. 목이 너무 마르구나."

그러자 시녀가 말했습니다.

"목이 마르면 직접 말에서 내려 냇가로 가서 물을 마셔요. 난 당신 몸종 노릇은 하고 싶지 않아요."

목이 몹시 말랐으므로 공주는 말에서 내려 냇가에 엎드려 물을 마셨습니다. 하녀가 황금 잔으로 마시지 못하게 했기 때문입니다.

"오, 맙소사!"

그녀가 이렇게 작은 소리로 탄식하자 세 방울의 피가 대답했습니다.

"아, 어머니께서 이 일을 아신다면 가슴이 터져버릴 거예요."

공주는 아무 말도 하지 않고 다시 말에 올라탔습니다. 그렇게 몇 킬로미터를 더 갔습니다. 날은 덥고 태양은 타는 듯이 뜨거웠으므로 그녀는 다시 목이 말랐습니다. 강가에 이르자 공주는 시녀가 못된 말로 자신의 명령을 어겼던 기억을 벌써 다 잊어버리고 다시 시녀에게 말했습니다.

"말에서 내려 황금 잔에다 내가 마실 물을 떠 오렴."

하지만 시녀는 더욱 거만한 투로 말했습니다.

"물을 마시고 싶으면 직접 마셔요. 난 당신의 몸종 노릇은 하고 싶지 않아요."

공주는 몹시 목이 말랐기 때문에 다시 흐르는 물 위에 엎드려 물을 마셨습니다. 그녀는 눈물을 흘리며 말했습니다.

"오, 맙소사!"

그러자 세 방울의 피가 대답했습니다.

"아, 어머니께서 이 일을 아신다면 가슴이 터져버릴 거예요."

그녀가 물을 마시느라 몸을 잔뜩 숙이자 세 방울의 피가 묻은 손수건이 그만 가슴에서 떨어져 시냇물과 함께 떠내려가 버렸습니다. 이를 알아차린 공주는 커다란 두려움에 휩싸였습니다. 그것을 본 시녀는 이제 공주를 자기 손아귀에 넣었다고 기뻐했습니다. 공주는 핏방울들을 잃어버렸으므로 이제 약해졌고 아무 힘도 없게 되었으니까요. 공주가 팔라다라고 불리는 그녀의 말에 다시 올라타려고 하자 시녀가 말했습니다.

"이제 팔라다는 내가 탈 테니, 넌 내 조랑말을 타는 게 좋겠어."

공주는 시녀가 시키는 대로 할 수밖에 없었습니다. 시녀는 험한 말로 공주에게 옷을 벗고 자신의 허름한 옷과 바꿔 입으라고 했습니다. 그리고 왕궁에 가서 공주는 이것에 대해 누구에게도 말하지 않겠다고 하늘에 걸고 맹세해야 했습니다. 만약 맹세를 하지 않았다면 그녀는 그 자리에서 죽었을지도 모릅니다. 하지만 팔라다는 이 모든 것을 하나도 빠짐없이 지켜보았습니다.

이제 시녀는 팔라다의 등에 올라탔고 공주는 볼품없는 말에 올라탔습니다. 여행을 계속해서 그들은 마침내 왕자가 사는 왕궁에 도착했습니다. 그들이 성에 들어서자 모두 크게 기뻐했고, 왕자가 한걸음에 그들을 마중하러 나왔습니다. 왕자는 시녀를 자기 신부라 생각하고 말에서 내려주었습니다. 그리고 왕자는 공주는 혼자 내버려 둔 채 시녀의 손을 잡고 계단 위로 올라갔습니다. 그때 늙은 왕이 창밖을 내다보다가 곱고 품위 있는 아름다운 아가씨가 궁전 마당에 서 있는 것을 보았습니다. 왕은 곧바로 영접실로 가서 저 아래 마당에 서 있는 아가씨가 누구냐고 신부에게 물었습니다.

"이리 오던 길에 만나서 데려온 아이입니다. 놀리지 말고 일을 부려먹으면 될 겁니다."

하지만 늙은 왕은 그녀에게 따로 시킬 일이 없었으므로 이렇게 말했습니다.

"거위를 지키는 어린 소년이 있는데, 그 아이를 도와주면 되겠구나."

그리하여 진짜 신부는 콘라트라는 소년을 도와 거위를 지키게 되었습니다.

그러나 잠시 후 가짜 신부가 젊은 왕에게 말했습니다.

"왕자님, 부탁이 하나 있는데 들어주시겠어요?"

"물론이오, 기꺼이 들어주고말고요."

"그러면 도살업자를 불러 제가 타고 온 말의 목을 치게 해주세요. 그 말이 여기 오는 내내 말썽만 피웠거든요."

사실은 그녀가 공주에게 어떻게 행동했는지 팔라다가 말을 할까 봐 두려웠던 것입니다. 이렇게 되어 충직한 팔라다가 죽을 운명에 처했다는 말이 진짜 공주의 귀에 들어갔습니다. 그녀는 몰래 도살업자에게 가서 작은 부탁을 들어준다면 금화 한 닢을 주겠다고 약속했습니다. 그 도시에는 컴컴한 성문이 하나 있는데, 그녀는 아침저녁으로 거위들과 함께 그 문을 지나야 했습니다. 그 컴컴한 성문 밑에 팔라다의 머리를 매달아 준다면 하루에 한 번 이상은 볼 수 있기 때문이었습니다. 도살업자는 그러겠노라 약속하고 팔라다의 머리를 베어서 컴컴한 성문 밑에 못을 박아 단단히 매달아 주었습니다.
아침 일찍 그녀는 콘라트와 함께 성문 밑을 지나면서 말했습니다.

오 팔라다야, 거기에 매달려 있구나.

그러자 말 머리가 대답했습니다.

오 공주님, 거기 가시는군요.
어머니께서 이 일을 아신다면
가슴이 터져버릴 거예요.

그러나 그녀는 아무 말 없이 성문 밖으로 발걸음을 옮겼습니다. 두 사람은 거위를 몰고 들판으로 나갔습니다. 그들이 풀밭에 이르자 그녀는 자리에 앉아 금빛 머리를 풀었습니다. 콘라트는 그녀의 반짝이는 머리칼을 보고 기뻐하면서 머리카락을 몇 올 뽑으려고 했습니다. 그러자 그녀가 말했습니다.

바람아 불어다오, 바람아
콘라트의 모자가 벗겨지도록.
내가 머리를 한 올 한 올 땋아
머리 위로 다시 올릴 때까지
모자를 쫓아다니도록.

그러자 거센 바람이 불어 콘라트의 모자를 들판 저 멀리 날려 보냈습니다. 콘라트는 모자를 쫓아 이리저리 헤맸고 돌아왔을 때는 그녀가 이미 머리를 땋아 단정하게 올린 뒤라서 콘라트는 머리카락을 한 올도 얻을 수 없었습니다. 그는 몹시 화가 나 그녀와 말을 하지 않았습니다. 그들은 거위를 지키다가 날이 저물자 집으로 돌아갔습니다.

다음 날 아침 컴컴한 성문을 빠져나가면서 소녀가 말했습니다.

오 팔라다야, 거기에 매달려 있구나.

그러자 머리가 대답했습니다.

오 공주님, 거기 가시는군요.
어머니께서 이 일을 아신다면
가슴이 터져버릴 거예요.

그녀는 콘라트와 다시 들판으로 나간 뒤 풀밭에 앉아 머리를 빗었습니다. 콘라트가 달려와 머리카락을 잡으려 하자 그녀가 재빨리 말했습니다.

바람아 불어다오, 바람아
콘라트의 모자가 벗겨지도록.
내가 머리를 한 올 한 올 땋아
머리 위로 다시 올릴 때까지

모자를 쫓아다니도록.

그러자 바람이 불더니 콘라트의 모자를 들판 저 멀리 날려 보냈습니다. 콘라트는 모자를 쫓아 이리저리 헤맸고 다시 왔을 때는 그녀가 이미 머리를 빗어 다 땋아 올린 뒤라서 콘라트는 머리카락을 한 올도 뽑을 수 없었습니다. 그들은 저녁이 될 때까지 거위를 지켰습니다.

그날 저녁, 그들이 집에 돌아갔을 때 콘라트는 늙은 왕에게 가서 말했습니다.

"저 아가씨하고는 이제 거위를 지키고 싶지 않습니다."

"이유가 무엇인고?"

"그 아가씨는 온종일 나를 화나게 만들거든요."

그러자 늙은 왕은 그녀가 어떻게 했는지 자세히 말하라고 명령했습니다. 그러자 콘라트가 말했습니다.

"아침에 우리가 거위 떼를 몰고 컴컴한 성문을 지날 때면 그녀는 벽에 매달린 말 머리를 보고 이렇게 말한답니다."

오 팔라다야, 거기에 매달려 있구나.

"그러면 그 말 머리는 이렇게 대답하는 겁니다."

오 공주님, 거기 가시는군요.
어머니께서 이 일을 아신다면
가슴이 터져버릴 거예요.

그리고 콘라트는 거위를 지키는 풀밭에서 일어난 일과 바람에 날아간 모자를 찾느라 뛰어다닌 이야기를 했습니다.

늙은 왕은 소년에게 다음 날도 함께 거위를 몰고 가라고 명령했습니다. 그리고 왕은 아침이 되자 컴컴한 성문 뒤에 숨어 소녀가 팔라다의 머리에게 하는 소리를 들었습니다. 그런 다음 들판으로 따라 나가 풀밭의 덤불 뒤에 몸을 숨기고 거위치기 소녀와 거위치기 소년이 거위 떼를 모는 것을 직접 자기 눈으로 지켜보았습니다. 잠시 후 소녀가 풀밭에 앉아 금빛으로 반짝이는 머리를 풀어 내렸습니다. 콘라트가 머리카락을 잡으려 하자 그녀가 곧장 다시 말했습니다.

바람아 불어다오, 바람아
콘라트의 모자가 벗겨지도록.
내가 머리를 한 올 한 올 땋아
머리 위로 다시 올릴 때까지
모자를 쫓아다니도록.

그러자 돌풍이 일며 콘라트의 모자가 멀리 날아갔습니다. 콘라트가 모자를 쫓아 멀리 달려간 사이, 소녀는 조용히 머리를 빗어 단정하게 땋아 올렸습니다. 늙은 왕은 이 모든 광경을 하나도 빠짐없이 지켜보았습니다. 그런 다음 아무도 모르게 궁전으로 돌아갔습니다. 저녁이 되어 거위치기 소녀가 집으로 돌아오자, 왕은 그녀를 불러 왜 그런 일을 하는지 물어보았습니다.

"저는 한마디도 해서는 안 되는 처지입니다. 제 괴로움을 하소연

하지 않겠다고 하늘에 걸고 맹세했기 때문입니다. 제가 맹세를 하지 않았더라면 저는 목숨을 잃고 말았을 겁니다."

왕은 그녀를 계속 몰아치며 가만두지 않았지만 그녀에게서 아무것도 들을 수 없었습니다. 그러자 왕이 말했습니다.

"나에게 이야기하지 않겠다면, 저곳에 있는 쇠 난로에게 너의 괴로움을 털어놓도록 해라."

왕이 자리를 뜨자 그녀는 쇠 난로 속으로 기어 들어가 울며 탄식했습니다.

"나는 온 세상에서 버림받아 여기에 있단다. 그렇지만 나는 사실 공주란다. 시녀가 억지로 이렇게 만들어 나는 공주 옷을 벗어야 했고, 그녀가 나의 신랑 옆 내 자리를 차지한 거란다. 그래서 나는 거위치기 소녀가 되어 궂은일을 하고 있단다. 어머니께서 이 일을 아신다면 가슴이 터져버릴 거야."

늙은 왕은 밖에 서서 연통을 통해 그녀가 하는 말을 모두 엿들었습니다. 그리고 왕은 다시 돌아가 그녀를 난로 밖으로 나오게 했습니다. 그리고 그녀에게 공주의 옷을 입게 하자 그녀가 얼마나 아름다운지 믿기 어려울 정도로 아름다웠습니다. 늙은 왕은 즉시 아들을 불러 지금 신부는 가짜라고 알려주었습니다. 그녀는 시녀에 불과하고, 진짜 신부는 거위치기를 하던 바로 여기 있는 소녀라고 말입니다. 왕자는 그녀가 매우 아름답고 고결해 보였으므로 진심으로 기뻐했습니다.

이제 왕실의 사람들과 친척들이 다 초대된 큰 잔치가 열렸습니다. 식탁의 위쪽에는 신랑이 앉고, 한쪽 옆에는 공주가, 다른 쪽 옆에는 시녀가 앉았습니다. 하지만 시녀는 기쁨에 눈이 멀어 눈부시게 치장한 공주를 알아내지 못했습니다. 그들이 식사를 하면서 즐거운 분위기가 되자, 늙은 왕은 시녀에게 수수께끼를 하나 냈습니다. 그는 어떤 여자가 주인을 이러저러한 방법으로 속였다면서, 동시에 그와 연관된 모든 이야기를 했습니다.

그리고 "그대는 그런 여자에게 어떤 벌을 내리겠는가?"라고 물었습니다.

그러자 가짜 신부인 시녀가 말했습니다.

"그런 여자는 실오라기 하나 남기지 않고 발가벗겨서, 뾰족한 못이 박힌 통 속에 넣어야지요. 그런 다음 백마 두 마리에 그 통을 매달아 그녀가 죽을 때까지 이리저리 끌고 다니게 해야지요."

"그렇게 될 여자가 바로 너이니라. 너 자신이 받을 판결을 스스로 내렸으니, 그대로 이행할 것이니라."

늙은 왕이 말했습니다. 형이 집행되어 시녀가 그런 벌을 받는 동안 젊은 왕은 진짜 신부와 결혼식을 올렸습니다. 그리고 두 사람은 그들의 왕국을 평화롭게 다스리며 행복하게 살았습니다.

야만인 한스

옛날에 한 왕이 살았습니다. 그는 성 근처에 온갖 동물들이 가득한 커다란 숲을 가지고 있었습니다. 하루는 왕이 사슴을 잡아 오라고 사냥꾼을 내보냈는데, 사냥꾼은 돌아오지 않았습니다.

"사냥꾼이 무슨 일을 당한 게 틀림없어." 왕이 말했습니다. 그리고 다음 날 사냥꾼 두 명을 더 보내 그를 찾아보게 했지만, 두 사람 역시 돌아오지 않았습니다. 사흘째 되는 날 왕은 모든 사냥꾼을 보내며 말했습니다.

"온 숲을 샅샅이 뒤져 세 사람을 반드시 찾아오도록 하여라."

하지만 그들 역시, 누구도 다시 돌아오지 않았습니다. 그들이 데려갔던 한 떼의 사냥개 역시 한 마리도 돌아오지 않았습니다. 그때부터 아무도 그 숲에 들어가려 하지 않았습니다. 이제 숲은 인적이 끊어진 채 깊은 정적에 싸여 있었고, 이따금 독수리나 매가 그 위로 날아가는 것만 보일 뿐이었습니다.

이렇게 여러 해가 흘렀을 때 한 낯선 사냥꾼이 왕을 찾아와 자기를 써달라면서 위험한 숲에 들어가 보겠다고 했습니다. 하지만 왕은 허락하려 하지 않았습니다.

그리고 "그곳은 안전하지 않아. 너도 다른 사람들처럼 사고를 당해 다시 돌아오지 못할까 봐 걱정이 되는구나."라고 말했습니다.

그러자 사냥꾼이 말했습니다.

"전하, 저는 어떤 위험도 무섭지 않습니다. 저는 두려움을 알지 못합니다."

마침내 사냥꾼은 사냥개를 데리고 숲으로 들어갔습니다. 얼마 가지 않아 사냥개는 짐승의 냄새를 맡고 뒤쫓았습니다. 그러나 개는 몇 걸음 못 가서 깊은 연못에 가로막혀 앞으로 더 나아가지 못했습니다. 그때 물속에서 맨팔 하나가 쑥 나오더니 개를 움켜잡아 끌고 들어갔습니다. 그것을 본 사냥꾼은 성으로 돌아가 세 명의 남자를 데리고 연못으로 다시 가서는 물통으로 물을 퍼내게 했습니다. 그들이 바닥이 보일 때까지 물을 퍼내자 야만인처럼 보이는 한 사내가 연못 바닥에 누워 있었습니다. 그의 몸은 녹슨 쇠처럼 갈색이었고, 머리카락은 무릎까지 내려와 있었습니다. 네 사람은 그 야만인을 밧줄로 묶어 성으로 데려갔습니다. 모두 그를 보고 몹시 놀랐습니다. 왕은 정원에 있는 쇠 우리에 그를 가두고는 우리의 문을 열어주는 사람은 사형에 처하겠다며 문 여는 것을 금지했습니다. 그리고 우리 열쇠는 왕비가 보관했습니다. 그때부터 누구든 마음 놓고 숲에 드나들 수 있게 되었습니다.

왕에게는 여덟 살 된 아들이 있었습니다. 어느 날 그가 정원에 나와 황금 공을 가지고 놀다가, 그 공이 우리 안으로 들어가고 말았습니다. 소년이 우리에 뛰어가서 말했습니다.

"내 공을 돌려줘."

"문을 열어주면 공을 주지."

"안 돼. 그럴 수 없어. 왕께서 그러지 못하게 하셨어."

소년은 그렇게 말하고 도망쳐 버렸습니다. 다음 날 소년은 다시 우리에 가서 공을 돌려달라고 했습니다.

그러자 야만인이 말했습니다.

"먼저 문을 열어달라니까."

하지만 소년은 야만인의 말을 들어주지 않았습니다.

사흘째 되는 날에는 왕이 사냥을 나가고 없었습니다. 소년이 우리에 다시 와서 말했습니다.

"문을 열어주고 싶어도 그럴 수 없어. 나한테는 열쇠가 없단 말이야."

"열쇠는 네 어머니 베개 밑에 있어. 네가 가져올 수 있을 거야."

공을 다시 갖고 싶었던 왕자는 모든 걱정을 훌훌 날려버리고 열쇠를 가져왔습니다. 문이 잘 열리지 않아 소년은 손가락이 끼었습니다. 문이 열리자 밖으로 나온 야만인은 왕자에게 황금 공을 돌려주고 얼른 도망쳤습니다. 그러자 겁이 난 소년이 그를 부르고 소리를 지르며 뒤따라갔습니다.

"아, 야만인, 도망가지 마. 네가 도망가면 난 매를 맞는단 말이야."

야만인이 되돌아오더니 그를 들어 어깨에 올리고는 빠른 걸음으로 숲 속으로 들어갔습니다. 왕이 궁전에 돌아오니 우리가 텅 비어 있었습니다. 그가 왕비에게 어찌 된 일이냐고 물었습니다. 그녀는 아무것도 몰라 열쇠를 찾아보았지만 보이지 않았습니다. 그녀는 아들을 불러보았지만 아무 대답도 없었습니다. 왕은 사람들을 들판으로 보내 왕자가 있는지 찾아보았지만 찾지 못했습니다. 그제야 왕은 무슨 일이 일어났는지 알게 되었습니다. 온 성이 큰 슬픔에 가득 찼습니다.

야만인은 다시 컴컴한 숲으로 돌아가자 소년을 어깨에서 내려놓고 말했습니다.

"넌 다시는 아버지, 어머니를 보지 못할 거야. 그러나 네가 나를 풀어주었으니 너를 내 곁에 두고 싶다. 너를 보니 측은하구나. 내가 시키는 대로만 하면 너는 잘 지내게 될 거야. 나는 이 세상 누구보다 많은 보물과 금을 가졌거든."

그는 소년에게 이끼로 잠자리를 만들어주었습니다. 소년은 그 위에서 잠이 들었습니다. 다음 날 아침 야만인은 소년을 샘으로 데려갔습니다. 그리고 이렇게 말했습니다.

"이 황금 샘이 보이지? 이 샘은 수정처럼 맑고 깨끗하단다. 너는 여기 앉아서 아무것도 떨어지지 않게 샘을 잘 지켜야 한다. 그렇지 않으면 더러워질 거야. 매일 저녁 네가 내 명령을 잘 지키고 있는지 보러 오겠다."

소년은 샘가에 앉아 샘을 지켜보았습니다. 이따금 황금 물고기나 황금 뱀이 보이기도 했습니다. 그는 샘에 아무것도 빠지지 않게 잘 지켜보았습니다. 이렇게 앉아 있는데 손가락이 너무 아파 그는 아무 생각 없이 손가락을 물속에 담갔습니다. 그는 얼른 다시 빼냈지만 손가락은 완전히 금빛으로 변하고 말았습니다. 아무리 애를 써도 황금색은 지워지지 않았고, 모든 노력이 아무 소용 없었습니다. 저녁이 되자 야만인 한스가 돌아와 소년을 바라보며 물었습니다.

"샘물에 무슨 일이 있었니?"

"아니요, 아무 일도 없었어요."

그는 손가락을 등 뒤에 감추고 대답했습니다. 한스는 보지 않은 것 같았지만 이렇게 말했습니다.

"너 손가락을 샘물에 담갔구나. 이번에는 그냥 봐주겠지만 다음부터는 아무것도 빠뜨리지 않도록 조심해라."

다음 날 새벽 날이 밝기 무섭게 소년은 샘가에 앉아 샘을 지켰습니다. 그는 손가락이 다시 아파서 손가락을 머리에 대고 비볐습니다. 그러다가 불행히도 머리카락 한 올이 샘물 속으로 빠지고 말았습니다. 그는 얼른 머리카락을 꺼냈지만, 그것은 이미 황금으로 변했습니다. 이번에도 야만인 한스가 와서 무슨 일이 일어났는지 벌써 알고 말했습니다.

"머리카락을 샘물에 빠뜨렸구나. 한 번 더 용서해 주겠지만, 이런 일이 세 번 일어나면 샘은 더러워진다. 그렇게 되면 너는 내 곁에 있을 수 없어."

사흘째 되는 날도 소년은 샘가에 나가 있었습니다. 이제는 손가락이 아무리 아파와도 꼼짝하지 않았습니다. 하지만 그는 몹시 심심해져서 자기 얼굴을 물에 비쳐 보았습니다. 얼굴을 더 잘 보려고 자꾸 고개를 숙이다가 그만 긴 머리채가 어깨에서 미끄러져 물속에 빠지고 말았습니다. 그는 즉시 벌떡 일어났지만, 머리털은 이미 황금으로 변해 태양처럼 반짝였습니다. 불쌍한 소년이 얼마나 놀랐을지 여러분도 충분히 짐작할 수 있을 것입니다. 그는 한스가 보지 못하도록 수건을 꺼내 머리에 둘렀습니다. 샘에 온 한스는 벌써 무슨 일이 일어났는지 다 알고 말했습니다.

"수건을 풀어봐라."

소년이 수건을 풀자 황금빛 머리털이 드러났습니다. 소년은 용서를 빌었지만, 이번에는 아무리 잘못을 빌어도 소용이 없었습니다.

"넌 시험에 합격하지 못했으니 더는 여기 있을 수 없다. 세상에 나가거라. 그러면 거기에서 가난이 어떤 건지 알게 될 거야. 하지만 너는 마음이 착한 아이이고 나도 너를 좋게 생각하니 한 가지 선물을 주도록 하겠다. 네게 어려운 일이 생기면 이 숲으로 와서 '철인 한스.' 하고 부르도록 해. 그러면 내가 나타나 너를 도와주겠다. 내 힘은 네가 생각하는 것 이상으로 무지 세단다. 그리고 나는 금과 은을 넘칠 만큼 가졌어."

그리하여 왕자는 숲을 떠나 길이 있든 없든 가리지 않고 걷다가 마침내 큰 도시에 이르렀습니다. 그는 그곳에서 일자리를 구해 보았지만 먹고사는 데 필요한 기술을 배우지 않았기 때문에 일자리를 얻을 수 없었습니다. 결국 그는 성으로 가서 자기를 받아줄 수 있는지 물어보았습니다. 성 사람들은 딱히 그가 필요하지 않았지만, 그가 마음에 들었으므로 머물러 있으라고 했습니다. 마침내 요리사가 그에게 할 일을 주었는데 장작과 물을 나르고 재를 치우는 일이었습니다.

그러던 어느 날, 마침 일 시킬 사람이 없던 요리사는 그에게 왕의 식탁에 음식을 나르라고 했습니다. 소년은 자신의 황금 머리털을 보이기 싫어 모자를 쓴 채 일했습니다. 왕은 이제까지 그런 것을 본 적이 없었으므로 이렇게 말했습니다.

"왕의 식탁에 올 때는 모자를 벗어야 한다."

"오, 전하. 그럴 수 없습니다. 저는 머리에 흉한 부스럼 딱지가 있거든요."

소년이 그렇게 대답하자 왕은 요리사를 불러 꾸짖으며, 어떻게 저런 소년에게 일을 시킬 수 있느냐고 물었습니다. 그러면서 당장 내쫓으라고 했습니다. 그러나 그를 가엾게 여긴 요리사는 정원 일을 하는 소년과 바꿔 일하게 했습니다.

이제 소년은 비바람이 치는 험한 날씨든 비가 오든 상관없이 정원에서 나무를 심고 물을 주고, 땅을 파고 갈면서 견뎌야 했습니다. 어느 여름날 그는 정원에서 혼자 일하고 있었습니다. 그러다가 날씨가 너무 더워서 시원한 바람을 쐬려고 모자를 벗었습니다. 그의 황금빛 머리가 햇빛에 반짝이며 눈부시게 빛나, 그 빛이 공주의 침실까지 비쳤습니다. 그녀는 그것이 무엇인지 보려고 자리에서 벌떡 일어났습니다. 그러다가 소년을 보고 소리쳐 불렀습니다.

"얘, 내게 꽃 한 다발을 가져다 다오."

그는 얼른 모자를 쓰고 들꽃을 꺾어 꽃다발을 묶었습니다. 그는 그것을 들고 계단을 올라가다가 정원사와 마주쳤습니다. 그는 소년을 나무라며 말했습니다.

"아니, 공주님께 그런 흔한 꽃들을 가져다줘서 되겠느냐? 얼른 가서 다른 꽃들을 꺾어 오너라. 제일 예쁘고 귀한 꽃들을 골라 와야지."

"아, 아니에요. 들꽃 향기가 훨씬 진하니까 공주님도 이런 걸 더 좋아하실 거예요."

그가 방에 들어서자 공주가 말했습니다.

"모자를 벗어라. 내 앞에서 모자를 쓰는 건 예의가 아니야."

"머리에 부스럼 딱지가 있어 그럴 수 없습니다."

하지만 공주는 그의 모자를 잡고 벗겼습니다. 그러자 그의 황금 머리채가 어깨 위로 늘어졌습니다. 참으로 눈부시게 찬란한 머리채였습니다. 그가 돌아서 나가려 하자, 공주는 그의 팔을 붙잡고 금화를 한 줌 주었습니다. 그는 금화를 받아 들고 얼른 방을 나왔습니다. 그러나 그는 금화에는 관심이 없어 그것을 정원사에게 주면서 말했습니다.

"아저씨의 아이들에게 선물로 줄게요. 아이들이 갖고 놀 수 있을 거예요."

다음 날에도 공주는 그를 불러 들꽃 한 다발을 가져오라고 했습니다. 그가 꽃다발을 들고 방에 들어서자 공주는 또 모자를 잡고 벗기려 했습니다. 하지만 그는 양손으로 모자를 꼭 붙들었습니다. 공주는 다시 금화 한 줌을 주었으나, 그는 이것도 가지려 하지 않고 아이들 장난감이라며 정원사에게 주었습니다. 사흘째에도 같은 일이 벌어졌습니다. 공주는 그의 모자를 벗길 수 없었고, 소년은 금화를 또 정원사에게 주었습니다.

이로부터 오래지 않아 나라에 전쟁이 일어났습니다. 왕이 군사들을 불러 모았지만, 적이 워낙 막강한 대군이라서 적과 맞서 이길 수 있을지 자신이 없었습니다. 그때 정원에서 일하는 소년이 말했습니다.

"저도 이제 다 컸으니 전쟁에 나가고 싶습니다. 저에게도 말을 주세요."

그러자 다른 사람들이 웃으며 말했습니다.

"우리가 떠난 다음에 마구간에 가서 말을 찾아보렴. 너를 위해 한 마리는 남겨두고 갈 테니."

그들이 전쟁터로 떠나자 그는 마구간으로 가서 말을 끌어냈습니다. 그 말은 한쪽 다리를 저는 절름발이 말이었습니다. 그래도 그는 말에 올라 어두운 숲으로 향했습니다. 숲가에 도착한 그는 나무들이 쩌렁쩌렁 울릴 정도로 크게 소리쳐 불렀습니다.

"철인 한스! 철인 한스! 철인 한스!"

그러자 즉시 야만인이 나타나 말했습니다.

"무얼 원하느냐?"

"전쟁에 타고 나갈 튼튼한 말이 필요해요."

"그래, 주고말고. 네가 원하는 것보다 훨씬 좋은 말을 주지."

야만인이 숲으로 들어가고 얼마 지나지 않아 마부 한 사람이 숲에서 말을 끌고 나왔습니다. 그것은 콧구멍에서 연방 김을 뿜어대는, 길들이지 않은 아주 사나운 말이었습니다. 그리고 그 뒤에는 갑옷으로 무장한 한 무리의 군사들이 따라왔습니다. 그들의 창칼이 햇빛에 번득이며 빛났습니다. 젊은이는 자신이 타고 있던 절름발이 말을 마부에게 주고 다른 말에 올라타고는 군사를 이끌고 전쟁터로 달려갔습니다. 그가 전쟁터에 가보니 왕의 군사들은 대부분 이미 쓰러져 있었고, 얼마 남지 않은 사람들도 여차하면 도망쳐야 할 처지였습니다. 젊은이는 철갑 부대를 이끌고 폭풍처럼 적군에게 달려들어 덤벼드는 자를 모두 쓰러뜨렸습니다. 적군은 줄행랑을 놓았지만 젊은이는 한 명의 적도 남지 않을 때까지 계속 맹추격을 했습니다. 전쟁이 끝난 후 그는 왕에게 돌아가는 대신, 군사들을 이끌고 옆길로 돌아 다시 숲으로 가서 철인 한스를 불렀습니다.

"무슨 일이냐?"

"이제 당신 말과 군사를 데려가고 내 절름발이 말을 돌려주세요."

모든 일이 그가 요구한 대로 됐습니다. 그는 절름발이 말을 타고 집으로 돌아갔습니다. 왕이 성으로 돌아오자 딸이 반갑게 아버지를 맞으며 승리를 축하했습니다. 그러자 왕이 말했습니다.

"얘야, 승리를 거둔 사람은 내가 아니라 어떤 낯선 기사란다. 그가 군사를 이끌고 나를 도와주었단다."

딸은 그 낯선 기사가 누구인지 알고 싶어 했지만 왕은 알지 못했습니다.

"그는 적을 무찌르며 뒤쫓아 가서 다시는 나타나지 않았단다."

공주가 정원사에게 소년에 대해 물어보자 그가 웃으며 말했습니다.

"그 녀석이 방금 절름발이 말을 타고 돌아왔습니다. 다들 '우리 절뚝절뚝 기사가 돌아왔구나.' 하고 놀리며 소리쳤지요. 사람들이 또 '그동안 어느 덤불 뒤에서 잠자다 왔지?' 라고 물으니까, 그 녀석이 '나는 최선을 다했어요. 내가 아니었다면 큰일 날 뻔했어요.' 라고 말하는 거예요. 그래서 다들 웃고 난리가 났지요."

왕이 딸을 불러 말했습니다.

"전쟁에 이겼으니 사흘 동안 큰 잔치를 열도록 하겠다. 그때 네가 황금 사과를 던져봐라. 그러면 혹시 그 낯선 기사가 나타날지도 모르지."

잔치가 열린다는 공고가 있자 젊은이는 숲으로 가서 철인 한스를 불렀습니다.

야만인 한스

"무슨 일이냐?"

"공주가 던지는 황금 사과를 잡고 싶어서요."

그러자 철인 한스가 말했습니다.

"그거야 이미 잡은 거나 마찬가지지. 붉은 갑옷과 늠름한 밤색 말을 가져가 봐."

드디어 잔칫날이 되자 소년은 말을 몰고 다른 기사들 틈에 끼었습니다. 그렇게 하니 아무도 그를 알아보지 못했습니다. 공주가 앞으로 걸어 나와 기사들에게 황금 사과를 던졌습니다. 그러나 누구도 그것을 잡지 못했고, 소년이 그것을 잡았습니다. 그러나 그는 사과를 잡자마자 말을 달려 사라졌습니다. 둘째 날에 그는 철인 한스에게서 하얀 갑옷과 하얀 말을 받았습니다. 이번에도 그가 사과를 잡았지만, 그는 또 사과를 갖고 말을 달려 금방 사라졌습니다. 그러자 왕이 화가 나서 말했습니다.

"무례한 일이구나. 당연히 내 앞에 와서 이름을 밝혀야지."

왕은 다음에도 사과를 잡은 기사가 도망을 치거든 그를 뒤쫓아가 잡아 오라고 명령했습니다. 그리고 만약 순순히 따라오지 않으면 창칼로 베고 찌르라고 했습니다. 셋째 날에는 야만인 한스로부터 검은 갑옷과 검은 말을 받은 소년이 다시 사과를 잡았습니다. 이번에도 그가 황금 사과를 잡자마자 말을 달려 사라지려는데, 왕의 명령을 받은 군사들이 그의 뒤를 쫓아왔습니다. 그중 한 사람이 바로 가까이 쫓아오더니, 칼끝으로 그의 다리에 부상을 입혔습니다. 그렇지만 그는 그들을 따돌리고 달아났습니다. 하지만 말이 공중으로 너무 높이 솟구치는 바람에 투구가 벗겨지고 말았습니다. 그래서 사람들은 그의 황금 머리채를 볼 수 있었습니다. 그래서 그들은 왕에게 돌아가 그것을 보고했습니다.

다음 날 공주는 정원사를 찾아가 소년에 대해 물어보았습니다.

"그 녀석은 정원에서 일하고 있습니다. 그 별난 괴짜 녀석도 잔치에 갔다가 어젯밤 늦게야 돌아왔습니다. 그리고 자기가 황금 사과를 세 개 얻었다면서 제 아이들에게 보여주었습니다."

왕이 그를 불러오라고 했습니다. 그는 이번에도 모자를 쓰고 있었습니다. 공주가 그에게 다가가 모자를 벗기자 황금 머리채가 어깨 위로 늘어졌습니다. 그가 하도 아름다운 모습이라 모두 깜짝 놀랐습니다. 왕이 그에게 물었습니다.

"그대가 매일 다른 갑옷을 입고 축제에 와서 황금 사과를 받아 간 기사인가?"

"네, 그렇습니다. 여기에 그 사과들이 있습니다."

그는 주머니에서 사과를 꺼내 왕에게 돌려주었습니다.

"또 다른 증거가 필요하시다면 왕의 군사들이 저를 쫓아올 때 칼에 찔린 상처를 보여드릴 수 있습니다. 그리고 임금님께서 적들에게 승리하도록 도와준 기사 또한 바로 저입니다."

"그대가 그런 훌륭한 일을 할 수 있는 사람이라면, 단순한 정원사 조수가 아닌 게 분명하다. 아버님이 누구신지 말해 보겠느냐?"

"저의 아버님은 막강한 힘을 가진 왕이시고, 저는 원하는 만큼 황금을 가졌습니다."

"잘 알겠네. 그대한테 많은 신세를 졌으니, 뭔가 보답하고 싶은데 바라는 게 있는가?"

왕이 그렇게 묻자 그가 대답했습니다.

"네, 임금님께서만 할 수 있는 일입니다. 공주를 저의 아내로 주십시오."

그러자 공주가 웃으며 말했습니다.

"그는 정말 아무 거리낌 없이 말하네요. 저는 벌써 그의 황금 머리채를 보고 그가 단순한 정원사 조수가 아님을 알았답니다."

그러고는 그에게 다가가 입을 맞추었습니다.

결혼식에는 그의 아버지와 어머니도 왔습니다. 그들은 사랑하는 아들을 다시 볼 수 있으리라는 희망을 접었기 때문에 기뻐서 어쩔 줄을 몰랐습니다. 모두 결혼 피로연에 모여 있는데, 갑자기 음악이 뚝 그치며 문이 활짝 열리더니 위풍당당한 왕이 많은 수행원을 거느리고 들어섰습니다. 그는 젊은이에게 다가가 껴안고 말했습니다.

"내가 바로 철인 한스다. 마법에 걸려 야만인으로 변해 있었지만, 자네 덕분에 마법에서 풀려났으니, 내가 가진 모든 보물이 모두 자네 것이 될 것이다."

개구리 왕자 또는 쇠 띠를 두른 하인리히

아직 소원을 빌면 이루어지던 먼 옛날, 한 왕이 살았고 그에게는 아름다운 딸들이 있었습니다. 그중 막내딸이 가장 아름다웠습니다. 그녀가 어찌나 아름답던지 세상의 많은 것을 보아온 해님까지도 막내 공주의 얼굴을 비출 때마다 깜짝 놀라지 않을 수 없었습니다.

왕이 사는 성 부근에는 크고 울창한 숲이 있었고, 그 숲의 오래된 보리수 아래에는 샘이 있었습니다. 날이 아주 더울 때면 막내 공주는 그 숲으로 들어가 시원한 샘물가에 앉아 있었습니다. 그러다가 심심해지면 황금 공을 꺼내, 높이 던졌다가 다시 받으며 놀았습니다. 막내 공주가 제일 좋아하는 장난감은 그 황금 공이었습니다.

그러던 어느 날이었습니다. 공주는 황금 공을 위로 던졌다가 받으려고 두 손을 들어 올렸습니다. 그런데 공은 그녀의 손안이 아니라 땅으로 떨어져 물속으로 굴러 들어갔습니다. 공주가 굴러가는 공을 지켜보았지만 공은 흔적도 없이 사라졌습니다. 그 샘은 바닥이 보이지 않을 정도로 깊었습니다. 그녀는 흐느껴 울었습니다. 점점 더 큰 소리로 울었지만, 마음을 달랠 수 없었습니다. 그녀가 그렇게 슬피 울고 있는데 누군가 그녀를 불렀습니다.

"공주님, 무슨 일이세요? 바위도 불쌍히 여길 만큼 슬피 울고 계시네요."

그녀는 어디서 나는 소리인가 하고 주위를 둘러보았습니다. 그때 두툼하고 못생긴 머리를 물 밖으로 내민 개구리가 보였습니다.

"아, 늙은 개구리 너였구나. 내 황금 공이 샘물 속에 빠져서 울고 있단다."

그러자 개구리가 대답했습니다.

"마음을 가라앉히고 울지 마세요. 제가 도와드릴 수 있을 거예요. 그런데 제가 공주님의 장난감을 건져다주면 저에게 무엇을 주실 건가요?"

그녀가 대답했습니다.

"개구리야, 네가 원하는 것은 무엇이든 다 줄게. 내 옷이며 진주와 보석도 주고, 네가 원한다면 내 머리에 쓴 금관도 줄게."

"전 공주님의 옷이나 진주, 보석이며 금관 같은 건 필요하지 않아요. 그런 것들 대신 저를 좋아해 주고, 저를 친구로 삼아 같이 놀아주고, 식사할 때 공주님의 옆자리에 앉아 공주님의 작은 황금 접시에 담긴 음식을 먹게 해주고, 공주님의 작은 컵에 든 물을 마시게 해주고, 공주님의 작은 침대에서 같이 잠자게 해주겠다고 약속해 주신다면, 저 아래 물속에 들어가 황금 공을 다시 가져오겠어요."

"아 그래, 약속하고말고. 네가 황금 공을 다시 찾아준다면 네가 원하는 대로 다 해줄게."

그러나 그녀는 속으로는 이렇게 생각했습니다.

'저 멍청한 개구리가 도대체 무슨 소리를 지껄이고 있나! 다른 개구리들과 함께 물속에 들어앉아 개골개골 울기나 할 것이지. 제 까짓 게 어떻게 사람의 친구가 될 수 있어!'

공주의 약속을 받아낸 개구리는 머리를 물속에 집어넣고 아래로 내려갔습니다. 그리고 잠시 후 그는 공을 입에 물고 다시 위로 올라와 그것을 풀밭에 던져주었습니다. 예쁜 장난감을 다시 찾은 공주는 기쁨에 넘쳐 공을 집어 들고 얼른 달아나 버렸습니다.

그러자 개구리가 소리쳤습니다.

"기다려요, 공주님, 기다려요! 나하고 같이 가야죠. 전 공주님처럼 빨리 달릴 수 없어요."

개구리가 있는 힘을 다해 목청껏 개골개골거렸지만 아무 소용이 없었습니다. 그녀는 개구리의 말은 듣지도 않고 곧장 성으로 들어가 버렸고, 불쌍한 개구리에 대해서는 금방 잊어버렸습니다. 그래서 개구리는 할 수 없이 다시 샘물 속으로 들어가야 했습니다.

그다음 날이었습니다. 공주가 왕과 신하들과 함께 식탁에 앉아 그녀의 작은 황금 접시에 담긴 음식을 먹고 있었습니다. 그때 폴짝폴짝, 폴짝폴짝 하면서 무엇인가 대리석 계단을 올라오는 소리가 들리더니 방문 앞에서 멈추어 섰습니다. 그리고 문을 두드리면서 외쳤습니다.

"공주님, 막내 공주님, 문 좀 열어주세요."

그녀는 밖에 누가 왔는지 보려고 뛰어갔습니다. 그런데 그녀가 문을 열어보니 바로 문 앞에 개구리가 앉아 있었습니다. 그녀는 재빨리 문을 쾅 닫고 다시 제자리로 돌아왔지만, 더럭 겁이 났습니다. 왕은 딸의 가슴이 마구 뛰는 것을 알아채고 물었습니다.

"얘야, 무엇이 그렇게 무서우냐? 문밖에 널 잡아가려는 거인이 오기라도 했느냐?"

그러자 그녀가 대답했습니다.

"아, 아니에요. 무슨 거인은요. 징그러운 개구리가 왔어요."

"개구리가 무슨 일로 널 찾아왔지?"

"아, 아버님, 어제 숲 속의 샘가에 앉아 황금 공을 가지고 놀다가 그만 물속에 빠뜨리고 말았어요. 그래서 제가 울고 있으니까 저 개구리가 나타나서 공을 다시 건져주었어요. 그 대가로 개구리는 제게 자기 친구가 되어달라고 했는데, 전 그만 그러겠다고 약속하고 말았어요. 전 개구리가 물 밖으로 나올 수 있으리라고는 꿈에도 생각지 못했어요. 그런데 저 개구리가 문밖에 와서 자기를 들여보내 달래요."

바로 그때 다시 문을 두드리며 외치는 소리가 들렸습니다.

    공주님 공주님 막내 공주님
    문 좀 열어주세요.
    어제 차가운 샘물가에서
    제게 하신 약속을
    잊어버린 건가요?
    공주님 공주님 막내 공주님
    문 좀 열어주세요.

그러자 왕이 말했습니다.

"네가 한 약속은 지켜야지. 어서 가서 문을 열어주어라."

그녀가 문을 열자 개구리가 풀쩍 뛰어 들어왔습니다. 개구리는 공주를 뒤따라 그녀의 의자까지 온 후, 그곳에 앉아 소리쳤습니다.

"저를 공주님 옆에 올려주세요!"

공주가 망설이자 결국 왕이 그의 말대로 하라고 명령했습니다. 일단 의자 위에 올라간 개구리는 다시 식탁 위에 올라가고 싶어 했고, 그 위에 올라가서는 이렇게 말했습니다.

"우리가 같이 먹을 수 있게 공주님의 작은 황금 접시를 제 쪽으로 가까이 밀어주세요."

그녀는 개구리가 하라는 대로 했지만, 마지못해 하는 것이 분명했습니다. 개구리는 음식을 맛있게 먹었지만, 공주는 먹는 것마다 목에 걸려 잘 넘어가지 않았습니다. 마침내 개구리가 말했습니다.

"배부르게 먹고 나니 이제 피곤해지네요. 공주님의 작은 방으로 저를 데려다 주시고, 공주님의 작은 비단 침대를 잘 정돈해 주세요. 우리가 함께 누워 잘 수 있게 말이에요."

공주는 차가운 개구리가 무서워서 울었습니다. 개구리에게 손을 대기도 끔찍한데 아름답고 깨끗한 침대에서 같이 잠을 자야 하다니요. 그러나 왕이 화를 내며 말했습니다.

"네가 어려움에 처했을 때 도와준 이를 나중에 무시해서야 되겠느냐!"

그래서 그녀는 두 손가락으로 개구리를 집어 들고 위층으로 가서는 방구석에 내려놓았습니다. 그런데 그녀가 침대에 들어가 눕자 개구리가 기어오며 말했습니다.

"나는 피곤해요. 나도 공주님처럼 편히 자고 싶어요. 나를 침대 위로 올려주지 않으면 당신 아버님께 말하겠어요."

이 말에 공주는 너무 화가 나서 개구리를 집어 들고 있는 힘을 다해 벽에 내동댕이쳤습니다.

"이 징그러운 개구리 녀석, 이젠 찍소리도 못하겠지."

그런데 바닥에 떨어진 개구리가 아름답고 다정한 눈을 가진 왕자로 변했습니다. 그는 이제 왕의 뜻대로 공주의 친구이자 남편이 되었습니다. 왕자는 공주에게 자기가 못된 마녀의 마법에 걸렸고, 오직 공주만이 자기를 샘에서 구해 줄 수 있었다고 이야기했습니다. 그리고 내일 자기 나라로 함께 가자고 했습니다. 둘은 잠이 들었습니다.

다음 날 아침 해님이 그들을 깨울 무렵 마차 한 대가 성에 도착했습니다. 머리에 하얀 타조 깃털을 꽂고 금사슬을 단 여덟 마리 백마가 끄는 마차였습니다. 마차 뒤에는 왕자의 하인인 충직한 하인리히가 서 있었습니다. 충직한 하인리히는 자기 주인이 개구리로 변하자 너무나 슬프고 괴로운 나머지 가슴이 터져버릴까 봐 세 개의 쇠 띠로 자신의 가슴을 둘렀습니다. 지금 그는 왕자를 자기 나라로 모셔 가려고 마차를 몰고 왔습니다. 충직한 하인리히는 두 사람을 마차 안에 태우고, 다시 마차 뒤에 자리를 잡았습니다. 그는 왕자가 마법에서 풀려나 무척 기뻐서 가슴이 부풀어 올라 터질 것만 같았습니다.

마차가 얼마쯤 달렸을 때 왕자는 뒤에서 뭔가 우지끈 부서지는 소리를 들었습니다. 왕자가 고개를 돌리며 소리쳤습니다.

"하인리히, 마차가 부서지고 있어."
"아니에요, 주인님. 마차가 아니라

제 가슴을 묶은 띠가 끊어지는 소리입니다.
주인님이 개구리로 변해
샘물 속에 앉아 계실 때 너무 고통스러워
쇠 띠로 제 가슴을 묶어두었거든요."

그들이 여행을 하는 도중 두 번이나 더 우지끈 부서지는 소리가 들렸습니다. 그때마다 왕자는 마차가 부서지나 보다고 생각했습니다. 그러나 그것은 주인이 마법에서 풀려나 행복해진 충직한 하인리히의 가슴을 묶었던 쇠 띠가 끊어지는 소리였습니다.

당나귀 왕자

 옛날에 부자인 왕과 왕비가 살았습니다. 그들은 원하는 것은 뭐든지 가질 수 있었지만 자식이 없었습니다. 그래서 왕비는 밤낮으로 자기 신세를 한탄하며 이렇게 말했습니다.
 "나는 아무것도 자라지 않는 밭이나 다름없어."
 드디어 하느님이 왕비의 소원을 들어주었습니다. 그런데 태어난 아기는 사람의 아이처럼 생기지 않은 당나귀 새끼였습니다. 왕비는 그것을 보고 당나귀를 기르느니 차라리 아이가 없는 것이 낫다며 울고불고 난리를 쳤습니다. 그러다 마침내 왕비는 아기를 물고기 밥이 되게 강물에 던져버리라고 했습니다. 그러나 왕이 말했습니다.
 "안 되오, 하느님이 보내주신 아이이니 내 아들이 분명하오. 그리고 내가 죽은 후에는 저 아이가 내 뒤를 이어 왕위에 올라 왕관을 쓰게 하겠소."
 그리하여 당나귀 왕자는 왕궁에서 자라게 되었고, 무럭무럭 자라 귀가 쫑긋하니 더 커졌습니다. 왕자는 성격이 명랑하여 이리저리 뛰어다니며 놀았고, 특히 음악을 좋아했습니다. 그래서 어느 유명한 악사를 찾아가서 말했습니다.

"나도 당신처럼 라우테를 잘 켤 수 있게 가르쳐주세요."

"아, 왕자님, 그것은 어렵습니다. 왕자님의 손가락은 라우테를 켜기에 맞지 않고, 손가락이 너무 커서 현이 망가질지 모릅니다."

악사는 핑계를 대며 못 하게 했지만 당나귀 왕자는 라우테를 켜겠다고 고집을 피웠습니다. 그리고 그는 끈기 있게 부지런히 배워서 결국 스승만큼 잘 켤 수 있게 되었습니다.

어느 날 어린 왕자는 생각에 잠겨 산책을 하다가 샘 옆을 지나게 되었습니다. 그는 샘을 들여다보고 거울처럼 맑은 물속에서 당나귀인 자신의 모습을 보았습니다. 그것을 보고 몹시 슬펐던 왕자는 충실한 하인 한 명만 데리고 넓은 세상으로 나갔습니다.

두 사람은 여기저기를 돌아다니다가 늙은 왕이 다스리는 나라에 도착했습니다. 그 왕에게는 매우 아름다운 외동딸이 있었습니다.

"우리는 여기서 머물도록 하자."

당나귀 왕자가 그렇게 말하고 성문을 두드리며 외쳤습니다.

"이보시오, 여기 손님이 왔는데, 들어갈 수 있게 문을 열어주시오."

그러나 성문은 열리지 않았습니다. 왕자는 바닥에 주저앉아 라우테를 꺼내고, 두 앞발로 더없이 아름답게 라우테를 연주했습니다. 그러자 문지기가 눈이 휘둥그레지며 왕에게 달려가 말했습니다.

"성문 밖에 어린 당나귀가 앉아 라우테를 켜는데 솜씨가 대가 못지않습니다."

"그러면 그 악사를 들여보내도록 하라."

왕이 명령했습니다.

그러나 당나귀 왕자가 들어오자 모두 라우테 연주자를 비웃었습니다. 당나귀에게 하인들 틈에 앉아 그들과 식사를 하라고 하자, 그는 내키지 않는 듯 말했습니다.

"나는 평범한 당나귀가 아니라, 고귀한 가문 태생입니다."

그러자 그들이 말했습니다.

"정 그렇다면 기사들 옆에 앉으시오."

"싫습니다. 난 왕 옆에 앉겠습니다."

왕은 웃음을 터뜨리고는 기분 좋게 말했습니다.

"그렇다면 그대가 하고 싶은 대로 하게나. 내 옆으로 오너라."

그리고 왕이 물었습니다.

"당나귀야, 내 딸을 어떻게 생각하느냐?"

당나귀는 고개를 돌려 공주를 쳐다보고는 고개를 끄덕이며 말했습니다.

"말할 수 없이 아름답습니다. 이렇게 아름다운 아가씨는 아직 한 번도 본 적이 없습니다."

"그렇다면 공주 옆에 앉도록 하여라."

"그렇게 해주시니 정말 고맙습니다."

이렇게 말하고 당나귀는 공주 옆에 앉아 먹고 마셨습니다. 그리고 우아하고 예절 바르게 행동할 수 있음을 보여주었습니다.

이 고귀한 동물은 한동안 늙은 왕의 궁전에 머물렀습니다. 그러다가 '이 모든 게 무슨 소용이 있겠는가. 다시 집에 돌아가는 게 좋겠어.' 하는 생각이 들었습니다. 그래서 그는 힘없이 고개를 숙이고 왕에게 가서 성에서 떠나게 해달라고 요청했습니다. 그러자 당나귀 왕자를 좋게 보았던 왕이 말했습니다.

"당나귀야, 무슨 일이냐? 마치 식초를 한 컵 마신 것처럼 시큼한 얼굴이구나. 내 곁에 있거라. 원하는 것이 있으면 뭐든지 주겠다. 황금을 바라느냐?"

"아닙니다."

당나귀가 고개를 저으며 말했습니다.

"보석이나 장신구를 원하느냐?"

"아닙니다."

"내 왕국의 절반을 원하느냐?"

"아, 아닙니다."

"대체 무엇을 가져야 네가 행복할까? 혹시 아름다운 내 딸을 아내로 맞고 싶으냐?"

"오, 그렇습니다. 공주를 아내로 맞으면 정말 기쁠 것입니다."

그러더니 당나귀 왕자는 갑자기 명랑하고 행복해졌습니다. 그것이 바로 그가 바라던 것이었기 때문입니다.

그리하여 성대하고 화려한 결혼식이 열렸습니다. 밤이 되어 신랑과 신부가 침실로 안내되어 들어가자, 왕은 당나귀가 이번에도 우아하고 예절 바르게 행동할 수 있을지 궁금했습니다. 그래서 시종이 그곳에 숨어 있게 했습니다. 두 사람이 침실 안으로 들어가자 신랑은 문을 걸어 잠그고는 주위를 살폈습니다. 그리고 그곳에 두 사람 말고 아무도 없다고 믿은 왕자는 갑자기 당나귀 가죽을 벗어 던졌습니다. 그러자 잘생긴 왕자가 그곳에 서 있었습니다.

"자, 이제 내가 누구인지 보시오. 당신에게 충분히 어울리는 사람이 아니오?"

신부는 기뻐서 그에게 입맞춤을 했습니다. 그리고 그를 진심으로 사랑하게 되었습니다. 날이 밝자 신랑은 벌떡 일어나 다시 짐승 가죽을 뒤집어썼습니다. 그러자 그 가죽 속에 어떤 것이 숨어 있을지 아무도 짐작할 수 없었습니다. 곧 늙은 왕이 들어왔습니다.

"어허, 당나귀 사위가 벌써 일어나셨군!"

그리고 딸에게 말했습니다.

"진짜 사람을 남편으로 얻지 못해 정말 슬프겠구나."

"아니에요, 아버님. 저는 이 세상에서 제일 멋진 그이를 사랑합니다. 저는 평생을 남편 곁에서 살 거예요."

왕은 놀랐습니다. 하지만 침실에 숨어 있던 시종이 왕에게 가서 간밤에 있었던 사실을 모두 이야기해 주었습니다.

왕이 말했습니다.

"도저히 믿기지 않는 일이야."

"그러시다면 전하께서 오늘 밤에 직접 확인해 보십시오. 전하, 이러시면 어떻겠습니까? 그의 가죽을 가져다가 불에 던져버리면 그는 진짜 모습을 드러내야 할 겁니다."

"그거 좋은 생각이구나." 하고 왕이 말했습니다.

그날 밤 왕은 두 사람이 자고 있는 방에 몰래 들어갔습니다. 과연, 달빛 속에서 늠름한 젊은이가 침대에서 자고 있었습니다. 당나귀 가죽은 바닥에 떨어져 있었습니다. 왕은 가죽을 집어 들고 바깥으로 나가 활활 타오르는 불 속에 던져 넣게 했습니다. 그리고 그것이 완전히 재가 될 때까지 몸소 지켜보았습니다. 왕은 당나귀 가죽을 잃은 젊은이가 어떻게 행동하는지 알고 싶어서 꼬박 밤을 새우며 엿보았습니다. 잘 자고 난 젊은이는 아침 첫 햇살에 자리에서 일어나 당나귀 가죽을 입으려고 했습니다. 그러나 가죽을 찾을 수 없었습니다. 깜짝 놀란 그는 슬픔과 두려움에 가득 차서 말했습니다.

"오, 이제 어떡하지? 몰래 도망치는 수밖에 없구나!"

그가 밖으로 나가자, 왕이 그곳에 서 있다가 말했습니다.

"이보게, 어디를 그리 급히 가는가? 무슨 생각을 하는 거지? 여기서 머무르게. 이렇게 멋진 젊은이가 이곳을 떠나게 놔둘 것 같은가? 자네에게 내 왕국의 절반을 주겠네. 그리고 내가 죽은 다음에는 왕국을 전부 가지게나."

그러자 젊은이가 말했습니다.

"네, 시작이 좋으면 끝도 좋아야겠지요. 임금님 곁에 있겠습니다."

그래서 늙은 왕은 왕국의 절반을 그에게 주었습니다. 일 년 후 늙은 왕이 죽자, 젊은이는 왕국을 전부 가지게 되었습니다. 그리고 아버지가 돌아가신 후에는 다른 왕국까지 다스리며 온갖 영화를 누리며 살았습니다.

고슴도치 한스

옛날에 돈과 재산이 상당히 많은 농부가 있었습니다. 그러나 그가 아무리 부자라고 해도 그는 완전히 행복하지 않았습니다. 그는 자식이 없었습니다. 그가 자주 다른 농부들과 함께 도시에 갈 때면, 그들은 그를 약올리며 왜 자식이 없느냐고 물었습니다. 자꾸 그러자 마침내 그는 화가 났고, 집에 돌아가자 이렇게 말했습니다.

"고슴도치라도 좋으니 나도 아이를 갖고 싶어."

그러다가 농부의 아내가 아이를 낳았는데, 윗부분은 고슴도치이고 아랫부분은 사내아이였습니다. 아내는 아이를 보자 기겁하며 말했습니다.

"봐요, 당신이 소원을 잘못 빌어서 이렇게 된 거예요."

그러자 남편이 말했습니다.

"그렇지만 이제 와서 이 일을 어쩌겠소. 저 아이가 세례를 받아야 할 텐데, 대부가 되어줄 사람이 있을지 모르겠군."

농부의 아내가 말했습니다.

"우리는 '고슴도치 한스'라는 이름으로 세례를 줄 수밖에 없어요."

신부가 아이에게 세례를 주면서, 이렇게 말했습니다.

"이 아이는 가시 때문에 보통 침대에서 잘 수 없을 겁니다."

그래서 그들은 난로 뒤에 짚을 조금 깔고 그 위에 고슴도치 한스를 누였습니다. 어머니는 한스의 가시에 찔릴까 봐 아기에게 젖을 물릴 수도 없었습니다. 이렇게 한스는 난로 뒤에서 팔 년 동안이나 누워 지냈습니다. 이런 상황에 지칠 대로 지친 아버지는 아이가 차라리 죽었으면 좋겠다고 생각했습니다. 하지만 한스는 죽지 않고 가만히 누워 지냈습니다.

도시에 장이 서는 어느 날, 농부는 장에 가면서 아내에게 사 올 것이 있는지 물었습니다.

"살림에 필요한 고기 조금하고 둥근 빵을 사다 줘요."

그다음 농부는 하녀에게 물었습니다. 그녀는 슬리퍼 한 켤레와 수놓인 양말이 필요하다고 했습니다. 마지막으로 그는 한스에게도 물어보았습니다.

"고슴도치 한스야, 너는 무얼 갖고 싶냐?"

"아빠, 가죽 피리 하나만 사다 주세요." 하고 한스가 말했습니다.

장에서 돌아온 농부는 자기가 사 온 고기와 빵을 아내에게 주었습니다. 그리고 하녀에게는 슬리퍼와 수놓인 양말을 주고, 마지막으로 난로 뒤에 가서 고슴도치 한스에게 가죽 피리를 주었습니다. 가죽 피리를 받아 든 고슴도치 한스가 말했습니다.

"아빠, 대장간에 가셔서 내 수탉의 발바닥에 징을 박아주세요. 그러면 저는 수탉을 타고 집을 떠나 다시는 돌아오지 않겠어요."

아버지는 아들이 집을 떠난다는 말에 기뻐하며 수탉의 발바닥에 징을 박아주었습니다. 준비가 다 되자 고슴도치 한스는 수탉에 올라타 돼지와 당나귀 몇 마리를 데리고 집을 떠났습니다. 그는 숲 속에 들어가 돼지와 당나귀를 키우며 살아갈 생각이었습니다. 고슴도치 한스는 숲 속에 도착하자 수탉과 함께 높은 나무 위로 올라가서는, 그곳에 앉아 당나귀와 돼지 들을 지키며 살았습니다.

이렇게 여러 해를 보내고 나니 당나귀와 돼지들이 많이 불어나 큰 무리를 이루게 되었습니다. 하지만 아버지는 그에 대해 아무것도 몰랐습니다.

나무 위에 앉아 있을 때 그는 가죽 피리로 아주 아름다운 노래를 연주했습니다. 어느 날 왕이 숲 속에서 길을 잃고 헤매다가 그곳에서 음악 소리를 들었습니다. 왕은 깜짝 놀라서 시종을 보내 그 소리가 어디서 나는지 알아보라고 했습니다. 시종은 사방을 둘러보았지만 주위에는 아무것도 없었고, 단지 나무 위에 앉아 있는 작은 짐승밖에 보이지 않았습니다. 그 짐승은 수탉같이 생겼고 그 위에 고슴도치가 앉아 음악을 연주하고 있었습니다. 그 말을 들은 왕은 시종을 시켜 그가 왜 거기 앉아 있는지, 자신의 궁전으로 돌아가는 길을 아는지 물어보게 했습니다. 고슴도치 한스는 나무에서 내려와, 왕이 궁전에 돌아가 제일 먼저 만나는 것을 자신에게 주겠다고 문서로 약속해 주면 길을 가르쳐주겠다고 했습니다.

왕은 '그거야 쉬운 일이지. 고슴도치 한스는 글을 모르니, 내 마음대로 써도 될 거야.' 라고 생각했습니다.

그래서 왕은 펜과 잉크를 꺼내 무언가 적었습니다. 왕이 문서를 작성해 주자 고슴도치 한스는 길을 가르쳐주었고, 왕은 무사히 궁전에 돌아갈 수 있었습니다. 그런데 멀리서 아버지가 오는 것을 본 공주가 기쁨에 넘쳐 달려와서는 그에게 입을 맞췄습니다. 그러자 고슴도치 한스가 생각난 아버지는 무슨 일이 있었는지 이야기했습니다. 이상한 짐승이 길을 가르쳐주는 대가로 자신이 집에 가서 제일 먼저 만나는 것을 주겠다는 약속을 했다고 말입니다. 그리고 그 짐승은 수탉을 말처럼 타고 앉아서 아름다운 음악을 연주했다는 것도 말했습니다. 또한 왕은 그가 그 내용을 문서로 약속하긴 했지만, 그가 글을 모르니 아무 소용이 없을 것이라고 했습니다. 그 말을 들은 공주는 기뻐하며, 자신은 절대로 가고 싶지 않으니 잘되었다고 했습니다.

한편 고슴도치 한스는 당나귀와 돼지 들을 지키며 살았고, 나무 위에 앉아 가죽 피리를 불면서 늘 즐겁게 지냈습니다. 이번에는 다른 왕이 숲에서 길을 잃고 시종들이며 파발꾼들과 함께 그곳을 지나갔습니다. 숲이 워낙 깊어 그들은 궁전으로 돌아가는 길을 찾지 못하고 헤맸습니다. 그 왕도 멀리서 들려오는 아름다운 음악 소리를 듣고, 무슨 소리인지 알아보라고 파발꾼을 보냈습니다. 그가 나무 밑에 가서 위를 보니 수탉이 있었고, 수탉의 등에 고슴도치 한스가 앉아 있었습니다. 파발꾼이 한스에게 그 위에서 무엇을 하느냐고 물었습니다.

"나는 당나귀와 돼지 들을 지키고 있습니다만, 당신은 무슨 일로 오셨나요?"

파발꾼은 왕의 일행이 길을 잃어 궁전으로 돌아가지 못하고 있는데, 혹시 그들에게 숲에서 빠져나가는 길을 가르쳐줄 수 있는지 물었습니다. 그러자 고슴도치 한스가 수탉과 함께 나무에서 내려와 늙은 왕에게 가서 말했습니다. 그는 왕이 궁전으로 돌아가 제일 먼저 만나는 것을 자신에게 주겠다고 약속하면 길을 가르쳐주겠다고 했습니다. 왕은 흔쾌히 그렇게 하겠다는 약속을 고슴도치 한스에게 글로 써 주었습니다. 왕이 문서를 작성해 주자 그는 수탉을 타고 앞장서서 길을 안내해 주었습니다. 왕이 성에 무사히 도착하자 다들 무척 기뻐했습니다.

그런데 왕에게는 아주 예쁜 외동딸이 있었는데, 그녀는 늙은 아버지가 다시 돌아오자 기뻐하며 달려 나와 그의 목을 끌어안고 입을 맞췄습니다. 딸은 어디서 그렇게 오랫동안 있다가 왔는지 아버지에게 물었습니다. 왕은 딸에게 길을 잃고 헤매다가 어느 깊은 숲속에서 반은 고슴도치이고 반은 인간인 사람을 만나, 그의 도움으로 간신히 돌아오게 되었다고 이야기했습니다. 그리고 왕은 그 이상한 사람이 마치 기사처럼 수탉 위에 올라앉아 아름다운 음악을 연주했다는 것과, 그가 길을 가르쳐준 대가로 자기가 궁전에서 제일 먼저 만나는 것을 주기로 약속했다는 것도 이야기했습니다. 그런데 왕은 바로 자기 딸을 제일 먼저 만나 몹시 마음이 아프다고 했습니다. 하지만 딸은 늙은 아버지를 위해서라면 그가 언제 오더라도 기꺼이 따라가겠다고 약속했습니다.

한편 고슴도치 한스는 돼지들을 지키며 지냈습니다. 그동안 돼지들은 자꾸 새끼들을 낳아서 온 숲이 돼지들로 넘쳐나게 되었습니다. 그러자 고슴도치 한스는 숲에서 더 살고 싶지 않았습니다. 그래서 아버지에게 마을의 모든 우리들을 비워놓으라고 전했습니다. 그가 어마어마한 돼지 떼를 몰고 마을에 나타날 것이니, 돼지를 잡을 생각이 있는 사람은 누구든지 마음대로 돼지를 잡아도 좋다고 하면서 말입니다. 고슴도치 한스가 이미 오래전에 죽었으리라고 생각한 아버지는 그 말을 듣고 근심에 싸였습니다. 고슴도치 한스는 수탉 위에 올라앉은 채 돼지 떼를 몰고 마을에 나타나 모든 사람에게 돼지들을 잡으라고 했습니다. 어휴! 얼마나 많은 돼지를 잡고 고기를 썰었는지, 그 소리가 두 시간 걸리는 곳까지 들릴 정도였습니다. 그런 다음 고슴도치 한스가 말했습니다.

"아버지, 다시 한 번 대장간에 가서 제 수탉의 발바닥에 징을 박아주세요. 그러면 이곳을 떠나 다시는 돌아오지 않겠어요."

아버지는 고슴도치 한스가 다시는 돌아오지 않겠다는 말에 기뻐하면서 수탉의 발바닥에 징을 박아 왔습니다. 고슴도치 한스는 첫 번째 왕국을 향해 길을 떠났습니다. 하지만 그 나라 왕은 가죽 피리를 갖고 수탉을 타고 오는 자는 성안에 들여보내지 말라는 명령을 내려놓았습니다. 꼭 필요하다면 일제히 총을 쏘고 칼로 베거나 창으로 찔러도 좋다고 말입니다. 그들은 고슴도치 한스가 수탉을 타고 들어서자 총검을 들고 달려들었습니다. 하지만 한스는 수탉에 박차를 가하여 공중으로 날아올랐습니다. 그리고 성문을 넘어 왕의 창문 앞에 내려앉아서는 약속했던 것을 달라고 하면서, 그러지 않으면 왕과 딸의 목숨을 앗아가겠다고 소리쳤습니다. 왕은 자신과 딸의 목숨을 구하기 위해 그녀가 한스를 따라가는 것이 좋겠다고 딸을 구슬렸습니다. 결국 딸은 하얀 옷을 입고 나타났고, 왕은 딸에게 여섯 마리 말이 끄는 마차와 근사한 하인들이며 돈과 재물을 주었습니다. 딸이 마차에 올라타자 고슴도치 한스는 가죽 피리와 수탉과 함께 그녀 곁에 앉았습니다.

그러고 나서 그들은 작별 인사를 하고 그곳을 떠났습니다. 왕은 딸을 다시는 보지 못하리라 생각했지만, 그의 예상과는 다른 일이 벌어졌습니다. 도시를 떠난 지 얼마 되지 않아 고슴도치 한스는 공주의 아름다운 옷을 벗기고, 자신의 고슴도치 가시로 그녀의 몸에서 피가 나도록 찔러대며 말했습니다.

"이것이 약속을 지키지 않은 대가요. 당신 같은 사람은 필요 없으니 성으로 돌아가시오."

그러고는 공주를 집으로 쫓아버렸고, 공주는 평생 치욕 속에서 살아야 했습니다.

한편 고슴도치 한스는 가죽 피리를 지니고 수탉을 탄 채 자신이 길을 가르쳐준 두 번째 왕이 사는 나라로 갔습니다. 두 번째 왕은 고슴도치 한스 같은 사람이 오면 총을 받들고, 마음대로 들어오게 한 후, 만세를 부르며 왕의 궁성으로 안내하라고 일러놓았습니다. 공주는 한스를 보고 그가 너무 이상하게 생겨서 깜짝 놀랐지만, 아버지에게 약속한 말이 있어 달리 어쩔 수 없다고 생각했습니다. 그래서 공주는 고슴도치 한스를 반갑게 맞이했고 두 사람은 결혼식을 올렸습니다.

한스는 공주와 함께 왕의 식탁에 가야 했고, 그녀는 그의 옆에 앉아 함께 먹고 마셨습니다. 이제 밤이 되어 두 사람이 자러 갈 시간이 되었지만 공주는 그의 가시가 너무 무서웠습니다. 그러나 한스는 그녀를 다치지 않게 할 테니 무서워하지 말라고 안심시켰습니다. 그리고 늙은 왕에게는 네 명의 부하를 시켜 침실 문 앞에 불을 피워놓고 지키게 해달라고 말했습니다. 그가 방 안으로 들어가 침대에 누우려 할 때 고슴도치 가죽에서 빠져나와 그것을 침대 앞에 놓아둘 테니, 부하들이 재빨리 뛰어 들어와 그 가죽을 불 속에 던지고 그것이 다 탈 때까지 지키게 해달라고 부탁했습니다.

11시 종이 치자 그는 방 안으로 들어가서 고슴도치 가죽을 벗고는 침대 앞에 놓아두었습니다. 그러자 남자들이 들어와 가죽을 재빨리 집어 불 속에 던져 넣었습니다. 가죽이 다 타버리자 그는 마법에서 풀려나 완전한 사람의 모습으로 침대에 누웠습니다. 하지만 그의 피부는 불에 그을린 듯 새까맸습니다. 왕이 그에게 의사를 보냈고, 의사가 그의 몸에 좋은 연고를 바르고 향유로 닦아내자, 그는 피부가 희고 잘생긴 젊은이로 변했습니다. 그것을 본 공주는 몹시 기뻤습니다.

다음 날 아침 한스는 즐거운 기분으로 자리에서 일어나 먹고 마셨습니다. 그제야 제대로 결혼 피로연을 한 셈이었습니다. 그리고 고슴도치 한스는 늙은 왕의 왕국을 물려받았습니다.

몇 년이 지난 후 한스는 왕비와 함께 아버지를 찾아가 아들이 돌아왔다고 말했습니다. 하지만 아버지는 자신에게는 아들이 없다고 했습니다. 예전에 가시가 달린 고슴도치 모습으로 태어난 아들이 하나 있었지만, 지금은 어디론가 먼 세상으로 가버렸다면서 말입니다. 고슴도치 한스가 그 아들이 바로 자신이라고 밝히자, 늙은 아버지는 기뻐하며 그의 나라로 따라갔습니다.

이제 내 이야기가 끝났으니
모두 빨리 그의 집으로 가보세요.

요술 식탁, 황금 당나귀, 자루 속 몽둥이

아주 오래전에 한 재봉사가 살았습니다. 그에게는 아들이 셋이 있었는데 염소는 한 마리밖에 없었습니다. 염소의 젖이 그들의 생계를 도왔으므로 염소를 풀밭으로 데려가서 잘 먹여야 했습니다. 아들들은 번갈아 가며 그 일을 했습니다.

하루는 맏아들이 좋은 풀이 무성하게 자란 교회 묘지로 염소를 데려가서 풀을 먹고 뛰어다니게 했습니다.

집으로 돌아갈 저녁 시간이 되어 그가 염소에게 물었습니다.

"염소야, 실컷 먹었니?"

그러자 염소가 대답했습니다.

아, 배불리 먹었어요
잎 하나도 더 못 먹겠어요.
매애! 매애!

"그럼 집으로 가자."

염소의 대답을 듣고 큰아들이 말했습니다. 그는 목에 달린 줄을 잡고 염소를 몰고 가 우리에 단단히 매어놓았습니다. 늙은 재봉사가 큰아들에게 "그래, 충분히 먹였느냐?" 하고 물었습니다.

"아, 하도 배불러 잎 하나도 더 못 먹겠대요."

그러나 아버지는 직접 확인해 보고 싶어 우리로 내려가 사랑스러운 짐승을 쓰다듬으며 "염소야, 실컷 먹었니?" 하고 물었습니다. 그러자 염소가 대답했습니다.

뭘 먹고 배가 부르겠어요?
작은 무덤들만 뛰어넘고 다녔지
풀잎이라곤 눈을 씻고 봐도 없던걸요.
매애! 매애!

"그게 무슨 소리냐!"

재봉사가 그렇게 소리치고는, 위로 뛰어 올라가 큰아들에게 말했습니다.

"아니, 너, 이 거짓말쟁이 녀석! 염소를 굶겨놓고 배불리 먹였다고?"

화가 난 그는 벽에서 재봉 자를 빼 들고 마구 때리며 아들을 내쫓았습니다.

다음 날은 둘째 아들의 차례였습니다. 둘째 아들은 좋은 풀만 자라는 정원 울타리 옆으로 염소를 데려갔습니다. 염소는 그것을 깨끗이 먹어치웠습니다.

저녁이 되어 집으로 돌아갈 때가 되자 그도 염소에게 "염소야, 실컷 먹었니?" 하고 물었습니다.
그러자 염소가 대답했습니다.

아, 배불리 먹었어요
잎 하나도 더 못 먹겠어요.
매애! 매애!

"그럼 집으로 가자."
둘째 아들이 그렇게 말하고, 염소를 집으로 몰고 가 우리에 단단히 매어놓았습니다. 늙은 재봉사가 둘째 아들에게 "그래, 충분히 먹였느냐?" 하고 물었습니다.
"아, 하도 배불러 잎 하나도 더 못 먹겠대요."
둘째 아들이 대답했습니다.
하지만 재봉사는 그의 말을 믿으려 하지 않고 우리로 내려가 염소한테 물었습니다.
"염소야, 실컷 먹었니?"
그러자 염소가 대답했습니다.

뭘 먹고 배가 부르겠어요?
작은 무덤들만 뛰어넘고 다녔지
풀잎이라곤 눈을 씻고 봐도 없던걸요.
매애! 매애!

"이런 못된 녀석 같으니라고! 이렇게 착한 짐승을 굶주리게 하다니!"

재봉사가 고함을 쳤습니다.

그는 위로 올라가 재봉 자로 둘째 아들을 때린 뒤 문밖으로 내쫓았습니다.

이번에는 셋째 아들의 차례가 되었습니다. 그는 일을 잘 해내고 싶어 가장 좋은 나뭇잎들이 달린 무성한 덤불로 염소를 데리고 갔습니다. 집으로 돌아갈 저녁 시간이 되어 그가 염소에게 물었습니다.

"염소야, 실컷 먹었지?"

그러자 염소가 대답했습니다.

아, 배불리 먹었어요
잎 하나도 더 못 먹겠어요.
매애! 매애!

"그럼 집에 가자."

셋째 아들이 말했습니다. 그리고 염소를 우리로 몰고 가 단단히 매어놓았습니다.

늙은 재봉사가 아들에게 말했습니다.

"그래, 충분히 먹였느냐?"

"아, 하도 배불러 잎 하나도 더 못 먹겠대요."

그러나 재봉사는 아들의 말을 믿을 수 없어 우리로 내려가 염소에게 물었습니다.

"염소야, 실컷 먹었니?"
그러자 못된 염소가 대답했습니다.

> 뭘 먹고 배가 부르겠어요?
> 작은 무덤들만 뛰어넘고 다녔지
> 풀잎이라곤 눈을 씻고 봐도 없던걸요.
> 매애! 매애!

재봉사가 고함을 쳤습니다.
"아, 이런 거짓말쟁이! 하나같이 못되고 일을 게을리하는 놈들뿐이야! 더는 나를 우롱하지 못할 거다!"
늙은 재봉사는 머리끝까지 화가 나 위로 뛰어 올라가서는 재봉자로 불쌍한 아들의 등을 피부가 벗겨질 정도로 마구 때렸고, 그는 집을 뛰쳐나가고 말았습니다.
이제 늙은 재봉사는 염소와 단둘이 남게 되었습니다.
다음 날 아침 그는 우리로 내려가 염소의 등을 토닥거리며 말했습니다.
"자, 사랑스런 염소야. 내가 너를 직접 풀밭으로 데려가겠다."
그는 목에 걸린 줄을 잡고 덤불이 무성하게 자란 곳으로 데려갔습니다. 그곳에는 염소들이 즐겨 먹는 풀들이 잔뜩 있었습니다.
"이번에는 마음껏 풀을 뜯어 먹을 수 있을 게다."
그는 저녁때까지 염소에게 풀을 뜯게 하고는 물었습니다.
"염소야, 실컷 먹었니?"
그러자 염소가 대답했습니다.

아, 배불리 먹었어요
잎 하나도 더 못 먹겠어요.
매애! 매애!

"그럼 집에 가자."

재봉사는 그렇게 말하고 우리로 몰고 가 단단히 매어놓았습니다. 우리에서 나오기 전에 그가 몸을 돌려 다시 물어보았습니다.

"이젠 정말 배가 부르겠지!"

그러나 염소는 이번에도 전과 다름없이 못된 말을 내뱉었습니다.

뭘 먹고 배가 부르겠어요?
작은 무덤들만 뛰어넘고 다녔지
풀잎이라곤 눈을 씻고 봐도 없던걸요.
매애! 매애!

그 말을 들은 재봉사는 깜짝 놀라 자신의 귀를 의심했습니다. 그리고 자신이 세 아들을 이유 없이 내쫓았다는 것을 깨달았습니다. 그는 화가 나서 염소에게 소리쳤습니다.

"이런! 배은망덕한 짐승 같으니. 너를 그냥 내쫓는 것만으로는 부족하구나. 앞으로 정직한 재봉사들 앞에는 얼씬도 못 하도록 낙인을 찍어주마."

그는 급히 위로 뛰어 올라가 면도칼을 가져와서는 염소의 머리에 비누 거품을 칠하고, 머리를 손바닥처럼 깨끗하게 밀어버렸습니다. 그리고 나서 재봉 자로 때리는 것조차 명예로운 벌이므로 채찍을 가져와서 마구 후려 팼습니다. 어찌나 때렸던지 염소는 공중으로 펄쩍 뛰어올라 달아나 버렸습니다.

이제 집에 완전히 혼자 남은 재봉사는 큰 슬픔에 빠졌습니다. 그는 아들들이 다시 돌아와 주길 바랐지만 그들이 어디로 갔는지 아무도 알지 못했습니다.

한편 맏아들은 어느 소목장이의 도제로 들어가서 열심히 일을 배웠습니다. 도제 기간이 끝나 떠날 때가 되자 스승은 그에게 작은 식탁을 선물로 주었습니다. 그것은 겉보기에는 그리 특별하지 않은 평범한 나무 식탁이었지만, 신기한 능력을 가졌습니다. 누군가 식탁을 내려놓고 "식탁아, 상을 차려라." 하면 신기한 식탁에 바로 깨끗한 식탁보가 덮이고, 접시와 나이프와 포크가 놓인 후, 끓이고 구운 요리가 든 그릇들이 상다리가 휠 정도로 가득 놓이며, 큰 잔에는 붉은 포도주가 반짝였습니다.

젊은 도제는 '이것만 있으면 평생 먹을 것 걱정은 없겠다.' 라고 생각했습니다.

그래서 그는 즐거운 마음으로 세상을 돌아다니면서, 여관이 좋든 나쁘든, 먹을 게 있든 없든 걱정하지 않았습니다. 그는 마음이 내키면 여관에 들어가지 않고 들판이건 숲이건 풀밭이건 가리지 않고 아무 데나 가서, 등에 짊어진 작은 식탁을 내려놓고 "식탁아, 상을 차려라."라고 했습니다. 그러면 그가 먹고 싶은 음식들이 모두 차려졌습니다.

마침내 그는 아버지에게 돌아가고 싶은 생각이 들었습니다. 지금쯤은 아버지의 화가 가라앉았을 것이고, 요술 식탁을 가져가면 그를 기꺼이 맞아줄 테니 말입니다. 집으로 가던 그는 어느 날 저녁 손님들로 가득 찬 여관에 묵었습니다. 그들은 그를 반갑게 맞이하며 같이 앉아 식사를 하자고 했습니다. 그러지 않으면 먹을 것을 얻기 어려울 거라면서요. 그러자 소목장이가 대답했습니다.

"아닙니다. 여러분의 음식에 손대고 싶지 않습니다. 오히려 여러분이 저의 손님이 되어주십시오."

그들은 웃으며 그가 자기들에게 농담한다고 생각했습니다. 그러나 그는 나무 탁자를 방 한가운데 내려놓고 "식탁아, 상을 차려라." 라고 말했습니다. 그러자 즉시 음식이 한 상 가득 차려졌습니다. 여관 주인이 따라 할 수 없는 훌륭한 음식들이었습니다. 맛있는 냄새가 손님들의 콧속으로 스며들었습니다.

"여러분, 마음껏 드십시오."

젊은 소목장이가 말했습니다. 손님들은 그의 말이 떨어지자마자 두 번 물어볼 것도 없이 달려들어 숟가락을 집어 들고 정신없이 먹고 마셨습니다. 그런데 접시가 비워지기 무섭게 음식이 가득 든 새 접시가 저절로 나타나서 손님들은 무척 놀랐습니다. 여관 주인은 한쪽 구석에 서서 그 광경을 지켜보며 무슨 말을 해야 할지 몰랐습니다. 그러면서 그는 '저런 요리사가 우리 여관에 있으면 얼마나 좋을까.' 하고 생각했습니다.

소목장이와 사람들은 밤늦게까지 즐겁게 놀다가 마침내 잠을 자러 갔습니다. 젊은 도제도 요술 식탁을 벽에 세워놓고 잠자리에 들었습니다. 여관 주인은 요술 식탁이 탐이 나서 안절부절못하다가, 문득 자기 집 창고에 그것처럼 생긴 낡은 식탁이 있는 것이 생각났습니다. 그는 그것을 가져와 요술 식탁하고 몰래 바꿔치기했습니다.

 다음 날 아침 소목장이는 숙박비를 치르고 식탁을 짊어졌습니다. 그는 그것이 가짜 식탁이라는 생각은 꿈에도 못하고 길을 떠났습니다. 그는 정오경에 아버지 집에 도착했습니다. 아버지는 무척 기뻐하며 아들을 맞아들였습니다.

 "그래, 아들아, 그동안 무얼 배웠느냐?"
 "아버지, 저는 소목장이가 되었어요."
 "좋은 직업이지. 그런데 여행길에서 무얼 가져왔느냐?"
 "아버지, 제가 가져온 것 중에 제일 좋은 것은 이 식탁입니다."
 재봉사는 식탁을 이리저리 살펴보다가 말했습니다.
 "네가 아주 훌륭한 식탁을 만든 것은 아니구나. 낡고 초라한 식탁에 지나지 않는걸."
 그러자 아들이 대답했습니다.
 "하지만 이건 요술 식탁이에요. 이것을 내려놓고 '상을 차려라.'라고 말하면 즉시 맛좋은 음식과 감칠맛 나는 포도주가 놓여요. 친척과 친구분 들을 모두 초대하세요. 그러면 그분들께 즐겁게 먹고 마실 근사한 음식들을 대접하겠어요. 그분들이 충분히 드실 음식이 가득 차려질 거예요."
 손님들이 다 모이자 그는 방 한가운데 식탁을 놓고 말했습니다.
 "식탁아, 상을 차려라."
 그러나 식탁은 꼼짝도 하지 않았고, 사람 말을 알아듣지 못하는 다른 식탁들처럼 음식이 차려지지 않은 채 그대로 있었습니다.
 그제야 불쌍한 도제는 누군가 자기 식탁을 바꿔치기한 것을 알아차렸습니다. 그리고 자기가 마치 거짓말쟁이가 된 것 같아 창피해졌습니다. 친척들은 그를 비웃었고 먹지도 마시지도 못한 채 다시 집으로 돌아가야 했습니다.

아버지는 다시 천 조각들을 꺼내 재단 일을 계속했고, 아들은 어느 소목장이 밑에서 일하러 집을 떠났습니다.

한편 둘째 아들은 방앗간 주인 밑에서 도제 수업을 받았습니다. 도제 기간이 끝날 무렵 스승이 말했습니다.

"네가 그동안 열심히 일했으니 선물로 특별한 당나귀를 한 마리 주겠다. 그 당나귀는 마차를 끌거나 짐을 나르지는 못한다."

"그렇다면 그 당나귀를 무엇에 쓰지요?"

젊은 도제가 묻자 방앗간 주인이 대답했습니다.

"그 녀석은 금을 쏟아내지. 당나귀 밑에 보자기를 펼쳐놓고 '브리클레브리트.'라고 말하면 이 신기한 짐승이 앞뒤로 금화를 쏟아내지."

"그것 참 근사한 일이네요."

도제가 말했습니다. 그리고 그는 스승에게 고맙다고 인사하고 넓은 세상으로 나갔습니다. 금이 필요할 때 당나귀에게 "브리클레브리트."라는 말만 하면 금화가 쏟아졌습니다. 그러면 그는 땅에서 금화를 줍기만 하면 되었습니다. 그는 어디를 가든 최고의 것을 누렸고, 비싸면 비쌀수록 더 좋았습니다. 그의 주머니는 늘 금화로 가득 차 있었기 때문입니다.

그렇게 얼마 동안 세상을 돌아다니다가 그는 이런 생각이 들었습니다.

'아버지를 찾아가야겠어. 이 요술 당나귀를 보면 아버지도 화를 풀고 나를 반가이 맞아주실 거야.'

그런데 둘째 아들은 형의 식탁이 바뀐 바로 그 여관에 묵게 되었답니다. 그가 당나귀를 끌고 여관으로 들어가자, 여관 주인이 짐승을 넘겨받아 매어주려고 했습니다. 그러나 젊은 도제가 말했습니다.

"굳이 그럴 필요 없습니다. 이 회색 짐승은 내가 직접 마구간으로 데려가 매어놓겠습니다. 이 녀석이 어디에 있는지 알아두어야 하니까요."

여관 주인은 이상하다는 생각이 들었습니다. 자기 당나귀를 직접 보살피겠다고 하는 것을 보니 돈이 별로 없는 사람이라고 생각했습니다. 그런데 이 낯선 젊은이가 주머니에 손을 넣어 금화 두 닢을 꺼내 주며 무언가 좋은 것만 사다 달라고 하자 여관 주인은 눈이 휘둥그레졌습니다. 그는 즉시 달려 나가 찾을 수 있는 최고의 것을 구해 왔습니다. 식사를 마친 손님이 얼마냐고 묻자 여관 주인은 음식값의 두 배 금액을 부르며, 금화 몇 닢을 더 내야 한다고 말했습니다. 도제가 주머니에 손을 넣어보니, 마침 금화가 떨어지고 없었습니다. 그러자 그가 여관 주인에게 말했습니다.

"주인장, 잠깐만 기다려주십시오. 가서 금화를 가져오겠습니다."

그런데 주인은 젊은이가 보자기를 가져가는 것을 보고 그 말이 무슨 뜻인지 모르면서도 호기심이 생겨 몰래 뒤따라갔습니다. 손님이 마구간에 들어가면서 문의 빗장을 질렀으므로 여관 주인은 옹이구멍에 눈을 대고 안을 들여다보았습니다. 낯선 젊은이는 당나귀 밑에 보자기를 펼쳐놓고 "브리클레브리트!"라고 외쳤습니다. 그 순간 짐승이 앞뒤로 금을 쏟아내기 시작했습니다. 마치 땅에 비가 내리는 것 같았습니다.

여관 주인이 말했습니다.

"아니, 저럴 수가, 금화를 빨리도 찍어내는군! 저런 돈주머니가 있으면 좋겠는걸!"

손님은 음식값을 치르고 잠자리에 누웠습니다. 그러나 여관 주인은 밤에 몰래 마구간에 들어가서 신기한 당나귀를 데려가고 그 대신 다른 당나귀를 매어놓았습니다. 다음 날 이른 새벽에 젊은이는 당나귀를 끌고 여관을 떠났습니다. 그는 그 당나귀가 황금 당나귀라고 생각했습니다. 정오경에 그가 아버지 집에 도착하자 아버지는 그가 다시 돌아온 것을 보고 기뻐하며 반가이 맞아들였습니다.

"아들아, 넌 무슨 일을 배웠느냐?"

"방앗간 기술을 배웠어요, 아버지."

둘째 아들이 대답했습니다.

"그런데 여행길에서 무얼 가져왔느냐?"

"나귀 한 마리를 가져왔어요."

"나귀라면 여기도 충분한데, 차라리 착한 염소나 끌고 오지 그랬니?"

아버지가 그렇게 말하자 아들이 대답했습니다.

"네. 하지만 저것은 보통 당나귀가 아니라 황금을 낳는 당나귀랍니다. 제가 '브리클레브리트!'라고 말하면 저 착한 짐승이 한 보자기 가득 금화를 쏟아내거든요. 친척들을 모두 부르세요. 그러면 그 분들을 모두 부자로 만들어드리겠어요."

"그거 좋은 일이구나. 그럼 난 이제 바늘을 가지고 고생을 안 해도 될 테니까."

그는 벌떡 일어나 친척들을 불러 모았습니다. 그들이 모이자마자 둘째 아들은 자리를 만들어달라고 하고는 보자기를 펴놓고 당나귀를 방으로 데려왔습니다.

"이제 잘 보세요."

그는 그렇게 말하고 "브리클레브리트!" 하고 외쳤지만, 금화는 쏟아지지 않았습니다. 그 당나귀는 그런 기술을 모르는 것이 분명했습니다. 하기야 모든 당나귀가 그런 재주를 부릴 수는 없으니 말입니다. 불쌍한 젊은이는 그만 코가 석 자나 빠졌습니다. 그는 그가 사기 당했음을 알았습니다. 그리고 올 때와 마찬가지로 가난한 채 집에 돌아가는 친척들한테 용서를 구했습니다. 이제 늙은 아버지는 다시 바늘을 들고 재단 일을 해야 했고, 둘째 아들은 방앗간에 가서 일을 하는 수밖에 없었습니다.

한편 셋째 아들은 선반 기술자의 도제로 들어갔습니다. 선반 일은 아주 정교한 기술이라 그는 가장 오래 배워야 했습니다. 그동안 형들은 자신들이 얼마나 나쁜 일을 당했는지 그에게 편지로 알려주었습니다. 그들이 집에 도착하기 전날 저녁에 들어갔던 여관 주인이 그들의 멋진 요술 물건들을 훔쳐 간 것 같다고 말입니다.

선반공이 기술을 다 배우고 떠날 때가 되자 스승은 그동안 수고했다면서 선물로 자루 하나를 주면서 이렇게 말했습니다.

"이 자루 속에는 몽둥이가 들어 있다."

"자루는 둘러메고 가다 보면 이럭저럭 쓸데가 있겠지만, 그 안에 든 몽둥이는 무엇에 쓰지요? 괜히 자루만 무겁게 할 것 같은데요."

그러자 스승이 대답했습니다.

"내 말 잘 들어라. 누가 너를 해치려고 하면 '몽둥이야, 자루에서 나오너라!' 라고 외치기만 하면 된다. 그러면 몽둥이가 달려 나와 그들 등 위에서 흥겹게 춤추고 돌아다닐 게다. 그래서 그들이 일주일 동안 꼼짝도 하지 못하게 두들겨 패줄 것이다. 네가 '몽둥이야, 자루에 들어가라!' 라고 말해야만 그 일을 그칠 게다."

젊은이는 스승에게 고맙다고 말하고 자루를 둘러메고는 길을 떠났습니다. 누군가 그를 위협하며 몸을 밀치기라도 하면 그는 "몽둥이야, 자루에서 나오너라!" 라고 말했습니다. 그러면 몽둥이가 뛰쳐나와 상대가 옷을 벗을 때까지 기다리지도 않고 차례로 한 명씩 윗도리나 조끼의 등에 묻은 먼지를 털어주었습니다. 동작이 어찌나 빠른지 눈 깜짝할 사이에 벌써 다음 사람 차례가 되었습니다. 저녁 무렵 젊은 선반공은 형들이 사기를 당했던 여관에 도착했습니다. 그는 앞에 놓인 식탁 위에 자루를 올려놓고 자신이 세상을 돌아다니며 보았던 온갖 신기한 이야기를 들려주었습니다.

"그래요, 어떤 사람은 요술 식탁이나 황금 당나귀 같은 것을 보았을지도 모릅니다. 물론 그런 것도 무시할 수 없는 좋은 것이지만 내가 가져온 보물에 비하면 모두 아무것도 아닙니다. 바로 이 자루 안에 그 보물이 들어 있어요."

여관 주인은 귀를 쫑긋 세웠습니다.

그는 '대체 그게 뭘까? 아마 자루 속에 보석이 가득 들어 있나 보다. 좋은 일은 삼세번 일어나는 법이니 그것도 당연히 내가 가져야지.' 라고 생각했습니다.

드디어 잠잘 시간이 되자 손님은 긴 의자 위에 자루를 베고 누웠습니다. 손님이 깊이 잠들었을 때쯤 주인은 살그머니 그의 곁으로 다가가서는, 아주 가만히 조심스럽게 자루를 밀고 당겨 그것을 빼내려고 하면서 대신 넣어둘 것이 있는지 보았습니다. 그러나 이 순간을 오랫동안 기다려온 선반공은 여관 주인이 힘을 주어 막 잡아

당기려는 순간 "몽둥이야, 자루에서 나오너라!" 라고 소리쳤습니다. 그 말과 동시에 뛰쳐나온 몽둥이가 옷의 실밥이 다 터질 정도로 여관 주인을 흠씬 패주었습니다. 주인은 제발 살려달라며 비명을 질러댔습니다. 그러나 그의 비명이 커지면 커질수록 몽둥이는 마침내 그가 기진맥진하여 바닥에 쓰러질 때까지 더 신 나게 그의 등 위에서 박자를 맞추었습니다. 그제야 젊은이가 말했습니다.

"요술 식탁과 황금 당나귀를 내놓지 않으면 몽둥이가 새로 춤을 출 것이다."

"아, 안 돼요. 모두 걸 기꺼이 돌려드리겠으니, 저 빌어먹을 방망이만 다시 자루 속에 들어가게 해주십시오."

여관 주인은 기어드는 소리로 외쳤습니다.

그러자 젊은이가 말했습니다.

"이번 한 번만 너그럽게 용서해 주겠다. 하지만 앞으론 그런 일 당하지 않도록 조심하라고!"

그런 다음 그는 "몽둥이야, 자루에 들어가라!" 라고 외치며 쉬게 해주었습니다.

다음 날 아침 셋째 아들은 요술 식탁과 황금 당나귀를 가지고 아버지의 집으로 갔습니다. 재봉사는 다시 집에 돌아온 막내아들을 보고 기뻐하면서 그에게도 그동안 무엇을 배웠느냐고 물었습니다.

"아버지, 저는 선반공이 되었어요."

"아주 정교한 기술을 요하는 일이지. 그래, 너는 여행길에서 무얼 가지고 왔느냐?"

그러자 막내아들이 대답했습니다.

"귀한 물건을 가져왔어요, 아버지. 자루 속에 든 몽둥이에요."

그러자 아버지가 소리쳤습니다.

"아니, 뭐라고! 몽둥이라고! 그런 것을 힘들여 가져오다니! 그런 것은 아무 나무나 베어서 만들면 될 것을."

"하지만 보통 몽둥이가 아니에요, 아버지. 제가 '몽둥이야, 자루에서 나오너라!' 라고 말하면 밖으로 뛰쳐나와 저를 못살게 구는 녀석의 등 위에서 정신없이 춤을 춘다고요. 상대가 바닥에 널브러져 제발 살려달라고 용서를 빌어야만 몽둥이질을 그친답니다. 보세요, 이 몽둥이 덕에 못된 여관 주인이 형들에게서 훔친 요술 식탁과 황금 당나귀를 되찾아 왔어요. 이제 형들과 친척들을 모두 부르세요. 그분들이 실컷 먹고 마시게 하고, 그분들 주머니를 금화로 가득 채워드릴게요."

늙은 재봉사는 그의 말이 좀처럼 믿기지 않았지만 일단 친척들을 불러 모았습니다. 친척들이 다 모이자 막내아들은 방에 보자기를 펼쳐놓고 황금 당나귀를 끌고 와 작은 형에게 말했습니다.

"자, 형, 당나귀한테 말해 봐."

둘째 아들이 "브리클레브리트!" 라고 말하자마자 마치 소나기가 퍼붓듯 황금이 보자기 위로 쏟아졌습니다. 당나귀는 친척들이 다 가져가고도 남을 만큼 많은 금화를 쏟아낸 뒤에야 멈추었습니다.(여러분도 그 자리에 있었더라면 하는 눈치군요.) 이어서 막내아들은 요술 식탁을 가져와 큰형에게 말했습니다.

"자, 형, 이번에는 형이 말해 봐."

큰아들이 "식탁아, 상을 차려라!" 라고 말하자마자, 식탁보가 펴지며 더없이 맛있고 진기한 요리들이 가득 차려졌습니다. 그리하여 선량한 재봉사의 집에서 한 번도 누려보지 못한 성찬이 베풀어졌습니다. 친척들도 즐겁고 흡족한 기분으로 모두 밤늦게까지 같이 시간을 보냈습니다. 그 후 늙은 재봉사는 바늘과 실, 자와 다리미를 벽장 속에 집어넣고 세 아들과 함께 즐겁고 멋지게 살았습니다.

그런데 재봉사가 세 아들을 내쫓게 만든 염소는 어디로 갔을까요? 이제부터 그 이야기를 하겠습니다. 염소는 대머리가 된 것이 창피해 여우 굴로 기어 들어갔습니다. 여우가 집에 돌아와 보니 어둠 속에서 커다란 두 눈이 번득이며 자기를 노려보고 있었습니다. 깜짝 놀란 여우는 다시 몸을 돌려 도망쳤습니다. 그러다가 곰을 만났는데, 여우의 아주 당혹스러운 표정을 본 곰이 물었습니다.

"무슨 일이야, 여우야? 왜 그런 얼굴을 하고 있니?"

그러자 붉은 여우가 대답했습니다.

"아, 내 굴속에 무시무시한 짐승이 들어앉아 불같이 이글거리는 눈으로 나를 노려보잖아."

"우리 당장 가서 그놈을 쫓아버리자."

곰은 그렇게 말하고 여우와 함께 굴로 가서 안을 들여다보았습니다. 그런데 이글거리는 눈을 본 곰 역시 덜컥 겁이 났습니다. 곰은 그렇게 무시무시한 짐승과는 상대하고 싶지 않아서 줄행랑을 쳤습니다. 그러다가 곰이 꿀벌을 만났는데, 곰의 표정이 좋지 않은 것을 알고 꿀벌이 말했습니다.

"곰아, 왜 그리 잔뜩 찌그리고 있어? 늘 명랑해 보였는데."

곰이 대답했습니다.

"말 잘 했어. 붉은 여우 집에 갔더니 눈이 커다랗고 무시무시한 짐승이 앉아 있는데, 그 녀석을 쫓아낼 수 없어서 그래."

그러자 벌이 말했습니다.

"곰아, 참 딱하기도 하구나. 내가 힘없고 약한 동물이라고 너희는 길에서 나를 봐도 아는 척도 않았지. 하지만 내가 너희를 도와줄 수도 있을 거야."

꿀벌은 여우 굴속으로 날아가 염소의 반질반질하게 깎은 머리 위에 앉아, 침을 한 방 세게 놓았습니다. 그러자 염소는 펄쩍 뛰어오르며 "매애! 매애!" 하고 비명을 질러댔습니다. 그리고 미친 듯이 바깥으로 뛰쳐나갔는데, 그 후로 염소가 어디로 갔는지 아무도 알 수 없었습니다.

배낭, 모자, 뿔피리

 옛날에 삼형제가 살았는데, 집안 살림이 점점 더 어려워졌습니다. 마침내는 먹을 것이 하나도 없어 굶주림에 시달려야 할 정도로 궁핍해졌습니다. 그러자 형제들은 말했습니다.
 "이대로는 안 되겠어. 세상에 나가 우리의 행운을 찾는 게 더 낫겠어."
 그래서 그들은 길을 떠났습니다. 그들은 상당히 먼 길을 걷고 벌판을 수없이 지나서도 아직 행운을 만나지 못했습니다. 그러던 어느 날 그들은 커다란 숲에 도착했습니다. 숲 한가운데 산이 있어서 가까이 가서 보니 산 전체가 온통 은으로 되어 있었습니다. 그러자 큰형이 말했습니다.
 "이제 난 내가 원하던 행운을 찾았어. 더는 바라지 않아."
 큰형은 가져갈 수 있을 만큼의 은을 짊어지고 발길을 돌려 다시 집으로 갔습니다. 그러나 두 동생은 "우리는 그까짓 은보다는 더 큰 행운을 원해." 하고 말했습니다.

그들은 은 따위는 만져보지도 않고 길을 계속 갔습니다. 며칠 더 걸어가다 또 다른 산에 도착했는데, 이번에는 온통 금으로 된 산이었습니다. 둘째 형은 걸음을 멈추고 깊이 생각하며 결정을 망설였습니다.

"이를 어쩐담? 이 금을 가져서 평생 풍족하게 살까, 아니면 계속 갈까?"

마침내 둘째는 결단을 내려 주머니마다 들어가는 대로 금을 가득 채운 뒤 동생에게 작별 인사를 하고 집으로 돌아갔습니다. 그러나 막내는 말했습니다.

"그까짓 금은이 뭐가 대단하다고. 난 그 정도의 행운에 만족하지 않을 거야. 더 큰 행운이 나타날지도 모르니까."

그는 앞으로 계속 나아갔습니다. 그가 사흘을 더 걸었을 때 이전의 두 숲보다 큰, 도무지 끝날 것 같지 않은 어마어마한 숲이 나타났습니다. 그런데 막내는 먹고 마실 것이 없어 굶어 죽기 일보 직전이었습니다. 그는 도대체 숲이 어디서 끝나는지 보려고 높은 나무 위로 올라갔습니다. 그러나 사방을 아무리 둘러보아도 보이는 것은 나무 꼭대기들밖에 없었습니다. 그는 다시 나무에서 내려오면서, 배를 움켜쥐며 이렇게 생각했습니다.

'단 한 번만이라도 배불리 먹을 수 있었으면.'

그런데 나무 밑에 내려와 보니 놀랍게도 한 상 가득 차려진 식탁이 김을 모락모락 피우고 있었습니다.

"이번에는 때맞춰 내 소원이 이루어지는구나."

그렇게 말하며, 그는 누가 음식을 가져왔고, 누가 요리를 했는지 생각할 겨를도 없이 식탁에 다가가 허기가 채워질 때까지 정신없이 먹고 마셨습니다. 음식을 다 먹고 나자 이런 생각이 들었습니다.

'저렇게 멋진 식탁보를 이 숲 속에 그냥 버려두다니 아까운걸.'

그래서 식탁보를 잘 접어서 주머니에 넣었습니다. 그리고 계속 가다 보니까 날이 저물었습니다. 다시 배가 고파지자 그는 바닥에 식탁보를 펼쳐놓고 시험 삼아 말했습니다.

"다시 한 번 네가 맛있는 음식들을 차려주면 좋겠다."

그런데 그 말이 입에서 나오자마자 아주 맛있는 음식이 식탁보 위에 가득 차려졌습니다.

"누가 이 음식을 요리해 주는지 이제야 알겠어. 난 금은으로 된 산보다 네가 더 좋구나."

막내는 그것이 요술 보자기임을 알게 되었습니다. 그러나 식탁보만 들고 그냥 집에 돌아가 조용히 살기에는 아직 부족하다고 느꼈습니다. 그래서 세상을 더 돌아다니며 자신의 운을 계속 시험해 보기로 했습니다. 어느 날 저녁 그는 호젓한 숲에서 온몸에 검댕 칠을 한 숯쟁이를 만났습니다. 그는 숯을 피워놓고 불에 감자를 굽고 있었습니다. 그것을 저녁으로 먹으려는 것이었습니다. 막내가 그에게 물었습니다.

"안녕하세요, 검댕 아저씨. 이 외딴곳에서 어떻게 사세요?"

그러자 숯쟁이가 대답했습니다.

"매일매일 똑같이 살지요. 저녁은 늘 감자로 때우고요. 생각 있으면 같이 먹읍시다."

여행자가 말했습니다.

"대단히 고맙습니다만, 당신 저녁을 어떻게 빼앗아 먹을 수 있겠습니까? 손님이 올 줄 몰랐을 텐데요. 하지만 괜찮으시다면 제가 한

턱 내겠습니다."

그러자 숯쟁이가 말했습니다.

"누가 상을 차려준단 말이오? 당신은 아무것도 가져오지 않았고, 이 근방에서 당신에게 음식을 가져다줄 사람도 없는데."

"어쨌든 음식이 나올 겁니다. 당신이 먹어본 어떤 것보다 나은 요리들로요."

그러면서 막내는 배낭에서 식탁보를 꺼내 바닥에 펼치고 말했습니다.

"식탁보야, 상을 차려라."

그러자 즉시 굽고 끓인 요리들이 눈앞에 나타났습니다. 그 음식들은 방금 부엌에서 내온 것처럼 따끈따끈했습니다. 숯쟁이는 눈을 휘둥그레 떴습니다. 막내가 먹으라고 굳이 청하지 않아도 달려들어 점점 더 많은 음식을 검은 입속에 밀어 넣었습니다. 그들이 음식을 다 먹고 나자 숯쟁이가 싱긋이 웃으며 말했습니다.

"이보시오, 당신 식탁보는 정말 대단하군요. 그것은 맛있는 음식을 해주는 사람이 아무도 없는 이런 숲 속에 사는 나에게 좋은 물건이오. 이러면 어떻겠소? 저기 구석에 군인 배낭이 걸려 있는데, 그것은 분명히 낡고 초라하지만 놀라운 힘을 가졌소이다. 나한테는 이제 필요 없으니 당신 식탁보하고 바꾸면 어떻겠소."

"어떤 신기한 힘을 가졌는지 먼저 알아야지요."

숯쟁이가 대답했습니다.

"그거야 말씀을 드리지요. 저것을 손으로 두드리면 하사가 머리끝에서 발끝까지 무장한 부하 여섯을 데리고 나타납니다. 그리고 당신이 그들에게 명령을 하면 뭐든지 그대로 하지요."

그러자 여행자가 말했습니다.

"좋습니다. 달리 뾰족한 수가 없으니 바꾸기로 하지요."

막내는 숯쟁이에게 식탁보를 주고, 고리에 걸려 있는 배낭을 집었습니다. 그리고 그것을 어깨에 메고 작별 인사를 했습니다. 얼마 동안 걷던 그는 배낭의 신기한 힘을 시험해 보고 싶어졌습니다. 배낭을 톡톡 두드리자 곧 일곱 명의 용사가 나타나더니 그중 하사가 물었습니다.

"주인님, 무슨 일을 해드릴까요?"

"빠른 걸음으로 숯쟁이에게 달려가서 내 요술 식탁보를 찾아오너라."

그들은 왼편으로 돌아가더니 몇 분 후 숯쟁이에게서 식탁보를 빼앗아 왔습니다. 막내는 그들에게 다시 물러가라고 명령한 다음 여행을 계속했습니다. 그러면서 더 큰 행운이 올지도 모른다는 희망에 부풀었습니다. 해 질 무렵 그는 불 옆에서 저녁을 준비하던 다른 숯쟁이를 만났습니다.

"기름은 없고 소금에 감자뿐이지만 이리 와서 같이 먹읍시다."

"아닙니다, 이번에는 제가 대접하겠습니다."

그리고 식탁보를 펴자 금세 멋진 요리들이 차려졌습니다. 그들은 기분 좋게 함께 먹고 마셨습니다. 식사가 끝나자 숯쟁이가 말했습니다.

"저기 선반 위에 낡고 닳았지만 신기한 힘을 가진 모자가 있어요. 누군가 그 모자를 쓰고 머리 위에서 돌리면 열두 문의 대포에서 발사하듯 포탄이 쏟아집니다. 그것들이 마구 때려 부수면 아무도 당해 낼 장사가 없지요. 나한테는 그런 모자가 필요 없으니 당신 식탁보와 바꾸는 게 어떻겠소."

"솔깃한 이야기군요."

그렇게 대답한 막내는 모자를 집어 쓴 다음 식탁보를 남겨두고 떠났습니다. 그러나 얼마쯤 가다가 그는 자기 배낭을 두드렸고, 병사들은 식탁보를 다시 찾아와야 했습니다.

'일이 착착 진행되어 가는군. 하지만 내 행운은 아직 끝나지 않은 것 않아.'

그의 이런 생각도 틀린 것이 아니었습니다. 하루를 더 걸어가자 그는 세 번째 숯쟁이를 만났습니다. 이 사람도 역시 이전의 두 숯쟁이처럼 기름 없이 요리한 감자를 권했습니다. 하지만 막내는 요술 식탁보로 맛있는 요리를 대접했습니다. 숯쟁이는 음식을 아주 맛있게 먹더니 식탁보를 뿔피리와 바꾸자고 했습니다. 그 뿔피리는 모자와는 전혀 다른 놀라운 힘을 가졌습니다. 누군가 그것을 불면 성벽과 요새가 무너지고, 급기야는 도시와 마을이 완전히 파괴되고 만답니다. 막내는 숯쟁이에게 식탁보를 내주었지만, 조금 후에 병사들을 시켜 다시 찾아오게 했습니다. 이렇게 해서 그는 배낭과 모자와 뿔피리를 갖게 되었습니다.

"이만하면 성공했다고 할 수 있지. 이젠 집에 돌아가 형들이 어떻게 사는지 봐야겠다."

그가 집에 돌아가 보니 두 형은 그들의 금과 은으로 멋진 집을 짓고 보란 듯이 살고 있었습니다. 막내가 누더기 옷에, 머리에는 닳아 빠진 모자를 쓰고, 등에는 낡은 배낭을 메고 그들을 만나러 오자 형들은 그를 동생으로 인정하려 하지 않았습니다. 두 형은 동생을 비웃으며 말했습니다.

"꼴좋다! 금과 은을 무시하고 더 나은 행운을 쫓아가더니만. 화려한 옷을 입고 왕처럼 기세등등하게 돌아올 줄 알았는데, 웬걸 영락없는 거지 몰골이군그래."

그러고는 두 형은 동생을 문밖으로 내쫓았습니다. 몹시 화가 난 동생은 자신의 배낭을, 150명의 병사가 질서정연하게 줄지어 나타날 때까지 계속 두드렸습니다. 막내는 병사들에게 형들의 집을 에워싸라고 명령하고, 그중 두 병사에게 거만한 두 사람이 그가 누구인지 알 때까지 개암나무 채찍으로 곤죽이 되도록 흠씬 두들겨 패주라고 시켰습니다. 엄청난 소동이 벌어졌습니다. 곤경에 처한 두 사람을 도와주려고 사람들이 달려왔지만 병사들을 당해 낼 재간이 없었습니다. 결국 왕도 이런 사실을 알게 되었습니다. 화가 난 왕은 일개 중대를 보내 평화의 파괴자를 도시에서 몰아내라고 명령했습니다. 하지만 배낭을 지닌 남자는 곧 더 많은 병사들을 불러내 중대를 격파했고, 중대장과 병사들은 코피를 흘리며 물러서야 했습니다.

그러자 왕이 화가 나서 말했습니다.

"저 부랑자 녀석이 아직 혼이 덜 났군."

왕은 다음 날 더 많은 병사들을 그에게 보냈지만, 더 형편없이 패했습니다. 막내는 더 많은 군사가 올 것에 대비했습니다. 그리고 그는 싸움을 빨리 끝내려고 머리 위에서 모자를 몇 번 돌렸습니다. 그러자 포탄이 우박처럼 쏟아졌고, 왕의 군사들은 포탄에 맞아 쓰러지거나 뿔뿔이 흩어져 달아날 수밖에 없었습니다. 그가 말했습니다.

"왕이 나에게 공주를 아내로 주고, 내가 왕의 이름으로 온 나라를 다스리기 전에는 싸움을 끝내지 않겠다."

그가 왕에게 그 말을 전하게 하자 왕이 딸에게 말했습니다.

"어려운 일이지만 할 수 없구나. 그자가 요구한 대로 따르지 않을 도리가 있겠느냐? 내가 평화를 얻고 왕관을 지키려면 너를 보내야겠구나."

그리하여 결혼식이 치러졌습니다. 공주는 초라한 모자를 쓰고 낡은 배낭을 둘러멘 비천한 사내가 자신의 남편이라는 것에 화가 났습니다. 공주는 그를 떼어버리고 싶어서, 어떻게 하면 그럴 수 있을지만 밤낮으로 궁리했습니다.

그녀는 '혹시 배낭 안에 마법의 힘이 숨어 있는 것이 아닐까?'라고 생각해, 남편한테 애교를 부리며 사랑하는 척했습니다.

남편의 딱딱한 마음이 부드러워지자 공주가 말했습니다.

"보기 흉한 그 배낭을 벗어놓으시죠? 당신이 그걸 메면 볼품이 없어져서 내가 창피해요."

그러자 그가 대답했습니다.

"이 배낭은 나의 가장 소중한 보물이오. 내가 이걸 메고 있는 한 나는 세상의 그 무엇도 두렵지 않아요."

그러면서 그는 그 배낭이 어떤 불가사의한 힘을 가지고 있는지 털어놓았습니다. 그러자 공주는 마치 입맞춤을 하려는 듯 남편의 목을 끌어안다가 그의 어깨에서 재빨리 배낭을 벗겨 도망쳤습니다. 공주는 혼자가 되자마자 배낭을 두드렸습니다. 그리고 병사들에게 그들의 이전 주인을 붙잡아 궁전 바깥으로 끌어내라고 명령했습니다. 병사들은 명령받은 대로 했습니다. 그러자 못된 아내는 더 많은 병사들을 불러내 그를 그 나라에서 완전히 몰아내라고 했습니다. 만약 그에게 모자가 없었더라면 그는 그렇게 당하고 말았을 것입니다. 하지만 그는 두 손이 자유로워지는 즉시 모자를 몇 번 돌렸습니다. 그러자 당장 대포가 천둥소리를 내며 모든 것을 박살 내버렸습니다.

그러자 공주는 직접 가서 그에게 용서를 빌어야 했습니다. 그녀가 감동적인 말로 애원하고 또 마음을 고치겠다고 약속하자 그는 아내의 말에 넘어가 화를 풀고 봐주기로 했습니다. 그녀는 남편을 다정하게 대하며 그를 몹시 사랑하는 것처럼 행동했습니다.

그래서 얼마 후에 남편을 또 속일 수 있었습니다. 그래서 남편은 만약 누군가 강제로 배낭을 빼앗아 가다 해도 낡은 모자가 있는 한 그를 당해 낼 수 없다고 털어놓았습니다. 비밀을 알게 된 아내는 남편이 잠들기를 기다렸다가 그에게서 모자를 빼앗고, 그를 거리로 몰아냈습니다.

그러나 그에게는 아직 뿔피리가 남아 있었습니다. 그는 몹시 격노하여 온 힘을 다해 피리를 불어댔습니다. 그러자 모든 성벽과 요새, 도시와 마을이 와르르 무너져 내렸습니다. 그리고 왕과 공주도 깔려 죽고 말았습니다. 그가 뿔피리를 내려놓지 않고 조금만 더 불었더라면, 모든 것이 파괴되어 돌멩이 하나 남지 않았을 것입니다.

더는 그에게 맞서려는 사람은 아무도 없었습니다. 그는 스스로 왕이 되어 온 나라를 다스렸습니다.

푸른 등잔

  옛날에 오랫동안 왕을 충실히 섬긴 군인이 있었습니다. 하지만 전쟁이 끝나자 그는 전쟁 중에 입은 많은 부상 때문에 더는 왕을 섬길 수 없었습니다.
  그러자 왕이 말했습니다.
  "이제 그대가 필요치 않으니 집으로 돌아가도록 하라. 나는 나를 섬기는 사람에게만 급료를 줄 것이니 그대에게는 이제 돈을 줄 수 없구나."
  군인은 앞으로 어떻게 생계비를 벌어야 할지 몰랐습니다. 그는 몹시 걱정이 되어 온종일 걷다가 날이 저물 무렵 어느 숲으로 들어갔습니다. 날이 어두워지자 멀리서 불빛이 보여 가까이 가보니 집이 하나 나왔습니다. 그곳에는 마녀가 살고 있었습니다.
  "제발 하룻밤 묵게 해주시고, 먹고 마실 것을 조금 주세요. 배고파 죽겠어요."
  그가 마녀에게 말했습니다.

"뭐라고! 누가 길 잃은 군인에게 무언가를 준단 말이야? 그렇지만 내가 원하는 것을 들어주면 당신을 가엾게 여겨 받아들이기로 하지."

마녀가 대답했습니다.

"무엇을 원하나요?"

"내일 내 정원을 전부 파 뒤집는 거야."

군인은 그렇게 하겠다고 했습니다. 다음 날 군인은 온 힘을 다해서 일했지만 저녁때까지 일을 끝낼 수 없었습니다.

그러자 마녀가 말했습니다.

"보아하니 오늘은 더 할 수 없을 것 같군. 그 대신 하룻밤 더 묵게 해줄 테니 내일은 마차 한 대분의 나무를 장작으로 패주구려."

군인은 종일 그 일을 했습니다. 저녁이 되자 마녀는 그에게 하룻밤 더 묵으라고 제안했습니다.

"내일은 별로 어렵지 않은 일을 주겠어. 집 뒤에 가면 오래되어 말라버린 우물이 하나 있는데, 그 속에 내 등잔이 빠졌지 뭔가. 등잔이 꺼지지 않고 푸른 불꽃을 내며 계속 타고 있는데, 나에게 그것을 다시 가져다주면 돼."

다음 날 노파는 그를 우물로 데려가 바구니에 넣고 아래로 내려보냈습니다. 그는 푸른 불꽃의 등잔을 찾아내고 마녀에게 자기를 다시 끌어 올리라는 신호를 보냈습니다. 마녀는 군인을 끌어 올렸습니다. 그러나 그가 막 우물 가장자리 부근에 이르자 마녀는 손을 아래로 내밀어 그에게서 푸른 등잔을 가져가려 했습니다.

"안 돼요. 내가 두 발로 완전히 땅에 서기 전에는 등잔을 줄 수 없어요."

마녀의 나쁜 속셈을 알아차린 군인이 말했습니다. 그러자 마녀는 불같이 화를 내며 그를 다시 우물 속으로 떨어뜨린 후 사라져버렸습니다.

불쌍한 병사는 축축한 우물 바닥에 떨어졌지만, 다친 데는 없었고 푸른 등잔도 계속 타고 있었습니다. 하지만 그 등잔이 그에게 무슨 도움이 되겠어요? 그는 이제 꼼짝없이 죽게 되었다고 생각했습니다. 그는 몹시 슬퍼하며 한동안 앉아 있었습니다. 그러다 갑자기 주머니에 손을 넣어보고 아직 반쯤 남은 파이프가 있는 것을 알았습니다.

그는 이것이 마지막 즐거움이 되겠거니 생각하며 파이프를 꺼내 푸른 등잔으로 불을 붙여 담배를 피웠습니다. 담배 연기가 우물 바닥을 맴돌자 갑자기 검은 난쟁이가 앞에 나타나더니 물었습니다.

"주인님, 무슨 분부십니까?"

"분부라니?"

군인이 약간 놀라서 되물었습니다.

"저는 주인님이 요구하는 것을 전부 해야 합니다."

그러자 군인이 말했습니다.

"좋아. 그렇다면 우선 내가 우물 밖으로 나가게 도와줘."

난쟁이는 군인의 손을 잡고 지하 통로로 데려갔습니다. 물론 그는 푸른 등잔을 가져가는 것을 잊지 않았습니다. 난쟁이는 가는 도중에 마녀가 모아서 숨겨놓은 보물들을 군인에게 보여주었습니다. 군인은 그가 들고 갈 수 있을 만큼 금을 가지고 나갔습니다. 땅 위로 올라가자 군인이 난쟁이에게 말했습니다.

"너는 가서 늙은 마녀를 꽁꽁 묶고, 법정으로 데려가거라."

얼마 지나지 않아 마녀는 들고양이를 타고 소리를 무시무시하게 지르며, 바람처럼 빠르게 지나갔습니다. 얼마 지나지 않아 난쟁이가 다시 돌아와 말했습니다.

"다 처리했습니다. 마녀는 이미 교수대에 매달려 있습니다. 다른 분부는 없습니까, 주인님?"

"지금 당장은 없구나. 넌 집에 가도 좋다. 그렇지만 내가 부르면 바로 나타나야 해."

"주인님이 푸른 등잔으로 파이프에 불을 붙이기만 하면 됩니다. 그러면 저는 즉시 주인님 앞에 대령하겠습니다."

말을 마친 난쟁이는 군인의 눈앞에서 사라졌습니다.

군인은 자기가 떠났던 도시로 돌아갔습니다. 그는 가장 좋은 여관에 들었고, 멋진 옷도 맞추었습니다. 그리고 그는 여관 주인에게 방 하나를 되도록 화려하게 꾸며달라고 부탁했습니다. 방이 다 꾸며지자 군인은 그 방으로 옮기고는 검은 난쟁이를 불러 말했습니다.

"나는 왕을 충실히 섬겼지만 왕은 나를 내쫓고 굶주리게 했어. 나는 이제 복수를 하고 싶다."

"제가 무엇을 할까요?" 하고 난쟁이가 물었습니다.

병사가 말했습니다.

"늦은 밤에 공주가 잠이 들면 잠든 그녀를 이리 데려오너라. 그녀는 나를 위해 하녀로 일해야 해."

그러자 난쟁이가 말했습니다.

"그것은 저에게는 쉬운 일이지만, 주인님에게는 위험한 일입니다. 그 사실이 드러나면 주인님에게 좋지 않을 것입니다."

시계가 12시를 치자 문이 확 열렸고, 난쟁이가 공주를 데려왔습니다.

군인이 소리쳤습니다.

"아하, 드디어 네가 왔구나. 자, 일을 시작해라! 빗자루를 가져와서 방바닥도 쓸어라."

공주가 청소를 끝내자 군인은 그녀에게 자신의 의자 앞으로 오라고 하고는 두 발을 쭉 뻗고 이렇게 말했습니다.

"내 구두를 벗겨라."

그리고 그는 구두를 공주의 얼굴에 내던졌습니다. 공주는 그것을 집어서 깨끗이 닦고 윤을 내야 했습니다. 하지만 공주는 눈을 반쯤 감고서 아무 말도 하지 않고 묵묵히 군인이 시키는 대로 다 했습니다. 첫닭이 울자 난쟁이는 공주를 다시 궁전의 침대로 데려갔습니다.

다음 날 아침 공주는 자리에서 일어나 아버지에게 가서 아주 이상한 꿈을 꾸었다고 이야기했습니다.

"저는 번개처럼 빠르게 거리를 지나갔어요. 그리고 어느 군인의 방에 옮겨졌어요. 그리고 그의 하녀가 되어 시중을 들며, 방을 쓸고 구두를 닦고 온갖 천한 일을 해야 했어요. 그냥 꿈이었는데, 마치 제가 정말 모든 일을 한 것처럼 피곤해요."

"어쩌면 그 꿈이 사실일지도 모르겠구나. 내가 충고할 테니 잘 들어라. 네 주머니에다 콩을 가득 채우고 작은 구멍을 뚫어놓아라. 만약 네가 다시 끌려가게 되면, 그것들이 떨어져 길 위에 흔적을 남길 것이다." 하고 왕이 말했습니다.

왕이 그런 이야기를 할 때 검은 난쟁이는 자기 모습을 드러내지 않은 채 옆에 서서 왕의 말을 다 엿들었습니다. 밤이 되어 잠이 든 공주가 다시 거리를 지나갈 때 그녀의 주머니에서 콩들이 떨어졌습니다. 하지만 약삭빠른 난쟁이가 온 거리에 미리 콩을 뿌려두었기 때문에 그것들은 아무 흔적도 남기지 않았습니다. 공주는 닭이 울 때까지 또 하녀처럼 일해야 했습니다.

다음 날 아침 왕은 하인들을 시켜 콩의 흔적을 찾아보게 했지만 아무 소용이 없었습니다. 가난한 집 아이들이 거리마다 앉아 콩을 주우며 "어젯밤에 콩 비가 내린 모양이야."라고 말했기 때문입니다.

"뭔가 다른 방도를 찾아내야겠다. 이번에는 신발을 신고 잠자리에 들어라. 그리고 그곳에서 돌아오기 전에 신발 한 짝을 어딘가에 숨겨놓아라. 그러면 내가 그것을 찾아내도록 하겠다."

왕이 말했습니다.

검은 난쟁이는 이 계획도 들었습니다. 밤이 되어 군인이 공주를 다시 데려오라고 요구하자 난쟁이는 이런 계책은 막을 방도가 없다며 군인을 말렸습니다. 그리고 만약 그 신발이 군인의 방에서 발견되면 좋지 않은 일을 당할 것이라고 말했습니다.

"내가 시키는 대로 하지 웬 잔소리냐!"

군인이 그렇게 대꾸했습니다.

그래서 공주는 셋째 날 밤에도 다시 하녀처럼 일해야 했습니다. 하지만 공주는 궁전으로 돌아오기 전에 신발 한 짝을 침대 밑에 감추어두었습니다.

다음 날 아침 왕은 온 도시를 다 뒤져 딸의 신발을 찾으라고 명령했습니다. 신발은 군인의 방에서 발견되었지만, 군인은 난쟁이의 충고대로 성문 밖을 빠져나간 뒤였습니다. 하지만 그는 이내 붙잡혀 감옥에 갇히는 신세가 되었고, 너무 급하게 도망치느라 제일 소중한 물건인 푸른 등잔과 금을 가져오는 것을 그만 잊어버렸습니다. 그래서 그의 주머니에는 겨우 금화 한 닢밖에 없었습니다. 그는 사슬에 묶여 감옥 창가에 서 있다가 옛 동료 한 명이 지나가는 것을 보았습니다. 군인은 유리창을 두드렸습니다. 그의 동료가 다가오자 그가 이렇게 말했습니다.

"부탁 좀 들어주게. 내가 여관방에 두고 온 작은 보따리를 가져다주게. 그러면 수고비로 금화 한 닢을 주겠네."

그러자 그의 동료는 여관으로 달려가 그가 요구한 것을 가져왔습니다. 군인은 다시 혼자가 되자 당장 파이프에 불을 붙여 검은 난쟁이를 불러냈습니다. 난쟁이는 주인에게 말했습니다.

"두려워하지 마세요. 그들이 어디로 데려가든 가십시오. 그들이 무엇을 하든 하자는 대로 하시되, 푸른 등잔만은 꼭 가져가십시오."

다음 날 군인은 법정에서 재판을 받았습니다. 그가 흉악한 짓을 한 것도 아닌데 판사는 그에게 사형을 선고했습니다. 군인은 사형장으로 끌려가면서 왕에게 마지막 소원을 들어달라고 부탁했습니다.

"무슨 소원이냐?" 하고 왕이 물었습니다.

"가면서 파이프를 한 모금만 피우고 싶습니다."

그러자 왕이 대답했습니다.

"그렇다면 세 모금만 피우도록 해라. 하지만 네 목숨을 살려주리라고는 생각하지 마라."

군인은 파이프를 꺼내 푸른 등잔으로 불을 붙였습니다. 담배 연기가 몇 개의 고리 모양을 이루며 뭉게뭉게 피어오르자 어느새 난쟁이가 작은 몽둥이를 손에 들고 나타나 말했습니다.
"주인님, 무슨 분부십니까?"
"저 엉터리 판사와 형리들을 땅바닥에 때러눕혀라! 나를 아주 못살게 군 왕도 그냥 봐줘선 안 된다."
그러자 난쟁이가 번개처럼 빠른 동작으로 사람들 사이를 이리저리 누비고 다녔습니다. 그의 몽둥이가 살짝 닿기만 해도 사람들은 땅바닥에 쓰러져 감히 꼼짝할 엄두를 못 냈습니다. 왕은 겁이 나서 납작 엎드려 용서를 빌었고, 목숨만이라도 건지고자 군인에게 나라를 주고 공주와 결혼하도록 했습니다.

당나귀 상추

옛날에 한 젊은 사냥꾼이 사냥감을 찾으려고 숲으로 들어갔습니다. 그는 마음이 상쾌하고 즐거웠습니다. 풀피리를 불면서 가는 그에게 추악한 노파가 다가와 말을 걸었습니다.

"안녕하시오, 사냥꾼 양반. 무척 즐겁고 흡족해 보이는군요. 그런데 나는 배가 고프고 목이 마르니 나에게 적선을 좀 하시구려."

사냥꾼은 할머니를 가엾게 여기고 주머니를 뒤적여 줄 수 있는 것을 주었습니다. 그가 길을 다시 가려고 하는데 노파가 그를 붙들고 말했습니다.

"내 말 좀 들어보시오, 사냥꾼 양반. 당신 마음씨가 착하니 내가 보답으로 당신에게 선물을 주겠소. 이 길을 가다 보면 얼마 후에 나무가 하나 나올 거요. 그 나무 위에는 새 아홉 마리가 앉아 망토 하나를 놓고 서로 갖겠다고 싸우고 있을 거요. 그때 그 새들 한가운데를 겨누어 총을 쏘시오. 그러면 새들은 망토를 떨어뜨릴 것이고, 새 한 마리도 다쳐서 떨어져 죽을 거요. 그러면 그 망토를 가져가시오.

그것은 요술 망토라서 당신이 그것을 어깨 위에 걸치고 가고 싶은 곳을 빌면 눈 깜짝할 사이에 그곳으로 갈 수 있소. 그리고 죽은 새의 심장을 꺼내 통째로 삼켜요. 그러면 당신이 매일 아침 잠자리에서 일어났을 때, 당신의 베개 밑에 금화가 한 개씩 있을 거요."

사냥꾼은 마법사 할멈에게 고맙다고 인사하면서 속으로 생각했습니다.

'노파가 내게 약속한 것은 대단한 일들이야. 정말 그런 일이 일어난다면 얼마나 좋을까?'

그는 백 보쯤 갔을 때 정말로 나무 위에서 시끄럽고 요란스러운 새소리를 들었습니다. 위를 올려다보니 새 떼가 천 하나를 부리와 발톱으로 잡아채 끌어당기며 서로 가지려는 듯 싸우고 있었습니다.

"참 신기한 일이군. 할머니가 말한 대로 되어가고 있잖아."

사냥꾼이 어깨에서 총을 내려 새들 한가운데를 겨누고 방아쇠를 당기자 깃털이 흩날렸습니다. 그러자 큰 소리를 내며 도망친 새 중, 한 마리가 떨어져 죽었고 망토도 아래로 떨어졌습니다. 사냥꾼은 노파가 일러준 대로 새를 갈라 심장을 찾아서 한입에 삼킨 후 망토는 집으로 가져갔습니다.

다음 날 아침 사냥꾼은 잠에서 깨어 노파가 했던 약속이 생각났고 확인하고 싶었습니다. 그가 베개를 들춰보니 금화가 눈앞에서 반짝거렸습니다. 다음 날에도 또 그다음 날에도 그가 일어날 때마다 금화 한 개가 눈에 띄었습니다. 마침내 한 무더기의 금화가 모이자 사냥꾼은 생각했습니다.

'내가 집에만 가만히 있으면 이 모든 금화가 무슨 소용이 있겠는가? 집을 떠나 세상 구경이나 해야겠어.'

사냥꾼은 부모에게 작별 인사를 한 다음 사냥 배낭과 총을 둘러메고 세상을 향해 길을 떠났습니다. 사냥꾼은 울창한 숲 속을 지나게 되었는데, 숲의 끝에 이르자 눈앞의 들판에 웅장한 성이 한 채 나타났습니다. 성의 창가에서는 한 노파가 눈부시게 아름다운 처녀와 함께 서서 밖을 내다보고 있었습니다. 마녀인 노파가 소녀에게 말했습니다.

"저기 숲에서 놀라운 보물을 몸속에 지닌 남자가 오고 있어. 그러니까 사랑하는 딸아, 우린 저 사람에게서 보물을 빼앗아야 해. 그 보물은 저 사람보다는 우리에게 더 어울리거든. 그는 몸속에 새의 심장이 있어서 매일 아침 베개 밑에 금화가 한 개씩 생긴단다."

마녀는 사냥꾼에게 그런 일이 생긴 내력과 소녀가 맡아야 할 역할에 대해 이야기해 주었습니다. 그리고 마지막으로 무서운 눈초리로 소녀를 위협하며 말했습니다.

"만약 내 말을 안 들으면 넌 불행해질 거야."

사냥꾼은 성에 가까이 다가와 소녀를 보고 혼잣말을 했습니다.

"오랫동안 이리저리 돌아다녔으니 이제 저 아름다운 성에 들어가 좀 쉬어야겠다. 돈은 얼마든지 있으니까."

하지만 진짜 이유는 소녀의 아름다운 모습을 보았기 때문이었습니다.

사냥꾼이 성안으로 들어가자 그들은 그를 친절하게 맞은 후 정중하게 대접했습니다. 얼마 지나지 않아 그는 마녀의 딸과 사랑에 빠졌습니다. 사냥꾼은 이제 아무것도 생각하지 않았고, 그녀의 눈만 바라보면서 그녀가 요구하는 것은 뭐든지 기꺼이 해주었습니다. 그러자 노파가 딸에게 말했습니다.

"이제 우리가 새의 심장을 빼앗아야 한다. 그는 그것이 없어도 전혀 눈치채지 못할 거야."

그들은 마법의 음료를 조제했습니다. 마법의 음료가 만들어지자 마녀는 그것을 잔에 담아 소녀에게 주었고, 소녀는 그것을 사냥꾼에게 건네주었습니다. 소녀가 말했습니다.

"자, 내 사랑, 나를 위해 마셔요."

그러자 사냥꾼이 잔을 받아 들었습니다. 그는 음료를 한 모금 마시고 새의 심장을 토해 냈습니다. 소녀는 어머니가 시킨 대로 그것을 몰래 집어 꿀꺽 삼켜야 했습니다. 그때부터 그는 베개 밑에서 금화를 찾을 수 없었습니다. 대신 소녀의 베개 밑에 금화가 놓여 있었고 매일 아침 늙은 마녀가 금화를 가져갔습니다. 하지만 사냥꾼은 소녀에게 빠져 정신이 없었기 때문에 소녀와 시간을 보내는 것 말고는 아무 생각도 하지 않았습니다.

늙은 마녀는 "우리가 새의 심장을 갖게 되었으니, 이제는 신기한 망토도 빼앗아야 한다."라고 말했습니다.

그러자 소녀가 말했습니다.

"그건 그냥 내버려 두지요. 그는 전 재산을 잃어버렸잖아요."

그러자 늙은 마녀가 화를 내며 말했습니다.

"그 망토는 세상에 둘도 없는 놀라운 물건이다. 나는 그것을 가질 것이고 또 가져야만 해."

노파는 소녀에게 몇 가지 지시를 내리고, 만약 시키는 대로 하지 않으면 좋지 않은 일이 생길 것이라고 을러댔습니다. 소녀는 노파가 시킨 대로 했습니다. 그녀는 창가에 서서 몹시 슬픈 표정으로 먼 곳을 바라보았습니다. 그러자 사냥꾼이 다가와 물었습니다.

"왜 그렇게 슬픈 표정으로 있는 거요?"

"아, 내 사랑. 저 너머에 값비싼 보석이 자라는 석류석 산이 있답니다. 나는 그것이 너무나 갖고 싶어요. 나는 그 보석을 생각할 때마다 너무 슬퍼진답니다. 하지만 누가 그것을 가져오겠어요! 날개 달린 새나 그곳에 날아갈 수 있지 사람은 절대로 가지 못하거든요."

그러자 사냥꾼이 말했습니다.

"그것 때문에 슬퍼하는 것이라면 내가 곧 당신의 걱정을 덜어주겠소."

사냥꾼은 망토 아래 소녀를 감싸고 석류석 산 위에 올라가기를 바랐습니다. 그러자 순식간에 두 사람은 산 위에 앉아 있게 되었습니다. 온 사방에 귀한 보석들이 빛나고 반짝여서 그것을 보는 것만으로도 즐거웠습니다. 그들은 제일 아름답고 값진 보석들을 주워 모았습니다. 그런데 노파가 사냥꾼에게 마법을 걸어놓았기 때문에 그는 눈꺼풀이 무거워졌습니다. 그가 소녀에게 말했습니다.

"우리 앉아서 잠깐 쉬기로 해요. 나는 너무 피곤해서 더는 서 있을 수 없어요."

두 사람은 자리에 앉았고, 그는 소녀의 무릎을 베고 잠이 들었습니다. 사냥꾼이 잠들자 소녀는 그의 어깨에서 망토를 벗겨 자기 몸에 두르고 석류석과 보석들을 주워 모아, 집으로 돌아가고 싶다고 빌었습니다.

한편 사냥꾼은 실컷 자고 깨어났습니다. 그리고 사랑하는 사람이 자기를 속이고, 그 험한 산 위에 그를 혼자 버려두고 간 것을 알았습니다.

그는 "오, 세상에. 이런 엄청난 배신을 하다니!" 하고 말했습니다.

그는 힘들고 슬퍼서 어찌할 바를 몰라 하며 그곳에 앉아 있었습니다. 그 산은 아주 사납고 무서운 거인들의 것이었습니다. 그가 얼마 동안 앉아 있으니 세 명의 거인이 다가왔습니다. 그는 깊은 잠에 빠진 것처럼 엎드려 있었습니다. 거인들이 가까이 오더니 첫 번째 거인이 그를 발로 차면서 말했습니다.

"여기 엎드려 명상에 잠겨 있는 땅벌레는 뭐지?"

"밟아서 죽여버려." 하고 두 번째 거인이 말했습니다. 그러자 세 번째 거인이 무시하듯 말했습니다.

"그런 수고를 할 가치가 있을까? 살려두지그래. 어차피 그가 이곳에 계속 있을 수는 없으니까. 그리고 그가 산꼭대기까지 높이 올라가면 구름이 낚아채 그를 데려가 버릴걸."

거인들은 이런 대화를 나누며 지나갔고, 사냥꾼은 그들이 하는 말을 주의 깊게 들었습니다. 그는 거인들이 가버리자마자 벌떡 일어나 산꼭대기로 올라갔습니다. 그가 잠시 그곳에 앉아 있으니 구름 하나가 두둥실 떠올라 그를 잡아채서 데려갔습니다. 구름은 한동안 하늘을 날다가 담벼락으로 에워싸인 커다란 채소밭에 그를 내려놓았습니다. 그래서 그는 상추와 채소 들 사이 땅으로 살포시 내려갔습니다.

사냥꾼이 주위를 둘러보며 말했습니다.

"먹을 것이 있으면 좋겠는데. 너무 배가 고파서 여기서 더는 걸을 수 없어. 하지만 이곳에는 사과나 배 같은 과일은 보이지 않고 온통 상추뿐이야."

결국 사냥꾼은 급하니 상추라도 좀 먹어야겠다고 생각했습니다.

맛이야 별로 없겠지만 그것이라도 먹어야 기운이 날 듯했습니다.

그래서 그는 싱싱한 상추를 골라 조금 따 먹었습니다. 그런데 그가 몇 입을 삼키자마자 기분이 이상해지며, 모습이 완전히 변한 느낌이 들었습니다. 갑자기 네 다리, 굵은 목, 기다란 귀가 두 개 생겼습니다. 그는 당나귀로 변한 자신을 보고 깜짝 놀랐습니다. 그는 아직 무척 배가 고팠고, 당나귀로 변하자 물오른 상추가 더욱 맛있어져서, 게걸스럽게 마구 먹었습니다. 마침내 그는 다른 종류의 상추가 있는 곳에 도달했습니다. 그가 그것을 삼키자마자 또다시 몸이 변하는 것을 느꼈습니다. 그는 다시 사람의 모습으로 돌아왔습니다.

그러고 나서 사냥꾼은 드러누워 잠으로 피로를 풀었습니다.

다음 날 아침 잠에서 깨어난 사냥꾼은 나쁜 상추 한 포기와 좋은 상추 한 포기를 따면서, 혼자서 생각했습니다.

'이것들은 내가 물건들을 되찾고 배신자들을 벌주는 데 도움이 될 거야.'

그는 상추들을 배낭에 집어넣고 담을 넘어 올라가, 사랑하는 여인이 사는 성을 찾아 길을 떠났습니다. 며칠을 돌아다닌 끝에 그는 다행히 성을 찾을 수 있었습니다. 그는 그의 어머니도 그를 알아보지 못할 만큼 얼굴을 갈색으로 칠한 후 성으로 들어가 하룻밤 재워 달라 부탁했습니다.

"너무 피곤해서 더는 걸을 수가 없어서요."

마녀가 말했습니다.

"이봐요, 시골 양반, 댁은 누구시며 무얼 하는 분인가요?"

그러자 사냥꾼이 대답했습니다.

"나는 왕의 전령인데, 왕께서 하늘 아래 자라는 상추 가운데 가장 맛좋은 상추를 찾아오라고 저를 보내셨지요. 다행히도 나는 그것을 찾아내서 가져왔는데 햇볕이 너무 뜨거워 부드러운 상추가 시들어버리려고 하네요. 그러니 그것을 계속 가져갈 수 있을지 모르겠습니다."

늙은 마녀는 가장 맛좋은 상추라는 말을 듣자 먹고 싶은 욕심이 났습니다.

"어디 그 신기한 상추 맛이라도 좀 봅시다."

"그러고말고요."

"두 포기를 가져왔는데, 그중 하나를 드리지요."

그는 배낭을 열고 나쁜 상추를 마녀에게 건네주었습니다. 마녀는 나쁜 일이 일어나리라고는 꿈에도 생각지 못하고, 새로운 요리를 생각하며 군침을 흘렸습니다. 그러고는 부엌으로 들어가 요리를 했습니다. 음식이 다 되자 그녀는 식탁에 차릴 때까지 기다리지 못하고, 당장 몇 잎을 입속에 넣었습니다. 마녀는 그것들을 삼키자마자 사람의 모습을 잃어버리고 당나귀의 모습이 되어 뜰로 뛰쳐나갔습니다. 이번에는 하녀가 부엌에 들어가 상추 요리를 보고 식탁에 차리려다가 평소처럼 맛을 좀 보려고 몇 잎 먹었습니다. 곧장 마법의 힘이 나타났습니다. 하녀 역시 당나귀가 되어 마녀가 있는 곳으로 달려 나갔습니다. 상추가 담긴 그릇은 땅바닥에 떨어졌습니다. 그동안 왕의 전령은 아름다운 소녀와 함께 앉아 있었습니다. 아무도 상추 요리를 가져오지 않자 그것을 맛보고 싶은 소녀가 말했습니다.

"상추가 어떻게 되었는지 모르겠네요."

상추가 이미 효력을 발휘했으리라 생각한 사냥꾼이 말했습니다.

"내가 부엌에 가서 알아보겠습니다."

사냥꾼이 내려가보니 당나귀 두 마리가 안뜰을 뛰어다니고 있었고, 상추 그릇은 땅바닥에 떨어져 있었습니다.

그가 말했습니다.

"잘됐어. 두 사람은 자기 벌을 받은 거야."

그리고 그는 남은 상추를 집어 접시에 담아 소녀에게 가져갔습니다.

"당신이 오래 기다리지 않아도 되도록 내가 직접 맛있는 음식을 가져왔습니다."

그녀도 그것을 먹자, 다른 사람들처럼 즉시 인간의 모습을 벗고 당나귀로 변해 뜰로 달려 나갔습니다.

사냥꾼은 당나귀로 변한 여자들이 자기를 알아볼 수 있도록 얼굴을 씻고 안뜰로 내려가 말했습니다.

"이제 너희들이 배신한 대가를 치르게 해주겠다."

그는 세 사람을 모두 밧줄로 묶어 방앗간으로 끌고 갔습니다. 사냥꾼이 창문을 두드리자 방앗간 주인이 고개를 내밀며 무슨 일이냐고 물었습니다.

그가 말했습니다.

"나한테 못된 짐승 세 마리가 있는데, 이제 이놈들을 키우고 싶지 않습니다. 당신이 맡아서 먹이고 재우며, 내가 하라는 대로 하겠다고 하면 당신이 요구하는 만큼 지불하겠습니다."

방앗간 주인이 말했습니다.

"거절할 이유가 없지요. 그런데 어떻게 해달라는 건가요?"

사냥꾼은 마녀인 늙은 당나귀는 매일 세 번 매질하고 한 번 먹이를 주며, 하녀인 둘째 당나귀는 매일 한 번 매질에 세 번 먹이를 주라고 했습니다. 그리고 소녀인 어린 당나귀는 매질하지 말고 하루 세 번 먹이를 주라고 했습니다. 그는 소녀가 맞기를 바라지 않았던 것입니다. 그러고 나서 그는 성으로 돌아가 필요한 것을 모두 찾아냈습니다.

며칠 후에 방앗간 주인이 와서 매일 세 번 매질당하고 한 끼만 먹은 늙은 당나귀가 죽었다고 알려주었습니다.

"나머지 두 마리는 아직 죽지 않았습니다."

그가 계속 말했습니다.

"하루 세 끼를 주긴 하지만, 하도 슬퍼해서 오래 살 것 같지 않습니다."

사냥꾼은 그들이 불쌍해져서 노여움을 풀었습니다. 그리고 방앗간 주인에게 그놈들을 다시 성으로 끌고 오라고 했습니다. 그들이 오자 그는 좋은 상추를 먹였습니다. 그들은 다시 사람의 모습으로 돌아왔습니다. 아름다운 소녀가 그의 앞에 무릎을 꿇고 말했습니다.

"오, 내 사랑. 당신에게 한 나쁜 짓을 용서해 주세요. 어머니가 억지로 시켜서 할 수 없이 한 거예요. 저는 당신을 진심으로 사랑했거든요. 당신의 신기한 망토는 벽장 안에 걸려 있어요. 새의 심장은 마법의 음료를 마셔 토해 내겠어요."

그러자 마음이 변한 사냥꾼이 말했습니다.

"그냥 가지고 있구려. 그건 아무래도 상관없어요. 나는 당신을 나의 진실한 아내로 삼으려 하오."

그래서 둘의 결혼식이 열렸고, 그들은 죽을 때까지 내내 행복하게 살았습니다.

삼 형제

　아들을 셋 둔 남자가 있었는데, 그는 자신이 사는 집 말고는 이 세상에 아무것도 가진 것이 없었습니다. 세 아들은 아버지가 죽고 나면 각자 자신이 그 집을 물려받기를 바랐습니다. 그러나 아버지는 그들을 모두 똑같이 사랑해서, 그들의 마음을 상하지 않게 하려면 어떻게 해야 할지 고민했습니다. 그 집은 조상으로부터 물려받은 집이라 아버지는 그 집을 팔고 싶지 않았습니다. 그게 아니라면 그는 집을 팔아 자식들에게 돈을 나누어 주었겠지요. 마침내 좋은 생각이 떠오른 아버지는 아들들에게 말했습니다.
　"세상으로 나가 어떤 일을 배울 수 있는지 시험해 보아라. 너희가 그런 다음 다시 집으로 돌아왔을 때 최고의 기술을 익힌 사람에게 집을 주겠다."
　아들들은 그 말에 만족해했습니다. 그리하여 맏아들은 편자 대장장이 일을, 둘째는 이발을, 막내는 검술을 배우기로 했습니다. 그들은 다시 집에 모일 시간을 정하고 각자 길을 떠났습니다. 세 아들은 모두 훌륭한 스승을 만나 유용한 기술을 배웠습니다. 왕의 말에 편자를 박는 일을 배운 맏아들은 생각했습니다.

'나는 이제 완벽한 기술을 익혔으니 내가 집을 물려받을 거야.'

신분이 높은 사람들에게만 면도해 주는 이발사가 된 둘째는 이제 집은 자기 것이라고 생각했습니다. 검술 사범이 된 셋째는 칼에 베어 여러 군데 상처가 났지만 이를 악물고 참아냈습니다. 그는 이렇게 생각했기 때문입니다.

'칼에 베이는 것을 두려워한다면 절대로 집을 얻지 못할 거야.'

약속한 시간이 되자 그들은 다시 아버지의 집에 돌아왔습니다. 하지만 어떻게 하면 자기 기술을 가장 잘 보여줄 수 있을지 알지 못해 함께 모여 앉아 상의했습니다. 그때 갑자기 토끼 한 마리가 들판을 가로질러 달려왔습니다. 그러자 이발사가 말했습니다.

"아, 때마침 나타나는구나."

그는 대야와 비누를 가져와서 토끼가 가까이 다가올 때까지 비누 거품을 만들었습니다. 그리고 나서 토끼와 함께 전속력으로 달리며 토끼에게 비누 거품을 칠하고, 역시 같이 뛰면서 토끼의 짧은 수염을 깎았습니다. 그러면서도 그는 토끼에게 상처를 내거나 털끝 하나 다치게 하지 않았습니다.

"잘했다."

아버지가 말했습니다.

"다른 형제들이 더 뛰어난 기술을 보이지 못하면 이 집은 네 것이다."

얼마 후 한 신사가 마차를 타고 굉장히 빠른 속도로 달려왔습니다.

"이제 제가 할 수 있는 것을 보여드리겠습니다, 아버지."

큰아들인 편자 대장장이가 그렇게 말하고 마차를 뒤쫓아가 질주하는 말에서 네 개의 편자를 떼어내고, 역시 전속력으로 달리는 말에 새로운 편자들을 다시 박았습니다.

"대단하구나. 너도 동생만큼이나 멋진 솜씨를 익혔구나. 이제 나는 누구에게 집을 주어야 할지 모르겠다."

그러자 막내아들이 말했습니다.

"아버지, 제 솜씨도 한번 보여드리겠어요."

막내는 마침 비가 내릴 때 검을 빼냈습니다. 그가 머리 위에서 십자 모양으로 검을 휘두르자 그에게는 비가 한 방울도 떨어지지 않았습니다. 빗줄기가 굵어지더니 더욱 심해져 마침내 하늘에서 양동이로 퍼붓듯이 쏟아졌습니다. 그렇지만 그의 칼놀림은 더욱 빨라지면서 마치 안전한 집 안에 있는 것처럼 비에 젖지 않았습니다. 그 모습을 본 아버지가 놀라서 말했습니다.

"네가 가장 훌륭한 솜씨를 익혔구나. 집은 네 것이다."

나머지 두 형들도 약속한 대로 아버지의 말을 만족하며 받아들였습니다. 그들은 서로 무척 사랑했기 때문에 삼 형제 모두 한집에 살면서 자기 일을 했습니다. 그들은 기술을 잘 배웠고 솜씨도 매우 좋았으므로 많은 돈을 벌었습니다.

그들은 나이가 들어 죽을 때까지 그렇게 행복하게 살았습니다. 삼 형제 중 한 명이 병이 들어 죽자 다른 두 형제도 몹시 슬퍼하더니 결국 병이 들어 따라 죽고 말았습니다. 모두 훌륭한 기술을 지녔고, 서로를 몹시 사랑했던 삼 형제는 죽은 후에도 한곳에 묻혔습니다.

재주꾼 사 형제

아들을 넷 둔 한 가난한 남자가 있었습니다. 아들들이 다 자라자 아버지가 그들에게 말했습니다.

"사랑하는 아이들아, 이제 세상으로 나가거라. 나는 너희에게 아무것도 줄 것이 없으니, 이곳을 떠나 외지로 가거라. 그리고 각자 기술을 배워 어떻게 살아갈지 알아보아라."

그리하여 사 형제는 길을 떠날 준비를 하고 아버지에게 작별 인사를 한 뒤 함께 성문 밖으로 나갔습니다. 한동안 같이 가다가 네거리가 나오자 첫째가 말했습니다.

"자, 우리 여기서 헤어지자. 하지만 사 년 후 오늘 바로 이 자리에서 다시 만나기로 하자. 그동안 각자 자신의 운을 시험해 보는 거야."

그래서 그들은 각자 헤어져 다른 길로 갔습니다. 첫째가 길을 가다가 한 사람을 만났습니다. 그는 첫째에게 어디로 가는 길이며, 무엇을 할 생각이냐고 물었습니다.

"기술을 배우려고 합니다."

첫째가 대답하자 남자가 말했습니다.

"그럼 나와 같이 가서 도둑질을 배우도록 하게."

첫째가 대답했습니다.

"싫습니다. 그건 정당한 기술이 아니잖아요. 그리고 결국에 가서는 교수대에 매달리는 신세가 될 겁니다."

그러자 남자가 말했습니다.

"오, 교수대는 겁낼 필요가 없어. 다른 사람은 결코 얻을 수 없는 물건을 훔치는 법을 가르쳐주려는 거야. 그리고 아무에게도 잡히지 않는 법도 가르쳐주겠어."

첫째는 그 말에 넘어가 그 남자에게 도둑질을 배웠습니다. 그리하여 그는 자신이 원하기만 하면 마음대로 가져올 수 있을 정도로 뛰어난 손재주를 지니게 되었습니다.

둘째 역시 길을 가다가 이 세상에서 무엇을 배우고 싶은지 묻는 사람을 만났습니다.

"아직 잘 모르겠어요." 하고 둘째가 대답했습니다.

"그럼 나를 따라와 점성술을 배우도록 하게. 세상에 그것보다 좋은 것은 없어. 아무것도 네 눈앞에서는 숨길 수 없지."

둘째는 그의 말에 끌려 유능한 점성가가 되었습니다. 공부를 마친 그가 스승의 곁을 떠나려고 하자 스승이 망원경을 하나 주면서 말했습니다.

"이것으로 보면 땅과 하늘에서 일어나는 모든 일을 알 수 있을 것이다. 아무것도 네 눈앞에서 숨길 수 없지."

셋째는 어느 사냥꾼의 제자로 들어갔습니다. 사냥꾼은 사냥에 필요한 모든 기술을 그에게 아주 잘 가르쳐주었으므로 그는 유능한 사냥꾼이 되었습니다. 그들이 헤어지게 되었을 때 스승이 총 한 자루를 주면서 말했습니다.

"이 총으로 쏘면 백발백중일 거다."

막내인 넷째 역시 그에게 말을 걸며 무엇을 할 생각인지 묻는 사람을 만났습니다.

"재봉사가 될 생각은 없는가?"

"글쎄요. 새벽부터 밤까지 구부리고 앉아 바느질이나 다림질을 할 생각은 없습니다." 하고 막내가 말했습니다.

그러자 남자가 대답했습니다.

"그렇지 않아, 자네가 아는 재봉 일은 그렇겠지. 하지만 나한테 배우는 재봉 기술은 전혀 다른 종류야. 품위가 있고 고상할 뿐만 아니라 아주 명예롭기도 하지."

막내는 그 말에 넘어가 그를 따라가서 옷을 짓는 기본적인 기술부터 착실히 배웠습니다. 스승은 작별할 때 그에게 바늘 한 개를 주면서 말했습니다.

"네가 이것으로 꿰매면 달걀처럼 물렁한 것이든, 쇠처럼 단단한 것이든 무엇이든 다 기울 수 있을 것이다. 이은 자리 하나 보이지 않게 완벽하게 기울 수 있을 거야."

약속했던 사 년이 흐르자 사 형제는 헤어졌던 네거리에 다시 모였습니다. 그들은 서로 껴안고 뺨에 입을 맞추고는 아버지가 계신 집으로 갔습니다. 아버지는 무척 반갑게 아들들을 맞이했습니다.

그리고 "그래, 바람 따라 다들 내게 되돌아왔구나." 하고 말했습니다.

네 아들은 그동안 지낸 일과 배운 기술을 이야기했습니다. 그들이 집 앞의 커다란 나무 아래 앉자 아버지가 말했습니다.

"그래, 너희가 무슨 재주를 익혔는지 한번 시험해 보겠다."

그런 후에 아버지는 위를 처다보며 둘째 아들에게 말했습니다.

"저기 나무 꼭대기의 두 나뭇가지 사이에 까치집이 있는데 그 안에 알이 몇 개 들었는지 맞혀보아라!"

점성가인 둘째가 망원경을 꺼내들고 위를 살피며 말했습니다.

"다섯 개입니다."

그러자 아버지가 첫째 아들에게 말했습니다.

"알을 품은 어미 새가 눈치채지 못하게 알을 꺼내 오너라."

도둑 기술을 배운 첫째는 나무를 타고 올라가 다섯 개의 알을 꺼내 아버지에게 주었습니다. 알을 품었던 새는 아무것도 모르고 가만히 앉아 있었습니다. 아버지는 그 알들을 탁자 모서리에 하나씩 놓고 마지막 알은 탁자 한가운데 놓고는 사냥꾼에게 말했습니다.

"자 그럼, 단 한 방으로 이 다섯 알을 반으로 쪼개보아라."

사냥꾼은 총을 겨누고 아버지가 하라는 대로 단 한 방에 모든 알을 다 맞혔습니다. 아마 그는 모서리를 돌아 맞히는 화약을 가지고 있었던 것 같습니다.

아버지가 이제 막내인 넷째에게 말했습니다.

"이제 네 차례다. 알들과 안에 들어 있는 새끼들도 붙여놓아라. 더불어 그들이 총에 맞기 전처럼 말짱한 상태로 해놓아야 한다."

재봉사는 바늘을 꺼내 들고 아버지가 하라는 대로 꿰맸습니다. 그런 후 도둑인 첫째가 그 알들을 도로 나무 위 둥지에 가져다 놓았습니다. 어미 새는 이번에도 아무것도 눈치채지 못하고 가만히 앉아 있었습니다. 며칠 후 새끼들이 알을 깨고 나왔습니다. 그런데 재봉사가 기운 목 주위에 조그만 붉은 줄이 보였습니다.

아버지가 아들들에게 말했습니다.

"그래, 너희 모두를 입에 침이 마르도록 칭찬하지 않을 수 없구나. 시간을 헛되이 보내지 않고 쓸모 있는 기술을 배웠구나. 하지만 누구의 기술이 가장 뛰어난지는 말할 수 없다. 이제 곧 너희들의 기술을 써볼 기회가 오면 그때 누구 기술이 최고인지 드러날 것이다."

그로부터 얼마 되지 않아 나라에 큰 소동이 벌어졌습니다. 공주가 용에게 잡혀간 것입니다. 그 때문에 왕은 밤낮으로 근심에 잠겨 있었고 다시 공주를 데려오는 사람은 공주와 결혼을 시켜주겠다고 널리 알렸습니다. 이 소식을 들은 네 형제는 서로 의견을 나누었습니다.

"우리 기술을 보여줄 수 있는 절호의 기회야."

그리고 네 형제는 함께 길을 떠나 공주를 구하려 했습니다.

"공주가 어디 있는지 알아봐야겠어."

둘째인 점성가는 그렇게 말하고 망원경을 꺼내 사방을 살펴보더니 말했습니다.

"찾았어. 공주는 여기서 멀리 떨어진 바다 한가운데 바위 위에 앉아 있어. 용이 옆에서 지키고 있는걸."

둘째는 그 길로 왕을 찾아가 네 형제가 타고 갈 배를 한 척 준비해 달라고 했습니다. 네 형제는 그 배를 타고 공주가 있는 바위에 도착했습니다. 과연 공주는 그곳에 있었지만, 용이 공주의 무릎을 베고 잠을 자고 있었습니다. 그러자 사냥꾼이 말했습니다.

"아, 총을 쏠 수 없어. 그러다가 공주까지 죽일지도 모르거든."

"그럼 내가 운을 시험해 봐야겠어."

첫째인 도둑이 말했습니다. 그는 공주에게 살금살금 기어가 용 밑에서 공주를 살짝 빼내 왔습니다. 하지만 그의 솜씨가 어찌나 날랜지 괴물은 세상모르고 코만 골았습니다. 네 아들은 무척 기뻐하며 얼른 공주를 배에 태우고는 확 트인 바다로 배를 몰았습니다. 하지만 용이 잠에서 깨어나 공주가 없어진 것을 알고 화가 나 그들을 뒤쫓아 씩씩거리며 하늘로 날아올랐습니다. 용이 바야흐로 배 위를 덮치려고 할 때 사냥꾼이 총을 겨누고 괴물의 심장 한가운데를 쏘았습니다.

괴물은 떨어져 죽었지만 덩치가 워낙 크고 엄청나 떨어지면서 배를 완전히 산산조각 내고 말았습니다. 그들은 다행히 판자 몇 조각을 붙잡고 망망대해를 떠다녔지만 다시 큰 곤경에 처하게 되었습니다. 하지만 부지런한 재봉사가 놀라운 바늘을 꺼내 들고 재빠른 솜씨로 판자 조각들을 듬성듬성 꿰매기 시작했습니다. 그리고 그 위에 올라타고는 바다에 떠 있던 배의 조각들을 다 모으더니 능숙한 솜씨로 금방 꿰매 붙였습니다. 이리하여 그들은 다시 항해할 수 있게 된 배를 타고 무사히 고향에 돌아왔습니다.

딸을 다시 만난 왕은 무척 기뻐하며 네 형제에게 말했습니다.

"공주를 너희 중 한 사람과 결혼시키겠다. 하지만 누가 공주의 신랑이 될지는 너희끼리 정해라."

그들은 다들 자신에게 그럴 자격이 있다며 서로 격렬한 말다툼을 벌였습니다. 점성가가 말했습니다.

"만약 공주가 어디 있는지 내가 알아내지 않았더라면 다른 사람들의 기술은 아무 쓸모도 없었을 거야. 그러니 내가 공주와 결혼해야겠어."

도둑이 이의를 제기했습니다.

"아니야. 그렇다 해도 내가 용 밑에서 공주를 빼내 오지 않았더라면 아무 소용이 없었을 거야. 그러니 내가 공주와 결혼해야겠어."

사냥꾼이 나섰습니다.

"내가 용을 쏘아 맞히지 못했다면 공주와 함께 모두 갈기갈기 찢겼을 거야. 그러니 내가 공주와 결혼해야겠어."

마지막으로 재봉사도 지지 않고 나섰습니다.

"내가 배를 다시 기워 맞추지 못했다면 모두 비참하게 물에 빠져 죽었을 거야. 그러니 내가 공주와 결혼해야겠어."

그러자 네 형제의 말을 모두 듣고 난 왕이 판정을 내렸습니다.

"각자 똑같은 자격을 가졌구나. 하지만 공주를 네 명과 결혼시킬 수는 없으니, 그녀를 누구와도 결혼시키지 않겠다. 그 대신 내 왕국의 절반을 너희에게 나누어 주겠다."

네 형제는 왕이 내린 결정에 만족했습니다.

"우리가 서로 다투느니 그렇게 하는 것이 좋겠습니다."

그래서 네 형제는 왕국의 절반을 얻었습니다. 그들은 아버지를 모시고, 신이 허락하는 한 무척 행복하게 살았습니다.

어린 거인

옛날 한 농부에게 아들이 있었는데, 키가 엄지손가락만 했습니다. 그는 더 자라지도 않고 몇 년 동안 머리카락 한 올 길이밖에 크지 않았습니다. 어느 날 농부가 밭을 갈기 위해 들로 나가려 하자 아들이 말했습니다.

"아버지, 저도 따라갈래요."

"나를 따라가겠다고? 그냥 집에 있어라. 네가 가봐야 아무런 도움이 안 된다. 게다가 길을 잃어버릴 수도 있잖니."

그러자 엄지둥이가 울기 시작했습니다. 아버지는 아이를 달래려고 그를 주머니에 넣어서 데려갔습니다. 밭에 도착한 아버지는 아들을 주머니에서 꺼내 새로 갈아엎은 밭고랑에 놓아두었습니다. 아이가 그곳에 앉아 있는데 어떤 커다란 거인이 산을 넘어왔습니다.

"애야, 저기 커다란 도깨비가 오는 것이 보이지? 널 잡으러 오는 거란다."

아버지가 말했습니다. 아버지는 어린 아들에게 겁을 주어 말을 잘 듣게 할 양이었습니다. 그런데 거인은 긴 다리로 성큼성큼 몇 걸음 만에 밭고랑으로 오더니 두 손가락으로 꼬마 아이를 조심스럽게 들어 올려 살펴보다가 한마디 말도 않고 아이를 데려가 버렸습니다. 옆에 서 있던 아버지는 두려워서 아무 말도 할 수 없었습니다. 그리고 그는 꼼짝없이 아이를 잃어버려 이제 다시는 볼 수 없으리라고 생각했습니다.

한편 거인은 아이를 집으로 데려가 가슴에 안고 젖을 먹였습니다. 그러자 엄지둥이는 무럭무럭 자라 거인들처럼 크고 힘이 세졌습니다. 이 년이 지나자 거인은 아이를 숲으로 데려가 시험해 보려고 했습니다.

"자, 나무를 한 그루 뽑아보아라." 하고 거인이 말했습니다.

이제 소년은 힘이 세져서 어린 나무 한 그루를 땅에서 뿌리째 뽑아낼 정도가 되었습니다. 하지만 거인은 '이 정도로는 아직 안 되겠어.'라고 생각했습니다.

거인은 아이를 다시 집으로 데려가 이 년 더 젖을 먹였습니다. 그가 다시 시험을 해보자 소년은 오래된 나무를 땅에서 부러뜨릴 만큼 힘이 세졌습니다. 하지만 거인은 아직 흡족하지 않았습니다. 거인은 다시 이 년 동안 아이에게 젖을 먹이고, 소년과 함께 숲으로 가서 말했습니다.

"이제 아름드리나무를 한번 뽑아보아라."

소년은 가장 굵은 참나무를 땅에서 뽑아 우지끈하고 부러뜨렸습니다. 그 정도는 그에게 장난에 지나지 않았습니다.

거인은 "그 정도면 충분하다. 넌 이제 다 배웠어." 하고 말했습니다.

그리고 몇 년 전에 데려왔던 밭고랑으로 소년을 다시 데려다 주었습니다. 소년의 아버지가 쟁기로 밭을 갈고 있을 때 어린 거인이 그에게 다가가 말했습니다.

"아버지, 저 좀 보세요. 아버지의 아들이 의젓한 장부가 되어 돌아왔어요."

그러자 농부가 깜짝 놀라며 말했습니다.

"아니야, 넌 내 아들이 아니다. 너 같은 거인을 아들로 하고 싶지 않으니 저리 가거라."

"분명히 저는 아버지 아들입니다. 아버지, 일을 하게 해주세요. 저는 아버지만큼 쟁기질을 잘할 수 있고, 아니 더 잘할 수 있어요."

"아니, 아니야. 넌 내 아들이 아니야. 너는 쟁기질도 할 줄 모르니, 저리 가거라."

그러나 아버지는 이 덩치 큰 사내가 무서워서 쟁기를 건네주고 뒤로 물러나 밭의 한쪽에 앉았습니다. 그런데 어린 거인이 쟁기를 잡고 한 손으로 가볍게 눌렀는데, 힘이 어찌나 세던지 쟁기가 땅속 깊이 박히고 말았습니다.

농부는 그냥 보고만 있을 수가 없어서, 그에게 큰 소리로 외쳤습니다.

"쟁기질을 하려면 그렇게 세게 누르지 말아야지. 그러다간 일을 망치고 말지."

그러나 어린 거인은 말들을 쟁기에서 풀어버리고, 직접 쟁기를 끌며 말했습니다.

"그냥 집으로 가세요, 아버지. 그리고 큰 그릇에 음식을 잔뜩 만들어놓으라고 어머니에게 전해 주세요. 그동안 제가 밭을 다 갈아놓을게요."

농부는 집으로 가서 아내에게 먹을 것을 준비하라고 말했습니다. 그러는 동안 어린 소년은 두 마리의 말이 오전 중에 갈 수 있을 정도인 2에이커의 밭을 혼자서 모두 갈아엎었습니다. 쟁기질이 끝나자 이번에는 두 개의 써레를 직접 어깨에 메고 써레질까지 모두 끝냈습니다. 일을 마친 후 그는 숲으로 들어가 참나무 두 그루를 뿌리째 뽑아 어깨에 둘러메고, 나무의 앞뒤 끝에 각각 써레와 말을 묶었습니다. 그런 다음 그는 이 모든 것을 짚단처럼 가볍게 끌고 부모님이 계시는 집으로 돌아갔습니다. 그가 마당에 들어서자 어머니 역시 아들을 알아보지 못하고 물었습니다.

"저 끔찍한 거인은 누구지요?"

그러자 농부가 대답했습니다.

"우리 아들이라오."

"아니에요, 우리 아들일 리가 없어요. 우리는 저렇게 큰 아들을 둔 적이 없어요. 우리 아들은 아주 작은 꼬마였잖아요."

어머니가 그에게 소리쳤습니다.

"저리 가거라. 우린 너를 아들로 삼고 싶지 않다."

그러나 소년은 아무 말도 하지 않고 말들을 마구간에 끌어다 놓은 다음 귀리며 건초, 그 밖에 평소에 먹던 온갖 먹이들을 가져다주었습니다. 일을 마친 다음 그는 방 안으로 들어가 의자에 앉으며 말했습니다.

"어머니, 배가 무척 고픈데 저녁 준비는 다 됐나요?"

어머니는 그렇다고 대답하며, 굉장히 큰 그릇 두 개에 음식을 가득 담아 가져왔습니다. 그것은 그들 부부가 일주일 동안 배불리 먹을 양이었습니다. 그러나 어린 거인은 그것을 혼자서 다 먹어치우고 먹을 것이 더 없냐고 물었습니다.

"없단다. 우리가 가진 음식은 그게 전부란다."

"그것 가지고는 위에 기별도 안 가요. 저는 더 먹어야 한다고요."

어머니는 거인 아들의 말을 감히 거스를 수 없었습니다. 그래서 돼지죽을 끓이는 커다란 솥에다가 음식을 가득 담아 불 위에 올려놓았습니다. 음식이 다 되자 어머니가 솥째 들고 왔습니다.

"이제야 몇 숟갈 떠먹을 것이 오는군요."

그렇게 말하며 어린 거인은 음식을 깨끗이 먹어치웠습니다. 그래도 아직 허기가 완전히 채워지지 않았습니다.

그래서 "아버지, 제가 집에서는 도저히 배불리 먹을 수 없을 것 같아요. 그러니 제게 무릎에 대고 꺾어도 부러지지 않을 만큼 튼튼한 쇠막대기 하나를 구해 주세요. 그러면 그것을 들고 세상으로 나가 보겠습니다." 하고 말했습니다.

농부는 그 말을 듣고 기뻤습니다. 그는 말 두 마리를 맨 마차로 대장간으로 가서 두 마리 말이 간신히 끌 수 있을 정도의 크고 굵은 쇠막대기를 구해 왔습니다. 그러나 어린 거인이 그것을 무릎에 대고 꺾자, 그것은 마치 콩 줄기처럼 "탁!" 하고 금방 두 동강이 났습니다. 아버지는 네 마리의 말을 맨 마차에 그 말들이 간신히 끌 수 있을 정도로 크고 굵은 쇠막대기를 구해 싣고 왔습니다. 아들은 이번에도 그것을 무릎에 대고 두 동강 내고는 앞에 내던지며 말했습니다.

"아버지, 이렇게 약한 건 아무 쓸모가 없어요. 말을 더 많이 매고 가서 더 튼튼한 쇠막대기를 구해 주세요."

그래서 아버지는 다시 여덟 마리의 말을 맨 마차로 끌고 올 수 있을 정도의 크고 굵은 쇠막대기를 구해 왔습니다. 아들이 쇠막대기를 손에 쥐고 힘을 주자 막대기의 한쪽 끝이 부러졌습니다. 그러자 아들이 말했습니다.

"아버지, 여기서는 저에게 필요한 쇠막대기를 구할 수 없겠어요. 그냥 집을 떠날게요."

어린 거인은 집을 떠나서, 대장장이 일을 찾는 사람처럼 행세했습니다. 그는 얼마 안 가서 어떤 구두쇠 대장장이가 사는 마을에 도착했습니다. 대장장이는 누구한테 무엇을 베푸는 일은 없고 모든 것을 독차지하려는 사람이었습니다. 그는 대장간에 들어가서 보조 일꾼이 필요하지 않은지 물어보았습니다.

대장장이는 "필요하지요." 하면서 이리저리 그를 훑어보며 '쓸 만한 녀석이야. 망치질 하나는 잘하겠군. 제 밥벌이는 하겠어.' 라고 생각했습니다. 대장장이가 물었습니다.

"그래, 품삯은 얼마나 주면 되겠나?"

"품삯은 전혀 필요 없습니다. 다만 이 주에 한 번 다른 일꾼들이 품삯을 받을 때, 내가 당신을 두 번 내려칠 테니 그것을 견뎌내야 합니다."

구두쇠 대장장이는 그렇게 하면 돈을 많이 아낄 수 있다고 생각해 마음속으로 흡족해했습니다. 다음 날 아침 이 낯선 일꾼이 처음 망치질을 하게 되었습니다. 대장장이가 벌겋게 달구어진 막대기를 들고 오자, 그가 망치로 한 번 내려쳤습니다. 그러자 쇠는 산산조각이 나며 공중으로 튀어 올랐고, 모루는 다시 꺼낼 수 없을 정도로 땅속 깊이 박혀버렸습니다. 그러자 구두쇠가 화를 내며 말했습니다.

"그만 됐어. 자네는 망치질이 너무 거칠어 쓰지 못하겠어. 망치질을 한 번 한 대가로 무엇을 주면 되겠나?"

"당신을 한 번 아주 살짝 건드리기만 하면 됩니다. 그것이면 되겠소."

그렇게 말한 다음 일꾼이 한쪽 발로 그를 뻥 걷어차자, 그는 마차 네 대에 실을 건초 더미만큼 높이 날아가 버렸습니다. 그런 다음 거인은 대장간에서 가장 굵은 쇠막대기를 골라 지팡이인 양 가볍게 들고 길을 떠났습니다.

그는 얼마쯤 걸어가서 외딴 농장에 도착했습니다. 그는 그곳을 맡고 있는 관리인에게 작업반장이 필요한지 물어보았습니다.

그러자 관리인이 말했습니다.

"그래, 한 사람이 필요하지. 보아하니 튼튼하게 생긴 게 일깨나 하게 보이는군. 일 년에 얼마를 주면 되겠나?"

이번에도 그는 돈은 전혀 필요 없고 일 년에 그를 세 번 때리겠으니 그것을 견뎌야 한다고 대답했습니다. 관리인 역시 지독한 구두쇠라 그 말을 듣고 흡족해했습니다. 다음 날 아침 나무를 베러 가야 하는 일꾼들은 모두 일어났지만 그는 아직 잠자리에 누워 있었습니다. 그러자 일꾼 하나가 그를 불러 깨웠습니다.

"일어나요, 갈 시간이 됐소. 우리는 나무하러 숲에 가는데, 같이 가야 해요."

"먼저들 떠나시오. 어쨌든 자네들보다 먼저 갔다 올 자신이 있으니까."

그는 아주 거칠고 건방지게 말했습니다.

다른 일꾼들이 관리인에게 가서 반장이 아직 자고 있으며 같이 나무하러 가지도 않는다고 말했습니다. 관리인은 그를 다시 깨워서 마차에 타게 하라고 했지만 반장은 조금 전과 똑같이 대답했습니다.

"먼저들 떠나시오. 어쨌든 자네들 가운데 누구보다 먼저 갔다 올 테니까."

그는 그로부터 두 시간을 더 누워 있다가 침대에서 일어났습니다. 그러고는 창고에서 콩 두 말을 가져와서 직접 죽을 끓여 느긋하게 먹고 나서야 말들을 마차에 매고 나무를 하러 떠났습니다.

숲에서 멀지 않은 곳에 그가 지나가야 하는 좁은 골짜기가 있었습니다. 그는 우선 마차를 몰아 그곳을 지난 다음 말들을 멈추고는, 다시 돌아와 다른 말들이 지나갈 수 없게 나무와 덤불 들로 커다란 방책을 쌓았습니다. 그리고 나서 숲에 이르렀을 때 다른 일꾼들은 마차에 나무를 싣고 막 집으로 돌아갈 준비를 하고 있었습니다. 그러자 그가 그들에게 말했습니다.

"먼저들 떠나시오. 어쨌든 자네들보다 먼저 갈 테니까."

그는 숲 속으로 그리 깊이 들어가지 않고 가장 큰 나무 두 그루를 단숨에 뽑아 올려 마차에 싣고 돌아갔습니다. 방책 앞에서는 먼저 출발한 사람들이 아직 지나가지 못하고 우왕좌왕하고 있었습니다.

"그것 보라고. 자네들이 나하고 같이 있었더라면, 똑같이 빨리 집에 갔을 텐데. 한 시간 더 잘 수도 있었을 테고."

그는 그곳을 지나가려 했지만 말들이 빠져나갈 수 없었습니다. 그러자 말들을 풀어 마차 위에 실은 다음, 직접 마차의 채를 잡고서 끌어당겼습니다. 그는 그 일을 마치 마차에 깃털을 실은 것처럼 쉽게 했습니다. 방책을 넘은 그는 다른 일꾼들에게 말했습니다.

"그것 보라고. 자네들보다 내가 더 빠르잖아."

다른 사람들이 방책 뒤에 서 있는 동안 그는 마차를 몰아 농장으로 갔습니다. 농장에 도착한 그는 나무 한 그루를 번쩍 들고 관리인에게 말했습니다.

"이거 멋진 나무 아닌가요?"

그러자 관리인이 아내에게 말했습니다.

"훌륭한 일꾼이야. 비록 잠꾸러기이기는 하지만, 다른 사람들보다 빨리 돌아왔소."

어린 거인은 일 년 동안 그곳에서 일했습니다. 그리고 기한이 되어 다른 일꾼들이 품삯을 받을 때 그도 자신이 일한 대가를 달라고 했습니다. 그러나 관리인은 그에게 얻어맞을 생각을 하니 더럭 겁이 났습니다. 그래서 그는 제발 용서해 달라면서, 차라리 자신이 반장을 할 테니 그에게 대신 관리인을 하라고 간청했습니다.

그러자 어린 거인이 말했습니다.

"아니요. 나는 관리인이 되기 싫소. 나는 반장이고, 앞으로도 반장 일을 할 거요. 그리고 난 우리가 애초에 약속한 대로 하겠소이다."

관리인은 그가 원하는 것은 다 주겠다고 했지만 아무 소용이 없었습니다. 반장은 그가 요구하는 것을 다 거절했습니다. 이제 관리인은 어찌 할 줄 몰라 두 주의 말미를 달라고 부탁했습니다. 그동안 이 문제를 해결할 방도를 좀 생각해 보려는 것이었습니다. 그러자 반장은 연기해 주겠다고 했습니다. 관리인은 데리고 있던 서기들을 다 불러 모아 깊이 생각한 후 조언을 달라고 했습니다. 오랫동안 깊이 생각한 서기들은 마침내 이렇게 말했습니다. 반장은 사람을 모기처럼 쉽게 죽일 수도 있으니 그 앞에서 목숨이 안전한 사람은 아무도 없을 것이다, 그러니 반장이 우물에 들어가 청소를 하게 관리인이 말하자, 그리고 그가 저 아래로 내려가면 거기 있는 맷돌을 굴려 그의 머리 위에 떨어뜨려서, 다시는 햇빛 구경을 하지 못하게 하자고 말입니다.

관리인도 그 제안이 마음에 들었습니다. 그래서 반장은 우물로 내려갈 준비를 했습니다. 그가 우물 밑바닥에 내려갔을 때 그들은 가장 큰 맷돌을 굴려 와 우물 속으로 떨어뜨렸습니다. 모두 그의 머리가 박살이 났으리라고 생각하고 있는데 그가 아래에서 소리쳤습니다.

"우물가에 있는 닭들을 좀 쫓아주시오. 닭들이 자꾸 모래를 파헤치는지 모래 알갱이들이 눈 속에 들어오는 통에 눈을 제대로 뜰 수 있어야지요."

그러자 관리인은 마치 닭들을 쫓는 것처럼 "훠이! 훠이!" 하고 소리쳤습니다. 반장이 일을 마치고 위로 올라와 말했습니다.

"이것 좀 보세요, 멋진 목걸이도 하나 얻었답니다."

그는 바로 그 맷돌을 목에 걸고 있었습니다. 약속한 날짜가 되어 반장은 다시 자신의 품삯을 요구했습니다. 그러나 관리인은 다시 두 주를 연기해 달라고 부탁했습니다. 서기들은 다시 모여 관리인에게 제안했습니다. 이번에는 밤에 반장을 저주받은 방앗간으로 보내 곡식을 빻아 오게 하자고 했습니다. 왜냐하면 이제까지 아침에 그곳에서 살아 돌아온 사람이 아무도 없었기 때문입니다.

관리인은 그 제안이 마음에 들어 당장 그날 저녁 반장을 불렀습니다. 그러고는 아주 급한 일이니, 여덟 말의 곡식을 방앗간으로 가져가서, 다음 날 아침까지 다 빻아 오라고 시켰습니다. 반장은 창고로 가서 두 말은 오른쪽 주머니에, 두 말은 왼쪽 주머니에 넣었습니다. 그리고 나머지 네 말은 자루에 담아 절반은 등으로 절반은 가슴으로 내려가도록 어깨에 짊어졌습니다. 그는 그렇게 곡식을 짊어지고 저주받은 방앗간으로 갔습니다.

방앗간 주인은 그에게 낮에는 곡식을 빻을 수 있지만 밤에는 안 된다고 말했습니다. 방앗간에 저주가 붙어 밤에 방앗간에 들어간 사람이 아침에 살아 나온 적이 한 번도 없었기 때문이라고 했습니다. 그러자 반장이 말했습니다.

"걱정 마시오. 나는 잘 해낼 테니, 당신은 집에 가서 편히 잠이나 주무시지요."

반장은 이렇게 말하고는 방앗간으로 들어가 곡식을 방아에 쏟아 부었습니다. 11시쯤 되자 그는 방앗간의 방으로 들어가 긴 의자에 앉았습니다. 잠시 앉아 있는데 갑자기 저절로 문이 열리며 아주 큰 식탁이 들어왔습니다. 음식을 나르는 사람은 하나도 보이지 않는데 커다란 식탁 위에 포도주와 구운 고기 등 온갖 맛있는 음식이 저절로 차려졌습니다. 그러더니 사람은 아무도 보이지 않고, 의자들이 식탁 옆으로 다가갔습니다. 그리고 갑자기 손가락들이 나타나 칼과 포크를 들고 접시에 음식을 담았습니다. 손가락 말고는 아무것도 보이지 않았습니다. 그는 배가 고픈 데다 음식이 눈앞에 있었으므로 식탁 옆에 앉아 같이 먹었습니다.

배불리 먹고 나니 다른 그릇들도 말끔히 비워져 있었습니다. 그때 갑자기 훅 하는 소리와 함께 불이 꺼졌습니다. 칠흑처럼 캄캄했지만 소리는 분명히 들렸습니다. 그때 누군가 그의 따귀를 때리자 반장이 말했습니다.

"한 번 더 때렸다가는 너도 한 방 먹을 줄 알아라."

그런데 누가 다시 그의 따귀를 때리자 그도 똑같이 한 방 먹였습니다. 그렇게 밤이 새도록 그는 보이지 않는 주먹과 싸웠습니다. 그는 그냥 얻어맞기만 하지 않고 호되게 앙갚음을 했고, 그러면서 은근히 재미까지 느꼈습니다. 그런데 날이 밝자 모든 일이 끝났습니다. 방앗간 주인은 아침에 자리에서 일어나 반장이 어떻게 되었는지 살펴보러 갔다가, 그가 아직 살아 있는 것을 보고 불가사의하게 생각했습니다. 놀라는 주인을 보고 반장이 말했습니다.

"배불리 먹었고, 따귀를 맞았습니다. 하지만 나도 똑같이 따귀를 갈겼지요."

방앗간 주인은 기뻐하며, 이제 자신의 방앗간에 걸린 저주가 풀렸다고 말했습니다. 그러면서 그 보답으로 돈을 두둑이 주겠다고 하자 반장이 말했습니다.

"돈은 필요 없어요. 나는 이것으로 충분합니다."

그리고 그는 밀가루를 등에 지고 집으로 돌아가, 관리인에게 일을 끝냈으니 이제 약속한 품삯을 달라고 했습니다. 그 말을 들은 관리인은 그제야말로 정말 겁이 났습니다. 어찌할 줄 모르고 방 안을 왔다 갔다 하는 그의 이마에서 땀이 비 오듯 흘렀습니다. 시원한 바람을 쐬려고 창문을 열었으나 그는 바람을 채 쐬기도 전에 반장의 발길에 차여 창문 밖 허공으로 멀리 날아가 버리고 말았습니다. 그는 끝없이 자꾸만 날아가 까마득히 먼 곳으로 사라졌습니다.

그러나 반장이 관리인의 아내에게 말했습니다.

"당신 남편이 돌아오지 않으면 나머지는 당신이 받아야겠소."

아내가 "아니, 아니에요, 난 견뎌낼 수 없어요."라고 부르짖었습니다.

그녀는 얼굴에서 땀이 비 오듯 흘러내려서 다른 창문을 열었습니다. 그러자 그가 그녀를 발로 걷어찼고 그녀도 창문 밖으로 멀리 날아갔습니다. 관리인의 아내는 남편보다 가벼웠기 때문에 훨씬 더 높이 날아갔습니다.

그녀의 남편이 아내에게 소리쳤습니다.

"여보, 이쪽으로 와요."

그러나 "당신이 이쪽으로 와요. 나는 갈 수 없어요." 하고 아내가 대답했습니다.

그들은 그렇게 서로에게 다가가지 못하고 공중에 떠 있었습니다.

그들이 아직도 공중에 떠 있는지는 알 수 없지만, 어린 거인이 쇠막대기를 들고 다시 길을 떠난 것만은 분명합니다.

엄지 동자

옛날에 한 가난한 농부가 있었습니다. 그는 저녁이면 난롯가에 앉아 불을 헤집었고, 아내는 그의 곁에 앉아 실을 자았습니다.

그때 농부가 말했습니다.

"우리한테 자식이 없으니 참으로 서글프군! 우리 집은 모든 게 너무 조용해. 다른 집들은 시끌벅적하고 흥겨운데 말이오."

그의 아내도 한숨을 쉬며 대답했습니다.

"맞아요, 아이가 하나라도 있으면 좋겠어요. 엄지손가락만큼 작은 아이라도 난 만족하겠어요. 그런 아이라도 있다면 진심으로 사랑할 텐데요."

그러던 어느 날 그의 아내가 병이 든 것 같더니 일곱 달이 지나 아이를 낳았습니다. 팔과 다리며 모든 것이 문제가 없었는데, 다만 몸이 엄지손가락만 했습니다.

그들은 "우리가 바라던 대로 되었으니 정성껏 키웁시다."라고 말했습니다.

아기의 몸집이 엄지손가락만 했으므로 그들은 아이를 '엄지'라고 불렀습니다. 그들은 아기를 충분히 잘 먹였지만, 아이는 더 자라지 않고 처음 그대로 머물러 있었습니다. 그렇지만 아이는 눈이 총명해 보였고, 자라면서 곧 영리하고 날렵해져 무슨 일이든 척척 해냈습니다.

어느 날 농부가 나무를 하러 숲으로 갈 준비를 하다가 혼잣말로 중얼거렸습니다.

"나한테 마차를 몰아줄 사람이 있으면 얼마나 좋을까?"

그러자 엄지 동자가 소리쳤습니다.

"아버지, 제가 마차를 몰겠어요. 제 말을 믿어보세요. 약속한 시간에 마차가 숲에 도착할 거예요."

농부는 그 말을 듣고 껄껄 웃으며 말했습니다.

"네가 어떻게 마차를 몰겠다는 거냐? 너는 너무 작아서 말고삐를 쥘 수도 없을 텐데."

"그런 건 상관없어요, 아버지. 어머니가 마차에 말만 매어주시면 돼요. 제가 말의 귓속에 들어가 앉아서 말이 어디로 가야 할지 알려주기만 하면 되거든요."

"그렇다면 한번 해보자꾸나."

아버지가 대답했습니다.

그래서 숲으로 갈 시간이 되자 어머니가 말을 매어주고 엄지 동자를 말 귓속에 앉혔습니다. 엄지 동자는 말에게 "이랴! 어서 가자! 이랴!" 하고 소리쳤습니다. 마치 주인이 말고삐를 잡은 것처럼 마차는 제대로 숲을 향해 달려갔습니다. 그런데 모퉁이를 돌면서 꼬마가 "이랴, 이랴!" 하고 외칠 때, 낯선 두 남자가 다가왔습니다.

한 사람이 말했습니다.

"저런, 저게 뭐지? 마차가 달려가고 말을 부리는 소리도 나는데, 사람은 보이지 않아."

"이상한 일이군. 저 마차 뒤를 따라가 어디로 가는지 알아보기로 하세."

다른 사람이 말했습니다.

마차는 숲 속으로 들어가더니 바로 나무가 베인 곳에 가서 멈추어 섰습니다. 엄지 동자가 아버지를 보고 소리쳤습니다.

"보세요, 아버지. 제가 마차를 몰고 왔어요. 이제 저를 좀 내려주세요."

아버지는 왼손으로 말을 붙잡고 오른손으로 아들을 귀에서 꺼내주었습니다. 그러자 아들은 무척 기쁜 표정으로 지푸라기 위에 앉았습니다. 낯선 두 남자는 엄지 동자를 보고 너무 놀라서 벌어진 입을 좀처럼 다물지 못했습니다. 그중 한 남자가 다른 남자를 옆으로 끌고 가더니 말했습니다.

"이봐, 저 꼬마로 큰돈을 벌 수 있겠어. 저 녀석을 큰 도시로 데려가 돈을 받고 보여주면 말이야. 우리가 저 녀석을 사는 게 어떻겠어?"

그들이 농부에게 가서 말했습니다.

"저 꼬마를 우리에게 파시오. 잘 보살펴 주겠소."

"싫습니다. 저 애는 내게 가장 소중한 아이요. 세상 돈을 다 준다 해도 팔지 않겠소."

그러나 엄지 동자는 그들이 하는 말을 듣고 아버지의 저고리 주름을 타고 기어 올라가 아버지 어깨 위에 서서 귀에 대고 속삭였습니다.

"아버지, 저를 그냥 쥐버리세요. 다시 돌아올 테니까요."

그래서 아버지는 많은 돈을 받고 두 남자에게 엄지 동자를 건네주었습니다.

"어디에 앉혀줄까?"

남자들이 그에게 물었습니다.

"아, 아저씨의 모자챙 위에 앉혀주세요. 거기서 이리저리 걸어다닐 수 있고 경치 구경도 할 수 있으니까요. 그렇지만 떨어지진 않을 거예요."

그들은 엄지 동자가 부탁하는 대로 해주었습니다. 엄지 동자는 아버지에게 작별 인사를 한 후 그들은 함께 길을 떠났습니다. 날이 어둑어둑해질 때까지 가다가 문득 꼬마가 말했습니다.

"날 좀 내려줘요, 급해서 그래요."

그러자 엄지를 모자 위에 얹어준 모자 임자가 말했습니다.

"그냥 거기서 일을 보렴. 난 그래도 아무 상관없어. 가끔 새들도 내 머리 위에 똥오줌을 싸는걸."

"안 돼요. 나도 예의가 뭔지 아는 사람이에요. 어서 내려주세요."

남자는 모자를 벗어 엄지 동자를 길가의 밭에다 내려주었습니다. 그러자 그는 잠시 흙더미 사이를 이리저리 뛰어다니고 기어 다니다가 갑자기 쥐구멍 속으로 들어가 버렸습니다. 엄지 동자는 바로 그런 구멍을 찾고 있었던 것입니다.

"안녕히 가세요, 아저씨들. 저는 이대로 내버려 두시고 그냥 집으로 돌아가세요."

구멍 속에 들어간 엄지 동자는 깔깔 웃으며 그들에게 소리쳤습니다. 두 사람은 소리 나는 곳으로 달려가 막대기로 쥐구멍을 쑤셔 보았지만 헛수고였습니다. 엄지 동자는 쥐구멍 속으로 자꾸 더 깊이 들어갔고, 날이 금세 캄캄해졌기 때문입니다. 두 남자는 화를 내며 빈 지갑으로 다시 돌아갔습니다.

그들이 간 것을 알아차린 엄지 동자는 지하 통로에서 다시 밖으로 기어 나와 중얼거렸습니다.

"어두운 밤길을 걸어가는 것은 위험해. 목이며 다리를 부러뜨리기가 쉽거든."

그런데 다행히도 그는 빈 달팽이 껍질을 발견했습니다.

"고맙기도 하지. 이 속에서 안전하게 밤을 보낼 수 있겠군."

그는 달팽이 껍질 안으로 들어갔습니다. 얼마 후 그가 막 잠이 들려고 하는데 두 사내가 옆을 지나가며 하는 말이 들렸습니다.

한 사람이 말했습니다.

"그 부자 목사의 금과 은을 어떻게 훔칠 수 있을까?"

"제가 그 방법을 알려드릴 수 있어요."

그때 엄지 동자가 말 중간에 끼어들었습니다.

"이게 무슨 소리지? 분명 무슨 소리가 들렸는데."

다른 도둑이 깜짝 놀라 말했습니다.

두 남자가 멈추어 서서 소리가 난 쪽으로 귀를 기울였습니다. 그때 엄지 동자가 다시 말했습니다.

"저를 데려다 주면 도와드리겠어요."

"대체 어디 있는 거냐?"

"땅바닥을 내려다보세요. 그리고 내 목소리가 어디서 나는지 잘 살펴보세요."

엄지 동자가 대답했습니다.

마침내 도둑들은 그를 발견하고 들어 올렸습니다. 그리고 "요런 꼬마 녀석아, 네까짓 게 어떻게 우리를 도와주겠다는 거냐?" 하고 물었습니다.

"이것 봐요, 내가 쇠창살 사이로 목사님 방에 기어들어 가, 아저씨들이 원하는 것을 건네주면 되잖아요."

그러자 다른 한 명이 말했습니다.

"좋아, 어디 해낼 수 있나 보자."

그들이 목사관에 도착하자 엄지 동자는 방으로 기어들어 갔습니다. 그러나 그는 바로 온 힘을 다해 소리쳤습니다.

"여기 있는 것들을 전부 가져갈까요?"

도둑들은 깜짝 놀라 말했습니다.

"좀 살살 말해라. 그러다가 사람들 깨겠다."

그러나 엄지 동자는 말을 못 알아들은 것처럼 다시 목청껏 소리질렀습니다.

"뭘 갖다 드릴까요? 여기 있는 것들을 전부 가져갈까요?"

그때 옆방에서 잠을 자던 하녀가 이 말을 듣고 침대에서 일어나 앉아 귀를 기울였습니다. 그러나 겁이 난 도둑들은 멀찌감치 뒤로 물러났습니다. 마침내 그들은 용기를 내서 '저 꼬마가 우리를 놀리는군.' 하고 생각해 다시 돌아와서는 가만히 그에게 속삭였습니다.

"이제 장난 그만 치고 우리에게 물건을 넘겨달란 말이야."

엄지 동자는 다시 한 번 있는 힘을 다해 소리쳤습니다.

"알았어요, 전부 다 드릴 테니까 손이나 내미세요."

하녀는 계속 귀를 기울이고 있다가 그 말을 똑똑히 듣고는 침대에서 뛰쳐나와 문으로 내달렸습니다. 그러자 도둑들은 마치 사나운 사냥꾼이 뒤쫓아 오는 듯 도망을 쳤고, 하녀는 아무것도 보이지 않아 촛불을 붙이러 갔습니다. 그녀가 촛불을 들고 왔을 때는 이미 엄지 동자가 들키지 않고 헛간으로 가버린 뒤였습니다. 하녀는 온 방 안을 샅샅이 살펴보았지만 아무것도 발견하지 못했습니다. 그녀는 침대에 다시 누워, 자신이 그냥 눈과 귀를 연 채 꿈을 꾸었나 보다 생각했습니다.

한편 엄지 동자는 건초 더미 위로 기어 올라가 멋진 잠자리를 찾아냈습니다. 그는 날이 밝을 때까지 그곳에서 잠을 푹 자고 부모님에게 돌아갈 생각이었습니다.

하지만 그는 다른 일들을 겪어야 했습니다! 그렇습니다, 살다 보면 슬프고 힘든 일이 많이 따르는 법이지요.

어스름하게 날이 밝아오자 하녀는 가축에게 여물을 주려고 침대에서 일어났습니다. 그녀는 먼저 헛간으로 가서 건초를 한 아름 가득 집어 들었습니다. 그런데 그것이 하필이면 엄지 동자가 누워 잠을 자고 있는 건초였습니다. 그러나 엄지 동자는 너무나 깊이 잠든 나머지 아무것도 알아차리지 못했습니다. 그는 암소가 건초와 함께 자신을 입속에 넣었을 때야 비로소 잠에서 깨어났습니다. 엄지 동자는 깜짝 놀라 소리쳤습니다.

"아, 맙소사! 내가 어떻게 이 세탁 공장에 들어왔지!"

그러나 엄지 동자는 이내 자기가 어디에 와 있는지 알아차리고 이빨 사이에 끼어 으깨지지 않으려고 조심했습니다. 그렇지만 얼마 후 그는 건초와 함께 위 속으로 미끄러져 내려가고 말았습니다. 소의 배 속에 들어간 엄지 동자는 혼자 중얼거렸습니다.

"방에 창문 다는 것을 잊었나 보네. 햇빛 한 점 안 들어오고, 촛불도 가져오지 않을 모양이군."

아무튼 그는 방이 마음에 들지 않았습니다. 게다가 가장 고약한 것은 새로운 건초가 자꾸 방문으로 들어오면서 그곳이 점점 비좁아지는 것이었습니다. 마침내 그는 겁이 나서 있는 힘을 다해 소리쳤습니다.

"여물 좀 그만 줘, 여물 좀 그만 주라니까."

마침 하녀가 암소 젖을 짜고 있었습니다. 그녀는 누군가 말하는 소리를 들었지만 보이지는 않았습니다. 그러다가 그녀는 그것이 간밤에 들었던 목소리임을 깨닫고 너무나 놀라 의자에서 미끄러져 넘어졌고, 그 바람에 우유가 엎질러졌습니다. 하녀는 득달같이 주인에게 달려가 소리쳤습니다.

"아, 맙소사! 목사님, 암소가 말을 했어요."

"네가 정신이 나갔구나."

목사가 대답했습니다.

하지만 그도 무슨 일인지 보려고 직접 외양간으로 갔습니다. 그가 외양간에 발을 들여놓자마자 엄지 동자가 다시 소리쳤습니다.

"여물 좀 그만 줘, 여물 좀 그만 주라니까."

그러자 목사도 겁을 잔뜩 집어먹었습니다. 그는 암소의 몸속에 마귀가 들었다고 생각하고 그 소를 죽이라고 명령했습니다. 그리하여 암소는 죽었고, 엄지 동자가 들어 있는 위는 거름 더미 위에 내던져졌습니다. 엄지 동자는 그곳을 빠져나오는 길을 만드느라 무지 애를 썼습니다. 겨우 빠져나갈 공간을 찾아 그의 머리를 막 밖으로 내밀려는 순간, 또 다른 불행이 일어났습니다. 굶주린 늑대 한 마리가 달려오다가 소의 위를 통째로 단숨에 삼켜버린 것입니다. 그렇지만 엄지 동자는 용기를 잃지 않았습니다.

그리고 '어쩌면 늑대하고 말이 통할지도 몰라.' 라고 생각했습니다.

그래서 그는 늑대의 배 속에서 늑대에게 소리쳤습니다.

"늑대야, 난 네가 좋아하는 맛있는 먹이를 알고 있어."

"어디 있는데?"

"이렇게 저렇게 생긴 집에 있지. 그런데 그 집에 가려면 하수구로 기어들어 가야 해. 그곳에 가면 케이크며 베이컨, 소시지를 네가 먹고 싶은 만큼 먹을 수 있어."

그리고 엄지 동자는 아버지의 집을 자세히 설명해 주었습니다. 늑대는 두 번 물어볼 것도 없이 밤이 되자 하수구를 통해 식료품 저장실로 들어가 먹고 싶은 것을 실컷 먹어댔습니다. 늑대는 음식을 잔뜩 먹고 배가 불러 다시 나가려고 했습니다. 하지만 배가 너무 뚱뚱해져 왔던 길로는 다시 나갈 수가 없었습니다. 그런 사태를 미리 예상한 엄지 동자는 늑대의 배 속에서 있는 힘을 다해 미친 듯이 날뛰고 소리를 질러대며 야단법석을 부렸습니다.

그러자 늑대가 말했습니다.

"좀 조용히 해! 사람들이 다 깨겠다."

꼬마가 대꾸했습니다.

"무슨 소리야, 넌 실컷 먹었으니 이제 나도 재미 좀 봐야지."

그러고는 다시 있는 힘을 다해 소리를 질렀습니다.

마침내 아버지와 어머니가 그 소리에 깨어났습니다. 그들은 식료품 저장실 쪽으로 달려가 문틈으로 안을 들여다보았습니다. 그 안에 늑대가 들어와 있는 것을 본 아버지는 얼른 가서 도끼를, 어머니는 큰 낫을 가지고 돌아왔습니다.

방 안으로 들어가며 남편이 아내에게 말했습니다.

"당신은 내 뒤에 있다가, 내가 한 방에 처치하지 못하면 낫을 휘둘러 늑대를 두 동강 내도록 해요."

엄지 동자가 아버지의 목소리를 듣고 외쳤습니다.

"아버지, 나 여기 있어요. 늑대 배 속에 들어 있단 말이에요."

그러자 아버지는 기뻐 어쩔 줄 몰라 하며 말했습니다.

"이렇게 고마울 수가, 사랑하는 우리 자식을 다시 만나게 되다니."

아버지는 엄지 동자가 다칠지 모르니 아내에게 낫을 치우라고 했습니다. 그런 다음 팔을 치켜들고 늑대의 머리통을 내려쳐 늑대를 죽였습니다. 아버지와 어머니는 칼과 가위를 가져와 늑대의 몸을 가르고는 아들을 다시 꺼냈습니다.

"얘야, 너 때문에 우리가 얼마나 걱정했는지 모른단다."

아버지가 말했습니다.

"아버지, 세상을 많이 돌아다니고 왔어요. 그리고 고맙게도 신선한 공기를 다시 마실 수 있게 되었어요."

"대체 어디를 돌아다녔단 말이냐?"

"아, 아버지. 쥐구멍 속에도 있었고, 암소 위 속과 늑대 배 속에도 있었어요. 그렇지만 이제는 아버지, 어머니와 함께 지내겠어요."

"이제는 온 세상의 재물을 다 준다 해도 다시는 너를 팔지 않겠다."

부모님은 이렇게 말하고 사랑하는 엄지 동자를 껴안고 입을 맞추었습니다. 부모님은 아들에게 먹고 마실 것을 주었습니다. 그리고 여행하는 동안 그의 옷이 형편없이 해졌기 때문에 그에게 새 옷을 만들어주었습니다.

곰 가죽

옛날에 한 젊은이가 있었습니다. 그는 군대에 들어가 용감하게 싸웠고, 총알이 비 오듯 쏟아질 때도 언제나 앞장섰습니다. 전쟁이 계속되는 동안에는 모든 것이 잘되어 갔습니다. 하지만 평화가 찾아오자 그는 일자리를 잃고 말았습니다. 대장은 그에게 가고 싶은 곳으로 가라고 말했습니다. 그러나 부모님이 돌아가신 그는 돌아갈 고향 집도 없었습니다. 그는 형들에게 가서 전쟁이 다시 시작될 때까지 머물게 해달라고 사정했습니다. 그러나 형들은 매정했습니다.

그들은 "우리가 너하고 무슨 일을 하겠느냐? 우리는 네가 필요하지 않아. 그러니 너 혼자 알아서 살아가도록 해."라고 말했습니다.

병사가 가진 것이라고는 총 한 자루밖에 없었습니다. 그래서 그는 그것을 어깨에 메고 세상으로 나갔습니다. 황량한 벌판에 이르자 몇 그루의 나무들 말고는 아무것도 보이지 않았습니다. 그는 나무 아래 슬프게 주저앉아 자신의 운명을 다시 생각해 보았습니다.

'나는 돈도 없고 무기를 다루는 기술 말고는 아무것도 배운 게

없는데, 이제 평화조약이 맺어졌으니 쓸모가 없게 됐어. 이러니 굶어 죽을 수밖에 없겠구나.'

그때 문득 부스럭거리는 소리가 들렸습니다. 주위를 돌아보니 초록색 상의를 입은 낯선 사내가 눈앞에 서 있었습니다. 그는 상당히 위엄 있어 보였지만, 발은 보기 흉한 말발굽이었습니다.(말발굽으로 된 다리는 악마의 다리라고 불립니다.) 사내가 말했습니다.

"나는 자네에게 필요한 것이 무엇인지 이미 알고 있지. 자네가 아무리 써도 다 쓸 수 없을 만큼 많은 돈과 재산을 갖게 해주겠네. 하지만 우선 자네가 겁쟁이인지 아닌지 알아야겠어. 내 돈을 헛되이 쓰고 싶지는 않으니까."

"병사가 겁을 내다니, 말도 안 되는 소리지요. 얼마든지 나를 시험해 보십시오."

"좋아, 뒤를 돌아보게."

병사가 뒤를 돌아보니 커다란 곰이 으르렁거리며 그를 향해 달려왔습니다.

그것을 보고 병사가 소리쳤습니다.

"네 이놈, 으르렁거릴 기분이 싹 달아나게 네 콧등을 간질여 줘야겠다."

그는 총을 겨누고 곰의 주둥이를 향해 한 방 쏘았습니다. 곰은 총에 맞아 푹 쓰러져서 꼼짝하지 않았습니다.

그러자 낯선 사내가 말했습니다.

"잘 알겠네. 용기가 없는 건 아니군. 하지만 꼭 지켜야 할 조건이 하나 더 있어."

"영혼을 팔아넘기는 일만 아니라면 상관없어요."

병사는 곁에 있는 사내가 누구인지 알아차리고 그렇게 대답했습니다.

"내 말을 직접 들어보고 판단하게나. 자네는 앞으로 칠 년 동안 씻지 말고, 수염도 다듬지 말고 머리도 빗거나 감지 말고 손톱도 깎지 말고 주기도문도 외워서는 안 돼. 그리고 내가 상의와 외투를 줄 테니 항상 그것을 입고 다녀야 한다네. 그 칠 년 동안 자네가 죽으면 자네는 내 것이 되고, 살아남으면 자네는 자유를 얻어 평생 부자로 살 수 있네."

초록색 상의를 입은 사내가 대답했습니다.

병사는 자신의 심각한 처지를 생각해 보았습니다. 그는 과거에도 여러 번 죽음의 문턱까지 갔다 왔는데 지금이라고 못 할 이유가 무엇이 있나 싶어서 그렇게 하기로 승낙했습니다.

악마가 초록색 상의를 벗어 병사에게 건네주며 말했습니다.

"자네가 이 상의를 입고 다니면 주머니에 손을 넣을 때마다 돈이 가득할 거야."

그리고 악마는 곰의 가죽을 벗겨주며 말했습니다.

"이것은 자네의 외투이고 침대이니, 이것을 입고 잠을 자야지 이것 말고 다른 침대에서 자면 안 되네. 이제 자네는 이 외투를 입고 다녀야 하니 자네 이름은 곰 가죽이라고 하게."

그리고 악마는 사라졌습니다.

병사는 상의를 입고 주머니에 손을 넣어보았습니다. 모든 것이 악마가 말한 그대로였습니다. 그는 곰 가죽을 어깨에 걸치고 즐거운 기분으로 세상으로 나갔습니다. 돈 걱정은 전혀 하지 않고 즐길 만한 일은 하나도 놓치지 않았습니다. 처음 일 년 동안은 그의 겉모습이 괜찮았지만, 그다음 해부터는 괴물처럼 보이기 시작했습니다.

그의 머리카락이 거의 온 얼굴을 뒤덮었습니다. 수염은 짐승의 털처럼 꺼칠꺼칠했고, 손가락은 독수리 발톱 같았습니다. 그의 얼굴은 두꺼운 먼지로 뒤덮여 씨를 뿌리면 싹이 돋을 것 같았습니다. 그를 보는 사람은 모두 도망을 쳤습니다. 하지만 그는 어디를 가든지 가난한 사람들에게 돈을 나누어 주면서 칠 년 동안 자신이 죽지 않게 기도해 달라고 부탁했습니다. 또한 그는 모든 값을 잘 치렀기 때문에 아직은 언제든 잠자리를 얻을 수 있었습니다.

넷째 해에 그는 어느 여관에 들어갔지만, 주인은 그를 받으려고 하지 않았습니다. 심지어 그는 말이 놀랄까 두려워서 마구간에 있는 자리도 내주려고 하지 않았습니다. 그러나 곰 가죽이 주머니에 손을 넣어 금화 한 줌을 꺼내주자, 여관 주인은 흔쾌히 승낙하며 건물 뒤쪽에 있는 방 하나를 내주었습니다. 하지만 곰 가죽은 여관의 평판이 나빠지지 않도록 남들의 눈에 띄지 않게 하겠다고 주인에게 약속해야 했습니다.

어느 날 저녁 곰 가죽이 홀로 앉아 어서 칠 년이 지나가기를 간절히 바라고 있을 때, 옆방에서 크게 우는 소리가 들렸습니다. 그는 동정심이 많았으므로 문을 열어보았습니다. 한 노인이 두 손으로 머리를 감싸고 큰 소리로 울고 있었습니다.

곰 가죽이 가까이 다가가자 노인은 펄쩍 뛰며 달아나려고 했습니다. 그러나 사람의 목소리를 듣고는 마음이 풀어졌습니다. 곰 가죽은 다정한 말로 노인을 설득하며 왜 그렇게 슬퍼하는지 털어놓으라고 했습니다. 노인은 재산이 점차 없어져서 그와 딸들이 매우 궁핍하게 되었고, 이제는 여관 주인에게 돈을 치르지 못해 감옥에 끌려갈 형편이라고 했습니다.

곰 가죽이 말했습니다.

"이제 걱정하지 마세요. 돈은 나에게 얼마든지 있으니까요."

그는 여관 주인을 불러 노인의 방값을 치러주었습니다. 그리고 불쌍한 노인의 주머니에 금화를 가득 넣어주었습니다.

이제 모든 걱정이 해결된 노인은 그에게 어떻게 고마움을 표시해야 할지 몰랐습니다. 그래서 노인이 곰 가죽에게 말했습니다.

"나와 함께 갑시다. 내 딸들은 모두 무척 예쁘답니다. 그중 한 아이를 골라 당신의 아내로 삼으십시오. 젊은이가 나에게 베풀어준 이야기를 듣는다면 그 아이는 거절하지 않을 겁니다. 물론 젊은이의 모습이 약간 이상하기는 하지만 딸아이가 다시 정상으로 만들어 줄 겁니다."

곰 가죽은 그 말을 듣고 아주 좋아하며 노인을 따라갔습니다. 노인의 큰딸은 곰 가죽을 보고 소스라치게 놀라 비명을 지르며 도망쳤습니다. 둘째 딸은 도망은 치지 않았지만 그를 머리끝에서 발끝까지 훑어보며 말했습니다.

"어떻게 저런 짐승 같은 사람과 결혼할 수 있겠어요? 차라리 언젠가 이곳에서 보았던 서커스단의 곰이 더 낫겠어요. 그 곰은 얼굴의 털도 깎고 사람처럼 굴었고, 경기병의 모피 모자를 쓰고 하얀 장갑을 끼고 있었어요. 그 정도만 돼도 나는 그런대로 익숙해질 수 있을 거예요."

그러나 막내딸이 말했습니다.

"아버지, 곤경에 처한 아버지를 도와주었다니 좋은 분 같아요. 아버지께서 그 보답으로 결혼을 약속하셨으니 그 말은 지켜야지요."

곰 가죽의 얼굴이 온통 먼지와 머리카락으로 뒤덮여 있다는 게 얼마나 아쉬운지 모릅니다. 그렇지 않았다면 그가 그 말을 듣고 얼마나 기뻐했는지 우리가 볼 수 있었을 테니 말입니다. 그는 손가락에서 반지를 빼서 둘로 쪼개고는, 반쪽은 그녀에게 주고 다른 반쪽은 자신이 가졌습니다. 그리고 그녀가 가진 반쪽에는 그의 이름을 새기고 자신이 가진 반쪽에는 그녀의 이름을 새겼습니다. 그리고 그녀에게 그 반지를 잘 간직하라고 부탁하고, 길을 떠나며 말했습니다.

"나는 앞으로 삼 년간 더 떠돌아다녀야 합니다. 만약 삼 년 후에 돌아오지 않으면 내가 죽은 것이니, 당신은 자유의 몸입니다. 하지만 내가 살아 있도록 하느님께 기도해 주시오."

가엾은 신부는 전부 검은 옷으로 갈아입었습니다. 그리고 자신의 신랑을 생각할 때면 눈에서 눈물이 흘렀습니다. 언니들은 그녀를 비웃고 조롱할 뿐이었습니다.

큰언니가 말했습니다.

"너는 조심해야 해. 네가 그에게 손을 내밀면 그가 앞발로 너를 때릴 거야."

둘째 언니도 거들었습니다.

"몸조심해라. 곰들은 단것을 좋아하니까, 네가 마음에 들면 너를 먹어치울지도 몰라."

큰언니가 다시 시작했습니다.

"넌 언제나 그가 하자는 대로 해야 할 거야. 그러지 않으면 곰이 으르렁거리겠지."

둘째가 말을 이었습니다.

"그래도 결혼식은 재미있을 거야. 곰들은 춤을 잘 추니까."

신부는 가만히 있었고 언니들이 뭐라 하든 꿈쩍도 하지 않았습니다. 한편 곰 가죽은 세상을 이곳저곳 두루 돌아다니며 자신이 할 수 있는 곳에서 착한 일을 했습니다. 그는 가난한 사람들을 너그럽게 도와주며 자신을 위해 기도해 달라고 당부했습니다. 마침내 칠 년의 마지막 날이 되자 그는 악마를 만났던 벌판으로 나가 몇 그루의 나무 아래 앉았습니다. 조금 있으려니까 바람이 휘익 불더니 악마가 그의 앞에 서서 화를 내며 그를 바라보았습니다. 악마는 곰 가죽에게 낡은 상의를 던져주며 자신의 초록색 상의를 돌려달라고 했습니다.

"아직은 안 됩니다. 먼저 내 몸을 깨끗하게 해주어야지요."

곰 가죽이 말했습니다.

악마는 어쩔 수 없이 물을 길어 와 곰 가죽의 얼굴을 씻기고 머리를 빗겨주고 손톱을 깎아주어야 했습니다. 그러고 나니 곰 가죽은 다시 용감한 병사의 모습으로 변했고, 전보다 훨씬 더 멋있어 보였습니다.

다행스럽게도 악마가 물러나자 곰 가죽은 마음이 무척 홀가분해졌습니다. 그는 도시로 가서 화려한 비로드 상의를 사 입고, 네 마리의 백마가 끄는 마차에 앉아 신부의 집으로 갔습니다. 그를 알아보는 사람은 아무도 없었습니다. 아버지는 그가 신분이 높은 장교일 것이라 생각하고 딸들이 있는 방으로 그를 안내했습니다. 그는 두 언니 사이에 앉아야 했습니다. 언니들은 그에게 포도주를 따라 주고 제일 맛있는 음식들을 앞에 가져다 놓았습니다. 그들은 이보다 멋진 젊은이는 일찍이 보지 못했다고 생각했습니다. 한편 검은 옷을 입은 막내딸은 그의 맞은편에 앉아 그에게 눈길도 주지 않고 말도 하지 않았습니다. 그가 아버지에게 세 딸 중 한 사람을 아내로 삼아도 좋겠느냐고 물었습니다. 두 언니는 자리에서 벌떡 일어나 화려한 옷으로 갈아입으려고 자기 방으로 달려갔습니다. 두 사람 모두 자기가 장교의 신부로 선택받으리라고 생각했기 때문입니다.

낯선 청년은 자신의 신부와 단둘이 남게 되자 반지 반쪽을 꺼내 포도주 잔에 넣어서 식탁 건너편의 신부에게 건네주었습니다. 그녀는 잔을 받아 포도주를 마시고, 잔 바닥에 있는 반지의 반쪽을 발견하고는 가슴이 두근거렸습니다. 그녀는 끈으로 묶어 목에 건 반지의 다른 반쪽을 풀어 맞추어보았습니다. 반지 두 쪽은 서로 딱 들어맞았습니다. 그가 말했습니다.

"나는 당신의 약혼자라오. 당신은 나를 곰 가죽으로 알고 있겠지만, 나는 자비로우신 하느님의 은총으로 사람의 모습을 되찾아 다시 깨끗해졌소."

그는 그녀에게 다가가 그녀를 품에 안고 입을 맞추었습니다. 그때 멋지게 차려입은 두 언니가 들어왔습니다. 그들은 멋진 젊은이가 막내딸을 선택한 것을 알았습니다. 그리고 그 사람이 바로 곰 가죽이었다는 사실을 알고는 분을 이기지 못하고 밖으로 뛰쳐나갔습니다. 한 사람은 우물에 몸을 던졌고, 다른 한 사람은 나무에 목을 맸습니다.

날이 저물자 어떤 사람이 찾아와 문을 두드렸습니다. 신랑이 문을 열고 보니 초록색 상의를 입은 악마가 서 있었습니다. 그가 말했습니다.

"이보게, 나는 자네의 목숨 대신 두 개의 영혼을 얻었다네."

악마와 그의 할머니

나라에 큰 전쟁이 일어나 왕이 많은 병사들을 모았습니다. 그러나 왕이 주는 급료가 너무 적어서 병사들은 그것으로 먹고살 수 없었습니다. 그래서 병사 중 서로 마음 맞는 세 사람은 도망을 치기로 했습니다. 한 병사가 다른 두 사람에게 말했습니다.

"만약 우리가 붙잡히면 교수대에 매달릴 거야. 어떻게 한다지?"

그러자 다른 병사가 말했습니다.

"저기 넓은 밀밭이 보이지? 우리가 저기 숨으면 아무도 찾아내지 못할 거야. 군대는 밀밭에 들어가선 안 되고, 내일이면 이동해야 할 테니."

그래서 세 사람은 밀밭으로 기어들어 갔습니다. 그러나 군대는 이동하지 않고 밀밭 주위에 계속 머물렀습니다. 그들은 이틀 밤낮을 꼬박 밀밭에 있었습니다. 그들은 너무 배가 고파서 거의 죽을 지경이었지만 밖으로 나갔다가는 죽을 것이 뻔했습니다. 그래서 그들은 "여기서 비참하게 죽게 생겼는데 도망친 게 무슨 소용이 있어."

하고 말했습니다.

그때 하늘에서 무섭게 생긴 용이 날아와 세 사람이 있는 곳으로 내려오며 왜 그곳에 숨어 있느냐고 물었습니다.

"우린 병사인데, 급료가 너무 적어 도망을 쳤지요. 그런데 여기 이대로 숨어 있다가는 굶어 죽을 판이고, 밖으로 나갔다가는 교수대에 매달릴 겁니다."

그러자 용이 말했습니다.

"만약 너희가 칠 년 동안 나를 위해 일해주겠다면, 군대를 뚫고 데려가 아무도 너희를 붙잡지 못하게 해주겠다."

"우리야 다른 수가 없으니 당신의 제안을 받아들일 수밖에요."

그들이 이렇게 대답하자, 용은 발톱으로 그들을 움켜잡고 군대 위를 날아 멀리 떨어진 땅 위에 내려놓았습니다.

그런데 용은 다름 아닌 악마였습니다. 악마는 그들에게 작은 채찍을 하나 주면서 말했습니다.

"이 채찍으로 후려치기만 하면 원하는 만큼 돈이 솟아날 것이다. 그러면 말도 부리고 마차도 타며 왕족처럼 으스대며 살 수 있을 게야. 하지만 칠 년이 지나면 너희는 내 것이 되는 거야."

악마는 그들 앞에 책 한 권을 내놓고 세 사람 모두에게 서명하게 했습니다.

"그러나 그 전에 내가 수수께끼를 하나 낼 것인데, 그것을 알아맞히면 너희는 자유의 몸이 될 것이다."

그리고 나서 용은 멀리 날아갔고, 세 병사도 채찍을 들고 여행을 시작했습니다. 돈은 풍족했으므로 그들은 화려한 옷을 맞춰 입고 세상을 돌아다녔습니다. 어디를 가든 즐겁고 행복하게 살았고, 말과 마차를 타고 다니며 마음껏 먹고 마셨지만 나쁜 짓은 하지 않았습니다. 세월은 빨리 흘러서 어느덧 약속한 칠 년이 다 되어갔습니다. 두 사람은 겁에 질려 안절부절못했지만, 한 사람은 그런 것쯤은 아무렇지도 않다는 듯이 말했습니다.

"이보게들, 너무 겁먹지 말게, 나는 멍청하지 않아. 내가 그 수수께끼를 알아맞힐 거야."

세 사람은 들판으로 나가 땅바닥에 앉았습니다. 그러나 두 사람은 얼굴에 수심이 가득했습니다. 그때 한 할머니가 그곳을 지나다가 왜 그렇게 슬픈 얼굴이냐고 물었습니다.

"아, 할머니와는 아무 상관 없는 일이에요. 할머니는 도와주실 수도 없는 일이고요."

그러자 할머니가 대답했습니다.

"누가 알아, 나한테 털어놔봐."

그래서 세 사람은 자신들이 악마의 하인이 되어 거의 칠 년 동안 일을 했고, 그동안 돈을 물처럼 쓰면서 살아왔다는 이야기를 했습니다. 그리고 이제 약속한 칠 년이 다 되어 악마가 내는 수수께끼를 풀지 못하면, 그들이 자신들을 악마에게 팔았으므로 악마의 것이 될 것이라고 말했습니다. 그러자 할머니가 말했습니다.

"도움을 받고 싶다면 당신 중 한 사람이 숲으로 가봐. 그곳에 가면 오두막처럼 보이는 움푹 파인 암벽이 있을 거야. 그 안에 들어가면 도움을 얻을 수 있을 거야."

슬픔에 잠긴 두 사람은 '그래 봤자 아무 소용이 없을 거야.' 라고 생각하며 그대로 그곳에 남아 있었습니다. 하지만 명랑한 한 사람은 자리에서 일어나 숲 속으로 가서, 그 바위 집을 발견했습니다.

그 집에는 아주 늙은 할머니가 앉아 있었습니다. 그녀는 악마의 할머니였습니다. 할머니는 병사에게 어디서 왔으며 무슨 일로 이곳에 왔느냐고 물었습니다. 그는 그동안 일어난 일을 모두 이야기했습니다. 그 병사가 마음에 든 할머니는 그를 가엾게 여겨 도와주겠다고 말했습니다. 할머니는 지하실 위에 놓인 커다란 바위를 들어 올렸습니다. 그리고 이렇게 말했습니다.

"자, 거기에 숨어 있으면 여기서 하는 말을 다 들을 수 있을 거야. 다만 꼼짝 말고 조용히 앉아 있어야 해. 용이 오면 내가 수수께끼에 대해 물어봐 줄게. 그 애는 나한테 모두 다 말하거든. 용이 대답하는 걸 잘 들어두라고."

밤 12시가 되자 용이 날아와 먹을 것을 달라고 했습니다. 할머니가 식탁을 차리고 마실 것을 내놓자 용은 기분이 좋았습니다. 그들은 함께 먹고 마셨습니다. 할머니는 이야기를 나누는 동안 오늘 하루는 어땠으며, 얼마나 많은 영혼을 잡았는지 용에게 물었습니다.

그러자 용이 대답했습니다.

"오늘은 별로 운이 좋지 않았어요. 하지만 병사 셋을 잡았는데, 이제 거의 제 것이나 다름없어요."

"그래, 병사가 셋이라고. 하지만 그들이 영리해서 너에게서 달아날 수도 있지 않겠니?"

그러자 악마가 비웃는 투로 말했습니다.

"그 녀석들은 틀림없이 제 것이에요. 제가 수수께끼를 낼 건데, 그 녀석들은 절대로 풀 수 없을 거예요."

"어떤 수수께끼인데?"

"제가 말씀드릴게요. 저기 북쪽 큰 바다에 긴꼬리원숭이 한 마리가 죽어서 누워 있는데, 그들에게 그것을 구워줄 거예요. 그리고 고래 갈비뼈로 은수저를 만들어주고, 속이 빈 늙은 말의 발굽을 포도주 잔으로 쓰게 하겠어요."

악마가 잠자리에 들자 할머니는 바위를 쳐들고 병사가 나오게 했습니다.

"모든 걸 주의해서 들었겠지?"

"네. 잘 들었어요. 어떻게 대답해야 할지 잘 알겠어요."

그는 몰래 창문을 넘어 다른 길로 해서, 전속력을 내 동료들에게 돌아갔습니다. 그는 동료들에게 어떻게 악마가 할머니의 꾐에 빠졌는지, 어떻게 수수께끼의 답을 악마에게서 알아냈는지 이야기해 주었습니다. 기분이 좋아진 세 사람은 악마가 준 채찍을 들고 신 나게 마구 휘둘렀습니다. 그러자 땅바닥에 이리저리 굴러다닐 정도로 돈이 잔뜩 쌓였습니다.

이제 칠 년 세월이 다 지났을 때, 악마가 책을 들고 나타나 서명을 보여주었습니다.

그리고 이렇게 말했습니다.

"나는 너희를 지옥으로 데려가 거기서 음식을 대접하겠다. 만약 너희들이 무슨 고기를 먹게 될지 알아맞힌다면, 너희는 자유의 몸이 되고 계약에서 벗어날 것이며, 그 채찍도 가져도 좋다."

그러자 첫 번째 병사가 말을 시작했습니다.

"저기 북쪽 큰 바다에 죽은 긴꼬리원숭이가 누워 있는데, 그 고기를 먹이겠지요."

악마는 화가 나서 "흠! 흠! 흠!" 헛기침을 하고는 두 번째 병사에게 물었습니다.

"너희의 숟가락은 어떤 것일까?"

"고래 갈비뼈로 은수저를 만들어주겠지요."

악마가 얼굴을 찡그리며, 또다시 세 번 "흠! 흠! 흠!" 하며 투덜댔습니다. 그리고 이번에는 세 번째 병사에게 물었습니다.

"포도주 잔은 어떤 것인지 맞힐 수 있겠어?"

"늙은 말의 발굽을 우리 포도주 잔으로 쓰겠지요."

그러자 악마는 큰 소리로 울부짖으며 멀리 날아가 버렸습니다. 이제 악마는 그들을 마음대로 할 수 없게 되었습니다. 그러나 세 병사는 채찍을 가지고, 그들이 원할 때면 원하는 만큼 돈을 만들면서, 죽을 때까지 행복하게 살았습니다.

황금 산의 왕

한 상인이 있었는데, 그에게는 아들과 딸, 두 아이가 있었습니다. 그들은 둘 다 어려서 잘 걷지도 못했습니다. 어느 날 상인의 배 두 척이 물건을 가득 싣고 바다로 나갔습니다. 그것이 그의 전 재산이었습니다. 그는 그것으로 큰돈을 벌 수 있으리라 기대했지만, 배들이 침몰했다는 소식이 들려왔습니다.

그래서 이제 그 상인은 부자가 아니라 가난뱅이가 되고 말았습니다. 남은 재산이라고는 도시 바깥의 밭 한 뙈기밖에 없었습니다. 그는 마음에서 불행을 떨쳐버리려고 밭으로 나가 이리저리 거닐었습니다. 그때 갑자기 검은 난쟁이가 옆에 나타나 왜 그렇게 슬픈지, 무슨 일로 그렇게 수심에 잠겨 있는지 물었습니다.

그래서 상인이 말했습니다.

"당신이 나를 도와줄 수 있다면 흔쾌히 말해 줄 텐데."

그러자 검은 난쟁이가 대답했습니다.

"누가 압니까, 내가 도와줄 수 있을지."

그래서 상인은 전 재산을 바다에서 잃어버려 이제 남은 것은 그 밭밖에 없다고 말했습니다.

"걱정하지 마세요. 당신이 집에 돌아갔을 때, 처음으로 당신의 다리에 달려드는 것을 십이 년 후에 이 자리에 데려와 나에게 주겠다고 약속하면, 당신이 원하는 만큼 많은 돈을 갖게 될 겁니다."

난쟁이가 말했습니다.

상인은 '내가 기르는 강아지 말고 뭐가 그럴 수 있겠는가?'라고 생각했습니다.

그는 어린 아들은 생각하지 못하고 그러겠노라고 말했습니다. 그러고는 검은 난쟁이와 증서를 쓰고 봉인한 다음 집으로 돌아갔습니다.

그가 집에 돌아가자 어린 아들이 아버지가 긴 의자 옆에 있는 것을 보고 몹시 반가워 아장아장 걸어오더니 그의 다리를 움켜잡았습니다. 아버지는 그의 약속이 생각나서 깜짝 놀랐습니다. 하지만 돈궤에서도 금고에서도 어디서도 돈이 나오지 않자 그는 난쟁이가 농담을 했겠지 하고 생각했습니다.

그런데 한 달 뒤에 그가 고물 주석을 찾아 팔려고 다락에 올라가 보았더니 그곳 바닥에 돈이 한 무더기 놓여 있었습니다. 그는 다시 기분이 좋아졌습니다. 그 돈으로 물건을 사들여 전보다 더 부유한 상인이 된 그는 자신의 행운을 축복했습니다. 그러는 동안 그의 아들은 무럭무럭 자라 영리하고 똑똑한 소년이 되었습니다.

그러나 열두째 해가 다가올수록 상인은 수심에 가득 차서 얼굴에도 고민이 드러났습니다. 어느 날 아들이 아버지에게 나쁜 일이 있느냐고 물었습니다. 아버지는 말하지 않으려고 했지만, 아들이 계속 졸라대자 마침내 털어놓았습니다. 무슨 약속인지 미처 알지도 못하면서 검은 난쟁이에게 아들을 주겠다고 약속했고, 그 대가로 많은 돈을 받았다고요. 게다가 증서를 쓰고 봉인까지 해서 넘겨주었으니, 이제 열두 해가 지나면 아들을 넘겨주지 않을 수 없게 되었다고 말입니다.

그러자 아들이 "아버지, 너무 걱정하지 마세요. 잘될 거예요. 그 시커먼 녀석이 저한테는 힘을 쓰지 못할 거예요."라고 말했습니다.

아들은 신부를 찾아가 축복을 받고, 시간이 되자 아버지와 함께 밭으로 나갔습니다. 아들은 땅에 동그라미를 그린 다음 아버지와 함께 그 안으로 들어갔습니다. 마침내 검은 난쟁이가 다가오더니 아버지에게 말했습니다.

"내게 약속했던 것을 데려왔소?"

아버지는 가만히 있었고, 아들이 물었습니다.

"당신이 원하는 게 무엇이오?"

그러자 검은 난쟁이가 "나는 네가 아니라 너의 아버지와 이야기를 해야 한단다." 하고 말했습니다. 그러자 아들이 대답했습니다.

"당신은 나의 아버지를 속이고 증서를 쓰게 했으니, 그 증서를 내놓으시오."

"어림없는 소리. 난 내 권리를 포기하지 못해."

검은 난쟁이가 말했습니다.

그들은 한참 동안 서로 의논하다 마침내 합의를 보았습니다. 즉, 아들은 악마의 소유물도 아버지의 소유물도 아니므로, 아들을 작은 배에 태워서 강물에 띄우자는 것이었습니다. 아버지가 배를 직접 발로 밀어 흘러가는 강물에 맡기기로 한 것입니다.

그리하여 아들은 아버지에게 작별 인사를 하고 작은 배에 앉았습니다. 아버지는 자신의 발로 배를 툭 밀어야 했습니다. 그런데 작은 배가 거꾸로 뒤집혀 밑창 쪽이 올라오고 갑판이 물속으로 들어가 버렸습니다. 아버지는 아들을 잃었다고 믿고 집으로 돌아가 아들의 죽음을 슬퍼했습니다.

그러나 그 배는 가라앉지 않고 조용히 강을 따라 떠내려갔습니다. 소년은 배 안에 안전하게 있었습니다. 배는 그렇게 오랫동안 흘러가다가 마침내 이름 모를 강가에 닿았습니다. 그는 육지에 올라가 눈앞에 아름다운 성을 보고 그곳으로 올라갔습니다. 하지만 성에 들어가 보니 그것은 마법에 걸린 성이었습니다. 그는 모든 방을 다 돌아다녀 보았지만, 모두 텅텅 비어 있었습니다. 그러다가 마지막 방에 가니 뱀 한 마리가 똬리를 틀고 앉아 있었습니다. 마법에 걸린 처녀였던 뱀은 소년을 보고 기뻐했습니다.

그리고 말하기를 "오, 나를 구해 줄 분이 오셨군요. 나는 십이 년 동안이나 당신이 오기를 기다렸어요. 이 나라는 마법에 걸려 있으니 당신이 풀어주어야 합니다."라고 했습니다.

"어떻게 하면 됩니까?"

소년이 물었습니다.

"오늘 밤 몸에 쇠사슬을 감은 열두 명의 검은 남자들이 나타나서 당신에게 이곳에서 무엇을 하느냐고 물을 거예요. 하지만 당신은 아무 대답도 하지 말고 그들이 무슨 짓을 하든 가만히 계세요. 그러면 그들은 당신을 괴롭히고 때리며 칼로 찌를 거예요. 그래도 가만히 놔두고 아무 말도 하지 마세요. 12시가 되면 그들은 어차피 다시 사라져야 하니까요. 다음 날 밤에도 다른 열두 명이 올 것이고, 사

셋째 밤에는 스물네 명이 와서 당신의 머리를 벨 것입니다. 하지만 12시가 되면 그들의 힘은 사라집니다. 그러니 당신이 아무 말도 하지 않고 잘 견디면 저는 마법에서 풀려날 거예요. 그리고 내가 생명의 물을 한 병 가져와 당신에게 발라주면 당신은 살아나서 이전처럼 건강해질 거예요."

그러자 소년이 말했습니다.

"당신을 기꺼이 구해 드리겠소."

밤이 되자 모든 일이 뱀이 말한 대로 일어났습니다. 그는 검은 남자들이 무슨 짓을 해도 한마디 말도 하지 않았습니다. 사흘째 밤에 뱀은 아름다운 공주로 변해서 생명의 물을 가져와 그를 다시 살려냈습니다. 그리고 그녀는 그의 목을 껴안고 입을 맞추었습니다. 온 성 안에 기쁨과 환호성이 울려 퍼졌습니다. 그들은 곧 결혼식을 올렸고, 그는 '황금 산'의 왕이 되었습니다.

그들은 행복하게 살았고, 왕비는 잘생긴 사내아이도 낳았습니다. 그렇게 팔 년이란 세월이 흘렀을 때 왕은 문득 아버지를 생각하며 울컥한 기분이 들었습니다. 그는 아버지를 찾아가 보고 싶었습니다. 그러나 왕비는 그가 떠나는 것을 원치 않았습니다.

왕비가 말했습니다.

"이번 일로 내게 불행이 닥칠 거예요."

그러나 왕은 끈질기게 졸라 결국 왕비의 승낙을 받아냈습니다. 작별 인사를 할 때 왕비는 그에게 마법의 반지를 주며 말했습니다.

"이 반지를 가져가 손가락에 끼고 계세요. 그러면 당신이 가고 싶은 곳에 순식간에 갈 수 있답니다. 그러나 약속할 것이 한 가지 있어요. 이 반지를 이용해 제가 여기를 떠나 당신 아버지께로 가도록 해서는 안 됩니다."

그는 왕비에게 약속하고, 손가락에 반지를 낀 후 아버지가 사는 도시 근처에 데려다 달라고 소원을 빌었습니다. 순식간에 그곳에 도착한 그는 도시 안으로 들어가려고 했습니다. 하지만 그가 성문 앞에 가자 보초들이 그를 들여보내려고 하지 않았습니다. 근사하고 화려한 옷을 입고 있긴 했지만 이상한 복장이었기 때문입니다. 그래서 그는 양치기가 양을 지키는 산으로 올라가 서로 옷을 바꾸어 입었습니다. 그가 낡은 양치기의 옷을 입고 성문으로 들어가자 보초들은 막지 않고 그를 들여보내 주었습니다.

그는 아버지의 집에 도착해, 자신이 누구인지 밝혔으나 그의 아버지는 도무지 믿으려 하지 않았습니다. 아버지는 아들이 하나 있었지만 오래전에 죽었다고 말했습니다. 그렇지만 그가 가난하고 궁색한 양치기로 보여서 먹을 것을 내주려고 했습니다. 그러자 양치기가 부모에게 말했습니다.

"저는 진짜 두 분의 아들입니다. 혹시 저를 알아볼 수 있는 자국 같은 것이 제 몸에 있나요?"

그러자 어머니가 말했습니다.

"옳지. 우리 아들은 오른팔 밑에 나무딸기 같은 점이 있다오."

그가 소매를 걷자 오른팔 밑에 붉은 반점이 있었으므로 그들은 그가 자신들의 아들임을 더 의심하지 않았습니다. 그는 자신이 황금 산의 왕이 되었고, 공주와 결혼해서 일곱 살 난 잘생긴 아들을 두었다고 말했습니다.

그러자 아버지가 말했습니다.

"그럴 리가 없어. 훌륭한 임금님이 누더기 양치기 옷을 입고 다니다니."

그 말을 듣고 화가 난 아들은 그의 약속을 생각하지 않고 그만 반지를 돌려 아내와 아들을 자신에게 데려다 달라고 빌었습니다. 그러자 즉시 두 사람이 나타났습니다. 하지만 왕비는 슬피 울며 그가 약속을 어겨 자신을 불행하게 만들었다고 말했습니다.

"생각 없이 그런 거지 나쁜 뜻이 있었던 것은 아니라오."

그가 왕비를 달랬습니다. 왕비는 믿는 척했지만 속으로는 나쁜 생각을 품었습니다.

그는 도시 바깥에 있는 밭으로 왕비를 데려가서 작은 배가 떠나갔던 강물을 보여주었습니다.

그리고 이렇게 말했습니다.

"피곤하구려. 당신도 거기 앉아요. 당신 무릎을 베고 잠깐 자고 싶소."

그가 왕비의 무릎을 베고 눕자 그녀는 그가 잠들 때까지 머리를 쓰다듬었습니다. 그가 잠이 들자 왕비는 먼저 그의 손가락에서 반지를 빼고, 그가 누웠던 발을 빼내 신발만 남겨두었습니다. 그러고 나서 아이를 팔에 안고 다시 그녀의 왕국으로 돌아가게 해달라고 빌었습니다. 그가 잠에서 깨어보니 혼자 누워 있었습니다. 아내와 아이는 가버렸고 손가락에 낀 반지도 없어졌으며, 신발만 이별의 표시로 남아 있었습니다.

'부모님이 계시는 집으로는 돌아갈 수 없어. 부모님은 나를 마술사라고 하실 테지. 이곳을 떠나 나의 왕국을 찾아가야겠어.'

그가 생각했습니다.

그는 길을 떠나 이윽고 어느 산에 도착했습니다. 그곳에서는 세 명의 거인이 아버지의 유산을 어떻게 나눠야 할지 몰라 서로 다투고 있었습니다. 그가 지나가는 것을 본 거인들이 그를 불러 작은 인간들은 머리가 좋으니 그들의 유산을 나눠달라고 했습니다. 유산은 세 가지였습니다. 하나는 손에 잡고서 "나만 빼고 모두의 머리를 베어라."라고 말하면 모든 사람의 머리가 땅에 떨어지는 검이었습니다. 또 하나는 그것을 걸친 사람은 누구의 눈에도 보이지 않는 망토였습니다. 그리고 세 번째는 신으면 순식간에 원하는 곳으로 데려다 주는 장화 한 켤레였습니다. 그가 말했습니다.

"그 세 가지 물건을 줘보시오. 그것들이 아직 상태가 좋은지 시험을 해봐야겠소."

그들이 그에게 망토를 건네주었습니다. 망토를 걸치자 그는 파리로 변해 눈에 보이지 않았습니다. 그런 다음 그는 다시 사람의 모습으로 돌아와 말했습니다.

"이 망토는 별 이상이 없군요. 이제 검을 살펴보겠소."

그러자 거인들이 말했습니다.

"안 돼, 그건 줄 수 없어! 네가 만일 '내 머리만 빼고 모두의 머리를 베어라.' 하고 말하면 우리 모두의 머리는 잘리고 네 머리만 멀쩡하게 남을 테니까."

그러나 그들은 오직 나무에 시험을 해보라는 조건으로 검을 내주었습니다. 그가 나무 앞에서 시험을 하자 나무가 마치 지푸라기처럼 싹둑 잘렸습니다. 이제 그는 또한 장화를 신어보고 싶었습니다. 그러나 그들이 말했습니다.

"안 돼, 그건 내줄 수 없어! 네가 만일 그것을 신고 산꼭대기 위로 올라가고 싶다고 빌면 우린 이 아래에서 아무것도 없이 남을 테니까."

"아니요. 그런 짓은 하지 않겠소."

그가 그렇게 말하자 그들은 그에게 장화도 내주었습니다. 그런데 이제 세 가지 물건을 모두 갖게 된 그는 아내와 자식밖에 생각나지 않아 무심코 중얼거렸습니다.

"아, 내가 황금 산 위에 있다면."

바로 그 순간 그는 거인들의 눈앞에서 사라졌습니다. 거인들의 유산 싸움은 이렇게 해결되었습니다. 그가 성 근처에 가자 즐거운 환호성과 바이올린과 피리 소리가 울렸습니다. 사람들이 말하기를 그의 아내가 다른 사람과 결혼해서 잔치를 벌이고 있다는 것이었습니다. 그는 극도로 화가 나서 말했습니다.

"이런 사악한 여자가 다 있나, 내가 잠든 사이에 나를 속이고 도망을 가다니."

그는 망토를 둘러 보이지 않게 한 뒤 성으로 들어갔습니다. 그가 연회장에 들어가 보니 커다란 식탁에 맛있는 음식들이 잔뜩 차려져 있고, 손님들은 먹고 마시며 웃고 떠들고 있었습니다. 왕비는 화려한 옷을 입고 머리에는 왕관을 쓰고, 한가운데 왕의 의자에 앉아 있었습니다. 그가 왕비 뒤로 갔지만 아무도 보지 못했습니다. 사람들이 왕비의 그릇에 고기 조각을 올려주자 그는 그것을 빼앗아 먹었습니다. 그리고 사람들이 왕비의 술잔에 포도주를 따라주자 그것도 낚아채 마셨습니다. 사람들은 계속해서 왕비에게 먹고 마실 것을 주었지만 그릇과 술잔이 즉각 사라져버리고 말았으므로 왕비는 아무것도 먹을 수 없었습니다. 그러자 왕비는 당황스럽고 창피한 나머지 자리에서 일어나 자기 방에 들어가 울었습니다. 그는 그곳으로 왕비를 따라갔습니다. 그러자 그녀가 말했습니다.

"내가 귀신에 홀린 걸까, 나를 구해 주었던 그이가 왔을 리 없는데."

그가 왕비의 얼굴을 한 대 갈기며 말했습니다.

"너를 구해 주었던 이가 왔을 리 없다고? 여기 왔다, 이 배신자야. 나를 그런 식으로 배신하다니?"

그는 모습을 드러내고 연회장 안으로 들어가 외쳤습니다.

"결혼식은 끝났다. 진짜 왕이 돌아왔도다."

그곳에 모인 여러 왕들과 제후들과 대신들은 그를 비웃으며 조롱했습니다. 그러나 그가 한마디로 잘라 말했습니다.

"너희는 나가겠는가, 아니면 그대로 있겠는가?"

그러자 그들은 그에게 달려들어 그를 붙잡으려고 했습니다. 하지만 그가 검을 빼 들고 말했습니다.

"나만 빼고 모두의 머리를 베어라."

그러자 그곳에 있던 모든 사람들의 머리가 땅바닥에 나뒹굴었습니다. 이제 그는 다시 황금 산의 왕이 되어 혼자 남았습니다.

겁 없는 왕자

옛날에 한 왕자가 있었는데, 그는 이제 아버지의 궁에서 살기가 싫어졌습니다. 두려움을 모르는 왕자는 이렇게 생각했습니다.

'넓은 세상으로 나가봐야겠어. 그곳은 지루하지 않고, 신기한 것도 충분히 볼 수 있을 거야.'

왕자는 부모에게 작별 인사를 하고 길을 떠났습니다. 그는 아침부터 밤까지 계속 나아갔습니다. 길이 어느 방향으로 나 있든 그에게는 마찬가지였습니다.

그렇게 가던 왕자는 어느 거인의 집에 이르렀습니다. 그는 너무 피곤했으므로 문 옆에 앉아 쉬었습니다. 주위를 두리번거리다가 뜰에 놓여 있는 거인의 장난감을 보았습니다. 그것들은 몇 개의 거대한 공과 사람만 한 핀 아홉 개였습니다. 얼마 후에 왕자는 볼링공을 가지고 놀고 싶어졌습니다. 그래서 아홉 개의 핀을 세워놓고 공을 굴렸습니다. 핀들이 쓰러지면 기분이 좋아서 큰 소리로 환호성을 지르기도 했습니다. 거인이 시끄러운 소리를 듣고는 창밖으로 머리를 내밀었습니다. 다른 사람보다 키가 크지 않은 녀석이 자신의 핀으로 놓고 있는 것을 보고 거인이 소리쳤습니다.

"야, 꼬맹이, 왜 내 핀을 가지고 놀고 있어? 어디서 그런 힘이 나오는 거지?"

왕자가 고개를 들어 거인을 쳐다보며 말했습니다.

"야, 이 멍청아. 너만 팔 힘이 세다고 생각하니? 나는 내가 하고 싶은 것은 무엇이든 할 수 있어."

거인은 뜰로 내려와서 왕자가 공을 굴려 핀을 쓰러뜨리는 모습을 매우 놀랍다는 듯이 보며 말했습니다.

"이봐! 네가 그런 사람이라면, 생명의 나무에서 사과를 한 개 가져와 보지그래."

"그걸로 뭘 하려고?"

왕자가 묻자 거인이 대답했습니다.

"내가 갖고 싶은 게 아니야. 내 신붓감이 그 사과를 갖고 싶어 해. 나는 온 세상을 돌아다녀 봤지만 그 나무를 찾지 못했어."

왕자가 "곧 찾아낼 거야. 내가 사과를 따는 것을 아무것도 막지 못할걸." 하고 말했습니다.

그러자 거인이 말했습니다.

"그 일이 그렇게 쉬울 것 같아? 그 나무가 있는 정원은 쇠 울타리로 둘러싸여 있고, 그 울타리 앞에는 사나운 짐승들이 죽 둘러 앉아 감시를 하며 아무도 들여보내지 않아."

"그 짐승들이 나는 들여보내 줄 거야." 하고 왕자가 말했습니다.

거인이 말했습니다.

"그래, 네가 정원에 들어가서 나무에 달린 사과를 본다 해도 바로 네 것이 되는 건 아니야. 사과 앞에는 고리가 하나 걸려 있어서 사과를 따려면 그 고리 속에 손을 넣어야 해. 그래서 사과를 따낸 사람이 아직 아무도 없는 거야."

"난 꼭 성공하고 말 거야." 하고 왕자가 말했습니다.

왕자는 거인과 헤어져 길을 떠났습니다. 그는 산과 골짜기를 넘고 숲과 들을 지나 마침내 마법의 정원을 찾아냈습니다. 짐승들이 울타리 주위에 드러누워 있었지만, 모두 고개를 숙인 채 잠을 자고 있었습니다. 왕자가 가까이 다가가도 짐승들은 깨어나지 않았습니다. 그래서 왕자는 짐승들을 넘어 울타리를 기어올라 가 정원으로 안전하게 들어갔습니다. 정원 한가운데 생명의 나무가 있었고, 붉은 사과들이 가지에서 빛나고 있었습니다. 왕자가 나무를 타고 올라가 사과를 잡으려고 하는데 그 앞에 고리가 걸려 있는 것이 보였습니다. 하지만 그는 어렵지 않게 고리 속에 손을 넣어 사과를 땄습니다. 그때 고리가 그의 팔을 조여오며 갑자기 혈관 속으로 엄청난 힘이 밀려드는 것이 느껴졌습니다. 왕자가 사과를 가지고 나무에서 내려왔을 때, 그는 울타리를 넘어가는 대신 커다란 대문 손잡이를 움켜쥐었습니다. 그리고 한 번 흔들었더니 우지끈 소리를 내며 문이 활짝 열렸습니다. 그가 정원 밖으로 나오자 대문 앞에 누워 있던 사자가 잠에서 깨어나 그의 뒤를 쫓아갔습니다. 하지만 사자는 무섭게 으르렁거리지 않고 자기 주인을 대하듯 온순하게 왕자를 따랐습니다.

왕자는 약속했던 사과를 거인에게 가져다주며 말했습니다.

"이것 봐, 어렵지 않게 사과를 가져왔지."

거인은 자신의 소원이 빨리 이루어져서 기뻐했습니다. 그는 자신의 신부가 될 여자에게 달려가 그녀가 바라던 사과를 주었습니다. 하지만 아름답고 영리한 처녀는 거인의 팔에 고리가 없는 것을 알아채고 말했습니다.

"당신 팔에 고리가 채워져 있기 전에는 당신이 사과를 따 왔다는 것을 믿을 수 없어요."

그러자 거인이 말했습니다.

"그거야 집에 가서 가져오면 되지."

거인은 왕자가 고리를 순순히 내주지 않는다 하더라도 약한 그에게서 억지로 빼앗는 일쯤은 식은 죽 먹기라 생각했습니다. 거인은 그에게 가서 고리를 달라고 했지만 왕자는 거절했습니다.

"사과가 있는 곳에 분명 고리도 있었을 거야. 순순히 내놓지 않으면 나와 싸워야 할 거야."

그들은 한참 동안 서로 맞붙어 싸웠습니다. 그러나 거인은 고리의 마법으로 힘이 세진 왕자를 꺾을 수 없었습니다. 그러자 거인은 한 가지 계략을 생각해 내고 말했습니다.

"싸움을 하니까 덥네, 너도 그렇겠지. 우리 다시 맞붙어 싸우기 전에 강에서 목욕하면서 몸을 식히는 게 어때?"

거인의 속임수를 눈치채지 못한 왕자는 강으로 가서 옷과 함께 고리도 벗어버리고 강물로 뛰어들었습니다. 그러자 거인은 재빨리 고리를 집어 들고 도망쳤습니다. 하지만 그것을 지켜보던 사자가 거인을 뒤쫓아 가 그의 손에서 고리를 뺏은 다음 주인에게 도로 가져다주었습니다. 그러자 거인은 참나무 뒤에 숨어 있다가 왕자가 옷을 입느라 바쁜 사이 그를 습격해 왕자의 두 눈을 멀게 했습니다.

이제 불행한 왕자는 앞이 보이지 않아 어쩔 줄 몰라 하며 서 있었습니다. 그때 거인이 되돌아와서 마치 안내해 주려는 것처럼 왕자의 손을 잡아 높은 바위 위로 데려갔습니다. 그런 다음 거인은 왕자를 그곳에 내버려 두고 생각했습니다.

'두 발짝만 더 가면 떨어져 죽을 테지. 그러면 그에게서 고리를 벗겨낼 수 있어.'

그러나 충실한 사자는 주인을 떠나지 않았습니다. 사자는 왕자의 옷을 꽉 물고는 뒤로 차츰 물러났습니다. 왕자가 죽었으리라 생각하고 고리를 훔치러 갔던 거인은 자신의 계략이 또 실패로 돌아간 것을 알았습니다.

"저렇게 약한 인간 하나를 없애지 못하다니!"

그는 화가 나서 혼잣말을 했습니다. 그리고 다시 왕자를 붙들어 다른 길을 통해 절벽으로 이끌었습니다. 그러나 거인의 못된 속셈을 알아차린 사자가 이번에도 주인이 위험을 피하도록 도와주었습니다. 벼랑 끝에 간 거인은 장님의 손을 놓고 다시 그를 혼자 남겨두려 했지만, 바로 그때 사자가 그의 등을 밀쳐버리는 바람에 거인은 낭떠러지에서 떨어져 산산조각이 나고 말았습니다.

충실한 짐승은 자기 주인을 절벽에서 다시 맑은 물이 흐르는 개울가의 나무 밑으로 데려갔습니다. 왕자가 바닥에 주저앉자 사자가 옆에 앉아 앞발로 왕자의 얼굴에 물을 뿌렸습니다. 물 몇 방울이 왕자의 눈 주위를 적시자마자 그는 다시 어렴풋이 볼 수 있게 되었습니다. 왕자는 작은 새 한 마리가 가까이에서 날아가다가 나무에 부딪치는 것을 보았습니다. 새는 물에 들어가 목욕을 한 후 날아오르더니 마치 시력을 되찾은 것처럼 부딪치지 않고 나무 사이로 날아갔습니다. 왕자는 이를 신의 계시로 받아들이고 허리를 굽혀 물에 얼굴을 담고 씻었습니다. 그가 다시 몸을 일으키자 그의 두 눈은 그 어느 때보다 밝고 맑았습니다.

왕자는 신의 크나큰 은총에 감사드리며 사자와 함께 세상을 돌아다녔습니다. 그러던 어느 날 왕자는 마법에 걸린 성 앞에 가게 되었습니다. 성문 앞에는 자태가 아름답고 얼굴이 고운 처녀가 서 있었습니다. 그런데 그녀의 살갗은 매우 검었습니다. 처녀가 그에게 말했습니다.

"아, 당신이 제게 걸린 나쁜 주문을 풀어줄 수만 있다면."

"어떻게 하면 될까요?" 하고 왕자가 물었습니다.

그러자 처녀가 대답했습니다.

"당신은 마법의 성의 커다란 홀에서 사흘 밤을 보내야 합니다. 하지만 겁을 먹어서는 안 됩니다. 그들이 아무리 고약하게 당신을 괴롭히더라도 아무 소리도 내지 않고 견뎌내면 저는 마법에서 풀려날 거예요. 그들은 당신의 목숨을 빼앗지 못할 거예요."

"나는 두렵지 않아요. 신께서 보호해 주실 테니 한번 해보겠습니다."

그래서 왕자는 즐겁게 성안으로 들어갔습니다. 날이 어두워지자 그는 커다란 홀로 들어가 앉아서 기다렸습니다. 자정이 되자 고요하던 성이 갑자기 시끌벅적해지더니 구석구석에서 작은 악마들이 나타났습니다. 그들은 왕자를 보지 못한 것처럼 행동하며 방 한가운데 앉아 불을 피우고 게임을 시작했습니다. 한 녀석이 놀이에 지자 말했습니다.

"뭔가 잘못됐어. 우리 말고 누군가 이곳에 있어. 내가 진 것은 그 녀석 때문이야."

"잠깐, 난로 뒤에 있는 저 녀석, 내가 갈 테다!"
다른 악마가 말했습니다.

고함 소리가 점점 더 커졌습니다. 그 소리를 들은 사람이라면 누구든 소름이 끼쳤을 것입니다. 그러나 왕자는 겁을 내지 않고 아주 태연히 앉아 있었습니다. 드디어 악마들이 바닥에서 뛰어오르며 그에게 달려들었습니다. 수가 하도 많아 왕자로서는 그들의 공격을 막아낼 수 없었습니다. 그들은 왕자를 바닥에서 이리저리 끌고 다니며 꼬집고 찌르고 때리며 괴롭혔습니다. 하지만 왕자는 아무 소리도 내지 않았습니다. 그들은 날이 샐 무렵에야 사라졌습니다. 왕자는 너무 기진맥진해서 팔다리를 거의 옴짝달싹도 할 수 없게 되었습니다.

하지만 날이 밝아오자 검은 처녀가 생명의 물이 담긴 조그만 병을 들고 들어왔습니다. 처녀가 그 물로 몸을 씻겨주자 왕자는 이내 온갖 고통이 사라지고 상쾌한 기운이 핏줄 속으로 흐르는 것을 느낄 수 있었습니다.

처녀가 말했습니다.

"하룻밤을 성공적으로 견뎌내셨군요. 하지만 아직 이틀 밤이 더 남았어요."

처녀가 그곳에서 나갈 때 그는 그녀의 발이 하얗게 변한 것을 보았습니다. 다음 날 밤에도 악마들이 나타나서 새롭게 게임을 시작했습니다. 그들은 또 왕자에게 달려들더니 전날 밤보다 훨씬 더 심하게 때렸습니다. 그래서 왕자의 몸은 온통 상처투성이가 되었습니다. 그래도 그는 이 모든 것을 묵묵히 참아냈으므로 그들은 왕자를 내버려 둘 수밖에 없었습니다. 새벽이 밝아오자 처녀가 나타나서 생명의 물로 왕자를 치료해 주었습니다. 그곳에서 나갈 때 그녀의 몸이 벌써 손가락 끝까지 하얗게 변해 있는 것을 보고 왕자는 무척 기뻤습니다.

이제 왕자는 하룻밤만 더 버티면 되었습니다. 그러나 그날이 가장 견디기 힘든 밤이었습니다. 다시 악마 무리가 나타났습니다.

"아직도 거기 있는 거냐? 숨도 못 쉴 정도로 네놈을 괴롭혀줄 테다."

그들이 소리를 질렀습니다. 그러고는 악마들은 왕자를 찌르고 때리고, 이리저리 던지고, 마치 찢어버리려는 듯이 팔과 다리를 잡아당겼습니다. 그래도 왕자는 아무 소리도 내지 않고 모두 견뎌냈습니다. 마침내 악마들이 사라졌습니다.

하지만 왕자는 의식을 잃고 그 자리에 쓰러져 꼼짝하지 않았습니다. 눈을 들어 들어오는 처녀를 쳐다볼 수 없을 정도였습니다. 처녀는 생명의 물로 그를 씻기고 뿌렸습니다. 그는 갑자기 모든 통증이 사라지며 마치 잠에서 깨어난 것처럼 상쾌하고 기운찬 느낌이 들었습니다. 눈을 뜨자 눈처럼 하얗고 햇살처럼 눈부신 처녀가 그의 곁에 서 있었습니다. 처녀가 왕자에게 말했습니다.

"일어나서 당신의 칼을 계단 위로 세 번 휘두르세요. 그러면 온 성이 마법에서 풀릴 거예요."

그가 그렇게 하자 성 전체가 마법에서 풀려났습니다. 처녀는 부유한 공주였습니다. 하인들이 와서 넓은 홀에 식탁이 준비되었으며 저녁 식사가 차려져 있다고 말했습니다. 그들은 식탁에 앉아 함께 먹고 마셨습니다. 그리고 저녁에는 다들 크게 기뻐하는 가운데 성대한 결혼식이 열렸습니다.

수정 구슬

　옛날에 세 아들을 둔 여자 마법사가 있었습니다. 아들들은 서로를 사랑했지만 늙은 여자 마법사는 그들을 믿지 않았고, 그들이 자신의 힘을 빼앗고 싶어 한다고 생각했습니다. 그래서 그녀는 큰아들을 독수리로 만들었습니다. 그는 바위산에서 살아야 했고 가끔 그가 커다란 원을 그리며 하늘을 나는 것이 보였습니다. 그녀가 고래로 만들어버린 둘째 아들은 깊은 바다 속에서 살았습니다. 그가 보일 때라고는 가끔 공중으로 물줄기를 내뿜으려고 물 위에 떠오를 때뿐이었습니다. 두 형제는 하루에 두 시간만 사람의 모습으로 되돌아갈 수 있었습니다. 셋째 아들은 어머니가 자신도 곰이나 늑대 같은 야생동물로 만들지도 모른다고 두려워해서 몰래 도망쳤습니다.

　그는 마법에 걸린 공주가 황금 태양의 성에 갇혀 풀려나기를 기다리고 있다는 이야기를 들었습니다. 하지만 그녀를 구하려는 자는 모두 목숨을 걸어야 했습니다. 이미 스물세 명의 젊은이들이 비참하게 죽었고, 이제 마지막으로 한 사람만 더 시도할 수 있었습니다. 두려움을 모르는 셋째 아들은 황금 태양의 성을 찾아 나서기로 마음먹었습니다.

그는 오랫동안 황금 태양의 성을 찾아 헤매다가, 우연히 커다란 숲에 들어가 나오는 길을 잃어버렸습니다. 그때 그는 멀찍이서 자신에게 손짓하는 두 거인을 만났습니다. 그가 다가가자 그들이 말했습니다.

"우리는 이 모자가 둘 중 누구 것인지를 놓고 다투고 있어요. 그런데 우리 둘의 힘이 엇비슷해서 승부를 내지 못하고 있답니다. 작은 사람들이 우리보다 영리하니 당신이 판단을 내려주시오."

"왜 낡은 모자를 가지고 싸우는 거죠?"

젊은이가 묻자 거인이 대답했습니다.

"당신은 저 모자의 능력을 모르겠지만 저건 소원을 들어주는 모자요. 누구든 저 모자를 쓰고 가고 싶은 곳을 생각하기만 하면 눈 깜짝할 사이에 그곳에 도착하게 됩니다."

"모자를 이리 주세요. 내가 여기서 좀 떨어진 곳으로 갈 테니, 내가 부르면 당신들은 달리기경주를 해야 합니다. 그래서 나에게 먼저 도착하는 사람이 모자를 가지세요."

그는 모자를 머리에 쓰고 걸어가면서 공주를 생각하느라 거인들은 까맣게 잊었습니다. 그러다가 가슴 깊이 탄식하며 이렇게 외쳤습니다.

"아, 내가 황금 태양의 성에 가 있다면 좋으련만!"

그 말을 입 밖에 내자마자 그는 곧바로 높은 산 위의 성문 앞에 서 있었습니다.

그는 안으로 들어가 모든 방을 돌아다닌 후에 공주를 찾아냈습니다. 하지만 그가 공주를 보았을 때 얼마나 놀랐는지 모릅니다. 그녀는 잿빛 얼굴에 주름살이 가득했고, 눈은 흐렸으며, 머리는 붉었습니다.

"당신이 온 세상이 칭송하는 그 아름다운 공주란 말이오?"
그가 소리쳤습니다.

"아, 이건 나의 본래 모습이 아니에요. 인간의 눈은 나의 이런 흉측한 모습만 볼 수 있지요. 그러나 내가 어떤 모습인지 보고 싶으면 저 거울로 보세요. 거울은 있는 그대로 보여주니까 나의 진짜 모습을 비춰줄 거예요."

그녀는 그의 손에 거울을 쥐여주었습니다. 그가 본 거울 속에는 이 세상에서 가장 아름다운 처녀가 있었고, 그녀의 뺨에는 슬픔으로 눈물이 흘러내렸습니다.

"어떻게 하면 당신을 구해 낼 수 있겠소? 난 어떠한 위험도 두렵지 않습니다."
젊은이가 말했습니다.

"누군가 수정 구슬을 구해 마법사 앞에 내밀면 그의 능력이 사라져 내가 원래 모습을 되찾을 거예요. 아, 이미 많은 사람들이 이것 때문에 죽음을 맞았어요. 젊은 그대마저 그토록 위험한 상황에 처한다면 나는 큰 슬픔에 빠질 거예요."

"아무것도 나를 막을 수 없어요. 그러니 내가 무엇을 해야 하는지 말해주시오."

"모든 걸 알려드리겠어요. 성이 있는 이 산을 내려가면 샘 옆에 사나운 들소가 서 있을 거예요. 당신은 그 들소와 싸워야 합니다. 만약 당신이 다행히 들소를 죽인다면 거기에서 불새가 날아오를 거예요. 그 불새는 몸 안에 뜨거운 붉은 알을 품고 있고, 그 알 속에 수정 구슬이 노른자처럼 들어 있답니다. 불새는 어떤 수를 써도 그 알을 땅에 떨어뜨리지 않을 거예요. 만약 그 알이 땅에 떨어져도 그것에 불이 붙어 가까이 있는 모든 것들을 태워버리고 말아요. 그리고 수정 구슬과 함께 그 알마저 녹아버려, 당신의 온갖 노력이 물거품이 될 거예요."

젊은이가 샘물로 내려가자 들소가 씩씩거리며 그에게 달려들었습니다. 오랜 싸움 끝에 그가 칼로 들소의 몸을 찌르자 들소는 땅에 고꾸라졌습니다. 순간 들소의 몸에서 불새가 솟아올랐고, 그것이 멀리 날아가려고 하자 독수리로 변한 첫째 형이 구름을 뚫고 날아와 바다까지 쫓아갔습니다. 독수리는 곤경에 처한 불새가 알을 떨어뜨릴 때까지 부리로 마구 쪼아댔습니다. 하지만 알은 바다로 떨어지지 않고 바닷가에 있는 한 어부의 오두막으로 떨어졌습니다.

그러자 순식간에 오두막에서 연기가 피어오르며 불길이 치솟으려고 했습니다. 그때 바다에서 집채만 한 파도가 일면서 오두막을 덮쳐 불길을 사그라뜨렸습니다. 고래로 변한 둘째 형이 헤엄쳐 와 파도를 일으켰던 것입니다. 불길이 잡히자 젊은이는 알을 찾아보았습니다. 알은 아직 녹지 않은 상태로 발견되었습니다. 알은 갑자기 찬물에 식어서 껍데기가 깨져 있었기 때문에 그는 수정 구슬을 흠집 없이 꺼낼 수 있었습니다.

젊은이가 마법사에게 가서 수정 구슬을 내밀자 그가 말했습니다.

"나의 힘은 파괴되어 버렸어. 이제부터는 네가 황금 태양 성의 왕이다. 그리고 너의 두 형도 인간의 모습으로 돌아갈 것이다."

젊은이는 서둘러 공주에게 갔습니다. 그가 방 안으로 들어가 보니 공주는 눈부시게 아름다운 모습으로 서 있었습니다. 그리고 두 사람은 기쁨에 넘쳐 서로 반지를 교환했습니다.

올드 링크랭크

옛날 옛적에 딸을 하나 둔 왕이 있었습니다. 그는 유리 산을 만들게 한 뒤 누구든 떨어지지 않고 그 산의 다른 쪽으로 넘어갈 수 있다면 공주를 아내로 삼게 하겠다고 말했습니다.

그때 공주를 사랑한 젊은이가 자신도 그녀와 결혼할 수 있는지 왕에게 물었습니다.

"그렇다. 네가 떨어지지 않고 저 유리 산을 넘어간다면 공주와 결혼할 수 있다."

그러자 공주가 그 젊은이와 같이 가겠다면서 만약에 그가 떨어지려고 하면 자신이 잡아주겠다고 했습니다. 그리하여 두 사람은 산을 넘기 위해 함께 떠났습니다. 그들이 산을 반쯤 올랐을 때 공주가 미끄러져 떨어졌습니다. 그러자 유리 산이 열리면서 공주를 그 안에 가두고 말았습니다. 산이 너무 갑작스럽게 닫히는 바람에 그녀의 약혼자는 무슨 일이 어떻게 일어났는지 알 수 없었습니다. 그가 몹시 참담한 심정으로 울면서 그 사실을 왕에게 알리자 왕도 깊은 슬픔에 잠겼습니다. 왕은 딸을 다시 찾을 수 있으리라 생각하고 산에 가보았지만 그녀가 떨어진 곳이 어디인지 찾아낼 수 없었습니다.

한편 공주는 땅속의 커다란 동굴 깊이 떨어졌고, 매우 긴 회색빛 수염이 난 노인이 그녀에게 다가왔습니다. 늙은이는 그녀에게 만약 그녀가 자신의 시녀가 되어 시키는 일을 모두 한다면 목숨만은 살려주겠다고 했습니다. 만약 그러지 않는다면 그녀를 죽이겠다고 했습니다. 그래서 그녀는 그가 시키는 대로 다 했습니다.

아침마다 그는 주머니에서 사다리를 꺼내 한쪽 벽에 기대어놓고 산으로 올라갔습니다. 그리고 꼭대기에 오른 후 사다리를 끌어 올려버렸습니다. 그사이 공주는 그의 저녁 식사를 준비하고, 이부자리를 정돈하고, 그가 시킨 온갖 일을 해야 했습니다. 노인은 집에 돌아올 때 항상 금과 은을 산더미처럼 가져왔습니다.

공주가 그와 함께 오랜 세월을 살며 나이가 들어가자, 그는 그녀를 마더 맨슬롯이라 불렀고, 그녀는 그를 올드 링크랭크라고 불렀습니다.

어느 날 노인이 밖으로 나갔을 때, 공주는 그의 침대를 정돈하고 설거지를 한 다음 문과 창문을 모두 꼭 닫았습니다. 그리고 빛이 들어오는 작은 창문 하나만 열어두었습니다. 올드 링크랭크가 집으로 돌아왔을 때, 그가 문을 두드리며 소리쳤습니다.

"마더 맨슬롯, 문을 열어줘."

공주가 말했습니다.

"싫어요, 올드 링크랭크, 당신에게 문을 열어주지 않겠어요."

그러자 그가 말했습니다.

여기 불쌍한 링크랭크는
피곤한 다리를 이끌고
5미터나 되는 널빤지 위에 서 있지.
마더 맨슬롯, 내 접시들을 닦아라.

"접시들은 벌써 다 닦았어요."
그러자 노인이 또 한 번 말했습니다.

여기 불쌍한 링크랭크는
피곤한 다리를 이끌고
5미터나 되는 널빤지 위에 서 있단다.
마더 맨슬롯, 내 침대를 정돈해라.

"침대는 이미 정돈해 놓았어요."
공주가 그렇게 대답하자 그가 다시 한 번 말했습니다.

여기 불쌍한 링크랭크는
피곤한 다리를 이끌고
5미터나 되는 널빤지 위에 서 있다니까.
마더 맨슬롯, 어서 문을 열어라.

그런 후 그는 집 주변을 따라 돌다가 작은 창문이 열려 있는 것을 보고 '공주가 나에게 문을 열어주지 않고 도대체 무얼 하고 있는지 봐야지.' 라고 생각했습니다. 그가 안을 들여다보려 했지만, 긴 수염 때문에 머리를 창문 안에 넣을 수가 없었습니다. 그래서 그는 열린 창문 사이로 수염을 먼저 집어넣었습니다. 그가 수염을 넣자마자 마더 맨슬롯이 와서 창문에 묶어둔 밧줄을 당겨 창문을 닫는 바람에 그의 수염이 그 안에 끼어버렸습니다. 그는 너무 아파 큰 소리로 울면서 수염을 놓아달라고 애원했습니다. 그러나 그녀는 그가 산을 오를 때 쓰는 사다리를 자신에게 주지 않으면 놓아주지 않겠다고 했습니다. 그래서 그는 좋든 싫든 사다리가 있는 곳을 말하지 않을 수 없었습니다.

그래서 공주는 창문에다 밧줄을 매고 사다리를 세운 뒤에 산을 올라갔습니다. 그런 후 그녀는 왕에게 가서 그동안 일어난 일을 모두 말했습니다. 왕은 물론이고 그녀의 약혼자도 무척 기뻐했습니다. 그는 아직 그곳에 있었습니다. 공주와 그녀의 약혼자는 산에 가서 땅을 파고 안에 있던 올드 링크랭크와 그의 금과 은을 모두 찾아냈습니다. 왕은 노인을 죽이고 금과 은을 빼앗았습니다.

그리고 공주는 약혼자와 결혼해 행복하게 살았습니다.

요린데와 요링겔

옛날에 크고 빽빽한 숲 한가운데 낡은 성이 하나 있었습니다. 그곳에서 늙은 여인이 혼자 살았는데, 그녀는 엄청난 마법을 쓰는 마법사였습니다. 그녀는 낮에는 고양이나 올빼미로 변해 있다가, 밤이 되면 자신의 본래 모습인 인간으로 돌아갔습니다. 그녀는 야생 짐승이나 새들을 꾀어 들일 수 있었고 걸려든 짐승을 죽여 끓이거나 구워 먹었습니다. 만약 누군가 성에서 반경 백 걸음 안에 들어오면 마녀는 마법을 걸었습니다. 그러면 마녀가 마법을 풀어줄 때까지 그는 가만히 그 자리에 멈춰 서서 꼼짝도 못하고 있었습니다. 그러나 만약 순결한 처녀가 안에 들어오면 마녀는 처녀를 새로 변하게 해 고리버들 새장에 집어넣고 성안에 있는 방으로 들고 갔습니다. 성안에는 이런 희귀한 새가 든 새장이 칠천 개나 있었습니다.

요린데라고 하는 처녀가 있었습니다. 그녀는 어떤 처녀보다 아름다웠습니다. 그녀와 요링겔이라고 하는 잘생긴 젊은이는 결혼하기로 약속했습니다. 그들은 약혼 시절을 아주 행복하게 보냈습니다.

하루는 둘이 호젓한 곳에서 이야기를 나누려고 숲으로 산책을 나갔습니다.

"성에 너무 가까이 가지 않도록 조심해요."

요링겔이 말했습니다.

아름다운 저녁이었습니다. 햇살이 나무줄기 사이로 숲의 짙푸른 곳을 비춰주었고, 산비둘기가 늙은 자작나무 위에서 구슬프게 울었습니다.

요린데는 가끔 눈물을 떨구었고, 저녁놀이 비치는 곳에 앉아 슬퍼했습니다. 요링겔 역시 슬퍼했습니다. 그들은 곧 죽어야 할 사람들처럼 슬퍼했습니다. 그러다 두 사람이 주위를 둘러보니, 길을 잃어 어떤 길로 집에 돌아가야 할지 알 수 없었습니다. 해가 아직 절반은 산 위에 걸려 있고 절반은 산 아래 있었습니다. 요링겔이 덤불을 헤치고 가보니 그리 멀지 않은 곳에 낡은 성벽이 보였습니다. 그는 깜짝 놀라며 죽을 듯이 두려웠습니다. 요린데가 이렇게 노래했습니다.

> 붉은 목걸이를 한 내 작은 새가
> 슬피 슬피 슬피 노래하네.
> 작은 비둘기가 곧 죽을 거라고
> 슬피 노래하네, 찌르 찌르 찌르.

요링겔은 요린데를 찾아보았습니다. 요린데는 밤꾀꼬리로 변해 찌르 찌르 울었습니다. 눈이 이글거리는 올빼미 한 마리가 요린데 주위를 세 번 돌면서, 후이 하고 세 번 울었습니다.

요링겔은 움직일 수 없었습니다. 그는 돌처럼 거기 서서, 울 수도 말할 수도 없었고, 손과 발을 움직일 수도 없었습니다. 해가 지자 올빼미가 덤불 속으로 날아들었고, 금세 그곳에서 등이 굽은 늙은 여인이 나왔습니다. 노파는 누렇고 마른 데다, 크고 시뻘건 눈에 매부리코의 코끝이 거의 턱까지 늘어져 있었습니다. 노파는 혼자 중얼거리며, 밤꾀꼬리를 잡아 손에 넣어 데려갔습니다.

요링겔은 말을 할 수도 없었고 자리에서 움직일 수도 없었습니다. 밤꾀꼬리는 가버렸습니다.

잠시 후 노파가 다시 돌아와 분명치 않은 목소리로 말했습니다.

"안녕, 차히엘. 달빛이 새장을 비추거든 그를 당장 풀어주어라. 시간을 잘 지켜야 한다."

그러자 요링겔이 풀려났습니다. 그는 노파 앞에 무릎을 꿇고 자신의 요린데를 돌려달라고 사정했습니다. 그러나 노파는 그가 다시는 요린데를 보지 못할 것이라고 말하고는 가버렸습니다. 요링겔은 한탄했지만, 아무 소용이 없었습니다.

"아, 앞으로 어떻게 해야 한담?"

요링겔은 그곳을 떠나 어느 낯선 마을에 도착했습니다. 그곳에서 그는 오랫동안 양을 치며 살았습니다. 가끔 성 주위를 돌고 돌았지만 너무 가까이 갈 수는 없었습니다. 어느 날 밤 요링겔이 꿈을 꾸었습니다. 그는 꿈에서 크고 아름다운 진주가 한가운데 있는, 피처럼 붉은 꽃을 발견했습니다. 꿈속에서 요링겔은 그 꽃을 꺾어 성으로 가져갔는데, 그가 꽃으로 건드린 모든 것이 모두 마법에서 풀려났습니다. 그는 또한 그 꽃으로 요린데를 다시 찾을 수 있었습니다.

꿈에서 깨어난 다음 날 아침 그는 산과 골짜기를 돌아다니며 꿈에서 본 꽃을 찾았습니다. 그는 꽃을 찾아 헤매다 아흐레째 되던 날 이른 아침에, 피처럼 붉은 꽃을 발견했습니다. 꽃의 한가운데는 최고급 진주만큼 큰, 커다란 이슬방울이 맺혀 있었습니다. 요링겔은 밤낮을 걸어 그 꽃을 들고 성으로 갔습니다. 그가 성에서 백 걸음 안의 거리에 이르렀는데도 몸이 굳지 않아 그는 성문까지 계속 걸어갔습니다.

마침내 성문에 도착한 요링겔은 몹시 기뻐하며 꽃으로 문을 건드렸습니다. 그러자 문이 활짝 열렸습니다. 그는 성문으로 들어가 뜰을 지나가면서 새소리가 들리는지 귀를 기울였습니다. 새소리가 들리는 쪽으로 가보니 방이 있었는데, 그곳에서 마법사가 칠천 개의 새장에 든 새들에게 모이를 주고 있었습니다. 마법사는 요링겔을 보자 화를 냈습니다. 그녀는 불같이 화를 내고 야단치며 그에게 분통을 터뜨렸습니다. 그렇지만 그녀는 두 발짝 안으로 그에게 다가갈 수 없었습니다. 요링겔은 마법사는 신경도 쓰지 않고 새들이 들어 있는 새장들을 살펴보았습니다. 그렇지만 밤꾀꼬리만 해도 수백 마리나 되는데 어떻게 요린데를 다시 찾아야 할까요?

바로 그때 요링겔은 마법사가 새가 든 새장을 들고 문 쪽으로 가는 것을 보았습니다. 그는 날듯이 그녀에게 뛰어가 꽃으로 그 새장과 노파를 건드렸습니다. 마법사는 이제 마법을 부릴 수 없게 되었고, 요린데가 거기 서 있었습니다. 그녀는 요링겔의 목을 얼싸안았는데, 예전처럼 아름다웠습니다. 요링겔은 다른 새들도 모두 처녀로 돌아오게 하고, 그의 요린데와 함께 집으로 돌아갔습니다. 그리고 둘은 함께 오래오래 행복하게 살았답니다.

물의 요정 닉시

　옛날에 어느 방앗간 주인이 있었는데, 그는 아내와 함께 행복하게 살았습니다. 그들은 많은 돈과 땅을 가졌고, 재산은 해마다 점점 늘어났습니다. 그러나 불행은 하룻밤 사이에 느닷없이 찾아옵니다. 그들에게도 그런 불행이 닥쳐 그동안 재산이 쉽게 불어난 것처럼 다시 해마다 재산이 줄어들었습니다. 결국 그들이 살고 있는 방앗간마저 자신들의 것이라고 할 수 없는 지경이 되었습니다. 그는 큰 시름에 잠겼습니다. 하루 일을 마치고 잠자리에 누워도 너무 걱정이 되어 잠을 제대로 이루지 못하고 이리저리 몸을 뒤척였습니다.
　어느 날 아침 그는 동이 트기도 전에 일어났습니다. 그리고 맑은 아침 공기를 쐬면 마음이 좀 가벼워질까 싶어 밖으로 나갔습니다. 그가 물방아의 둑 위를 걷고 있을 때, 마침 아침 첫 햇살이 갑자기 비쳐왔습니다. 그리고 연못에서 찰랑거리는 물소리가 들려왔습니다. 그는 몸을 돌려 두리번거리다가 아름다운 여인이 물에서 서서히 솟아오르는 것을 보았습니다. 그녀는 부드러운 두 손으로 감싼

긴 머리카락을 양쪽으로 길게 늘어뜨려, 하얀 알몸을 가리고 있었습니다. 그는 그녀가 물의 요정 닉시임을 곧 알았고 두려운 나머지 달아나야 할지 아니면 그 자리에 그대로 서 있어야 할지 갈피를 잡지 못했습니다. 하지만 닉시는 부드러운 목소리로 그의 이름을 부르더니 왜 그렇게 슬픈지 물었습니다. 방앗간 주인은 처음에는 말문이 막혔습니다. 그러나 그녀가 아주 다정하게 말하자, 용기를 내어 예전에는 부유하고 행복하게 살았지만 지금은 너무 가난해져서 어떻게 해야 좋을지 모르겠다고 이야기했습니다.

"걱정 마세요. 내가 전보다 더 부유하고 더 행복하게 해주겠어요. 그 대신 당신 집에서 첫 번째 태어나는 것을 내게 주겠다고 약속만 하면 돼요."

방앗간 주인은 '기껏해야 어린 강아지나 고양이 새끼겠지.' 라고 생각하고, 그녀가 요구하는 대로 약속했습니다.

요정이 다시 물속으로 들어갔습니다. 위안을 받고 기분이 좋아진 방앗간 주인은 서둘러 자기 방앗간으로 달려갔습니다. 그가 막 방앗간으로 들어서는데, 마침 하녀가 현관문에서 나오며 그의 아내가 방금 사내아이를 낳았다고 기뻐서 소리쳤습니다. 방앗간 주인은 마치 벼락을 맞은 사람처럼 그 자리에 멈춰 섰습니다. 그는 교활한 닉시가 이런 사실을 미리 알고 그를 속였다는 것을 깨달았습니다. 그가 고개를 숙이고 아내의 침대 곁으로 가자 아내가 물었습니다.

"귀여운 아들이 생겼는데 당신은 왜 기뻐하지 않는 거예요?"

그래서 그는 물의 요정에게 어떤 약속을 했는지 아내에게 이야기했습니다. 그리고 덧붙여 "내가 아이를 잃게 된다면 부자가 되어 행복하게 된들 무슨 소용이 있겠소? 그러니 이를 어쩌면 좋겠소?"

하고 말했습니다.

축하해 주려고 찾아온 친척들조차 이런 내막을 듣고는 뭐라고 말을 하지 못했습니다.

그러는 동안 방앗간에 다시 행운이 찾아들었습니다. 그는 하는 일마다 성공을 거두었습니다. 돈궤와 금고가 저절로 채워지는 것처럼 벽장 안의 돈이 밤새 두 배로 불어났습니다. 얼마 지나지 않아 그는 이전보다 부자가 되었습니다. 하지만 그는 마냥 기뻐할 수만은 없었고 물의 요정과 한 약속 때문에 마음이 괴로웠습니다. 그는 연못 옆을 지날 때마다 요정이 물 위로 솟아올라 그에게 약속을 지키라고 다그칠 것 같아 늘 가슴이 조마조마했습니다. 그래서 아들에게는 연못 근처에는 얼씬도 하지 말라고 단단히 일러두었습니다.

"조심해야 한다. 네가 물에 손을 대면 손 하나가 물에서 나와 너를 낚아채 물속으로 끌고 들어갈 테니."

그렇지만 해가 가고 또 가도 물의 요정이 다시 모습을 드러내지 않자 방앗간 주인은 한시름 놓게 되었습니다.

소년이 자라 청년이 되자, 그는 어느 사냥꾼 밑에서 사냥술을 배웠습니다. 그가 사냥술을 다 익혀 유능한 사냥꾼이 되자, 그 마을의 영주가 그를 고용했습니다. 한편 그 마을에는 아름답고 마음씨 고운 처녀가 있었는데, 젊은 사냥꾼은 그녀를 좋아하게 되었습니다. 그 사실을 알게 된 영주는 사냥꾼에게 작은 집을 한 채 선물했습니다. 결혼식을 올린 두 사람은 서로를 진심으로 사랑하면서 그 집에서 행복하고 평화롭게 살았습니다.

하루는 사냥꾼이 노루를 쫓고 있었습니다. 노루가 숲을 빠져나가 넓은 벌판으로 달아나자 사냥꾼은 사냥감을 쫓아가서 한 방에 쏘아 맞혔습니다. 그는 자신이 위험한 연못 근처에 와 있다는 사실을 미처 깨닫지 못했습니다. 노루의 껍질을 벗기고 내장을 꺼낸 다음, 피 묻은 손을 씻으러 연못으로 갔습니다. 그가 물에 손을 담그자마자 물의 요정이 솟아올랐습니다. 그녀는 미소 지으며 젖은 손으로 그를 끌어안고 물속으로 들어가 버렸습니다. 그녀가 하도 재빨리 내려가는 바람에 사냥꾼의 몸 위로 커다란 물방울들이 치솟으며 세게 부딪쳤습니다.

한편 저녁이 되어도 사냥꾼이 돌아오지 않자 그의 아내는 걱정이 되었습니다. 그녀는 남편을 찾으러 밖에 나가보았습니다. 그녀는 이미 남편으로부터 자신이 물의 요정의 덫에 걸리지 않게 조심해야 하며 연못 근처에 감히 가지 않겠다는 말을 자주 들어왔으므로, 남편에게 무슨 일이 일어났을지 추측할 수 있었습니다. 그녀는 급히 연못으로 달려갔습니다. 그녀는 연못가에 남편의 사냥 가방이 놓여 있는 것을 발견하고 그에게 불행한 일이 일어났음을 확신했습니다. 그녀는 두 손을 움켜쥐고 탄식하며 사랑하는 남편의 이름을 불러보았지만 아무 대답도 없었습니다. 그녀는 연못의 다른 쪽으로 달려가 다시 그를 불러보았습니다. 그녀는 물의 요정을 향해 거친 말을 퍼부어 보기도 했지만 아무 대답도 돌아오지 않았습니다. 연못의 수면은 거울처럼 잔잔했고, 반달만이 그녀를 물끄러미 내려다볼 뿐이었습니다.

불쌍한 아내는 연못을 떠나지 않았습니다. 그녀는 연못 주위를 쉬지 않고 바쁜 걸음으로 자꾸만 돌고 또 돌았습니다. 때로는 아무 말 없이, 때로는 격하게 울부짖으며, 또 때로는 나지막하게 흐느끼며 계속 돌았습니다. 마침내 기력이 다한 그녀는 땅바닥에 풀썩 쓰러져 깊은 잠에 빠져들었습니다. 그리고 이내 꿈을 꾸었습니다.

그녀는 겁에 질린 채 커다란 암벽 사이를 오르고 있었습니다. 가시와 덩굴이 그녀의 발을 붙잡았고, 빗줄기가 그녀의 얼굴을 때렸으며, 바람이 그녀의 기다란 머리카락을 마구 휘날렸습니다.

그녀가 산봉우리에 올랐을 때, 그곳에는 전혀 다른 광경이 펼쳐졌습니다. 하늘은 푸르고 바람은 잔잔했으며, 땅은 경사가 완만했습니다. 알록달록한 꽃이 만발한 푸른 초원에 아담한 오두막 한 채가 서 있었습니다. 그녀는 오두막으로 가서 문을 열어보았습니다. 그랬더니 머리가 하얗게 센 할머니가 앉아 있다가 다정하게 손짓을 했습니다.

바로 그 순간 불쌍한 사냥꾼의 아내는 잠에서 깨어났습니다. 날은 이미 어두워졌지만 그녀는 즉각 꿈에서 본 그곳에 가기로 마음먹고 험한 산을 올랐습니다. 모든 것이 꿈에 본 그대로였습니다. 할머니는 그녀를 다정하게 맞이한 다음 의자를 가리키며 앉으라고 권했습니다.

"이런 외딴 오두막까지 찾아온 걸 보니 무슨 불행한 일을 당한 게로구먼."

사냥꾼의 아내는 눈물을 훔치며 자신이 겪은 일을 이야기했습니다. 그러자 할머니가 말했습니다.

"내가 도와줄 테니 걱정하지 마요. 이 황금 빗을 가져가요. 그리고 보름달이 뜨기를 기다렸다가 연못으로 가서 연못가에 앉아 당신의 길고 검은 머리를 이 빗으로 빗어요. 그리고 머리를 다 빗으면 빗을 물가에 내려놓고 무슨 일이 일어나는지 지켜봐요."

사냥꾼의 아내는 집으로 돌아갔습니다. 보름달이 뜨기까지 시간이 유난히 더디게 흘러갔습니다. 마침내 보름달이 뜨자 사냥꾼의 아내는 연못으로 갔습니다. 그리고 연못가에 앉아 황금 빗으로 자신의 길고 검은 머리를 빗어내렸습니다. 그녀는 머리를 다 빗은 후 빗을 연못가에 내려놓았습니다. 곧 물속 깊은 곳에서 물이 밀려오는 소리가 들려왔습니다. 그러더니 파도가 일며 연못가로 밀려와서는 빗을 휩쓸어 갔습니다. 빗이 순식간에 바닥으로 가라앉자, 수면이 갈라지면서 사냥꾼의 머리가 솟아올랐습니다. 바로 그 순간 두 번째 물결이 일면서 그의 머리를 덮쳐버렸습니다. 모든 것이 사라졌고, 연못은 다시 예전처럼 고요해졌습니다. 그리고 보름달만 물 위를 환히 비추었습니다.

사냥꾼의 아내는 낙담하여 집으로 돌아갔습니다. 그런데 꿈에 다시 할머니의 오두막이 나타났습니다. 다음 날 아침 그녀는 다시 한 번 오두막을 찾아가 요술쟁이 할머니에게 자신의 고민을 하소연했습니다. 이번에는 할머니가 황금 피리를 주며 말했습니다.

"다시 보름달이 뜰 때까지 기다려요. 그리고 이 피리를 들고 연못가에 앉아서 아름다운 곡을 연주해 보세요. 연주를 끝마치면 피리를 모랫바닥에 내려놓고 무슨 일이 벌어지는지 지켜봐요."

사냥꾼의 아내는 할머니가 말한 대로 했습니다. 피리를 모랫바닥에 내려놓자마자 물속 깊은 곳에서 부글거리며 물이 밀려드는 소리가 들려왔습니다. 파도가 일며 다가오더니 피리를 휩쓸어 갔습니다. 이내 물이 갈라지면서 이번에는 사냥꾼의 머리뿐 아니라 그의 상반신까지 솟아올랐습니다. 그는 애타게 아내에게 두 팔을 뻗었습니다. 하지만 그 순간 두 번째 물결이 밀려와 그를 덮치더니 다시 물속으로 끌고 들어갔습니다.

"아, 이게 무슨 소용이람! 사랑하는 남편을 잠시 보았다가 다시 잃어버리다니!"

불행한 아내는 그렇게 말하고 다시 깊은 슬픔에 사로잡혔습니다. 그런데 꿈에서 세 번째로 할머니의 오두막이 보였습니다. 사냥꾼의 아내는 또다시 길을 떠났습니다. 할머니는 이번에 황금 물레를 주고는 그녀를 위로하며 말했습니다.

"아직 다 끝난 게 아니라오. 보름달이 뜰 때까지 기다렸다가 이 황금 물레를 가져가서, 연못가에 앉아 얼레에 실이 다 감길 때까지 물레를 돌리도록 해요. 그 일이 다 끝나면 물레를 물가에 내려놓고 무슨 일이 벌어지는지 지켜봐요."

사냥꾼의 아내는 할머니가 시키는 대로 했습니다. 그녀는 보름달이 뜨자 황금 물레를 들고 연못가로 가서 얼레에 실이 가득할 때까지 열심히 물레를 돌렸습니다. 물레를 물가에 내려놓자마자 물속 깊은 곳에서 이전보다 훨씬 더 요란하게 물결치는 소리가 들렸습니다. 세찬 물결이 물가로 들이닥쳐 물레를 휩쓸어 갔습니다. 그러자 곧 사냥꾼의 머리와 몸 전체가 분수처럼 공중으로 솟구쳤습니다. 사냥꾼은 재빨리 물가로 뛰쳐나와 아내의 손을 잡고 도망쳤습니다.

그러나 그들이 얼마 달아나지도 못했을 때 온 연못이 무섭게 부글거리며 모든 것을 집어삼킬 기세로 너른 들판을 덮쳤습니다. 도망치던 부부는 이제 꼼짝없이 죽게 되었다고 생각했습니다. 겁에 질린 사냥꾼의 아내는 할머니에게 도와달라고 소리쳤습니다. 그 순간 그녀는 두꺼비로, 사냥꾼은 개구리로 변했습니다. 그들은 죽음은 면했지만 두 사람은 서로 떨어져 물살에 멀리 떠내려가고 말았습니다.

물이 빠지고 두 사람이 다시 마른 땅을 밟게 되자 그들은 인간의 모습을 되찾았습니다. 하지만 둘은 서로가 어디에 있는지 알 수 없었습니다. 두 사람은 그들의 고향을 알지 못하는 낯선 사람들 틈에 끼어 있었습니다. 그들 사이에는 높은 산과 깊은 골짜기가 놓여 있었습니다. 그들은 목숨을 부지하기 위해 양들을 지키며 살아가야 했습니다. 사냥꾼과 그의 아내는 슬픔과 그리움을 간직한 채 오랜 세월 양 떼를 이끌고 숲과 들을 돌아다녔습니다.

대지에 다시 한 번 봄기운이 감돌기 시작하던 어느 날 두 사람은 양 떼를 데리고 바깥으로 나갔습니다. 우연히 그들은 서로가 있는 쪽을 향해 이동했습니다. 사냥꾼은 먼 산비탈에 또 한 무리의 양 떼가 있는 것을 보고 자신의 양 떼를 그쪽으로 몰았습니다. 그들은 골짜기에서 마주쳤지만 서로를 알아보지 못했습니다. 그들은 그저 외딴곳에서 다른 양치기를 만난 것이 반가웠습니다. 그때부터 매일 그들은 양들을 같은 곳으로 몰았습니다. 그들은 많은 말을 나누지는 않았지만 서로에게 편안함을 느꼈습니다.

그러던 어느 날 밤 보름달이 하늘을 환히 비추고, 양들이 쉬고 있을 때 사냥꾼이 주머니에서 피리를 꺼내 아름답지만 구슬픈 노래를 불었습니다. 피리를 다 불고 났을 때 그는 여자 양치기가 몹시 슬피 우는 것을 알아차렸습니다. 사냥꾼이 그녀에게 물었습니다.

"왜 우는 거요?"

그러자 그녀가 대답했습니다.

"아, 내가 마지막으로 그 노래를 피리로 불어, 사랑하는 사람의 머리가 물 밖으로 나오던 그날도 이렇게 보름달이 비추었거든요."

그는 그녀를 자세히 살펴보았습니다. 마치 눈을 가리던 덮개가 벗겨진 기분이었습니다. 그제야 그는 사랑하는 자기 아내를 알아볼 수 있었습니다. 사냥꾼의 얼굴을 쳐다보던 아내도 보름달이 환히 그의 얼굴을 비추자 남편의 얼굴을 알아보았습니다. 그들은 서로 얼싸안고 입을 맞췄습니다. 그들이 행복했는지는 물어보나 마나겠지요.

이불 새

옛날에 한 마법사가 있었습니다. 그는 불쌍한 남자의 모습으로 집들을 돌아다니며 구걸하면서, 예쁜 소녀들을 잡아갔습니다. 소녀들은 다시 나타나지 않았기 때문에 그가 그들을 어디로 데려갔는지는 아무도 몰랐습니다.

어느 날 마법사는 예쁜 세 딸을 둔 남자의 집 앞에 나타났습니다. 그는 불쌍하고 힘없는 거지처럼 보였고, 사람들이 적선하는 것을 그 안에 담아가려는 듯 등에 광주리를 메고 있었습니다. 그가 먹을 것을 조금 달라고 하자 맏딸이 나와서 그에게 빵을 한 조각 건네주려고 했습니다. 그가 그녀를 건드리자 그녀는 광주리 속에 뛰어들지 않을 수 없었습니다. 그러자 그는 아무 일 없다는 듯 서둘러 그곳을 빠져나와 어두운 숲 속 한가운데 있는 그의 집으로 그녀를 데려갔습니다. 집 안의 모든 것이 화려했습니다. 그는 소녀가 원하는 것을 다 주었습니다. 그리고 이렇게 말했습니다.

"귀여운 아가야, 원하는 것은 뭐든지 가질 수 있으니 나하고 있는 게 마음에 들겠지."

며칠이 지나자 그가 말했습니다.

"나는 어디 갔다 올 테니 당분간 너 혼자 집에 있어야겠다. 여기 집 안 열쇠가 있으니 어디든지 들어가서 무엇이든 구경해도 된다. 하지만 이 작은 열쇠로 여는 방만은 들어가지 마라. 내 말을 어기면 죽음으로 벌을 내릴 거야."

그러고는 그녀에게 달걀도 한 개 주면서 말했습니다.

"이 달걀을 잘 간직하고 있어라. 그리고 어디를 가든 이것을 계속 가지고 다녀야 한다. 만약 이것을 잃어버리면 큰 불행이 닥칠 거다."

소녀는 열쇠와 달걀을 받아 들고 그의 말대로 하겠다고 약속했습니다. 그가 집을 떠나자 그녀는 온 집 안을 위에서 아래까지 돌아다니며 모든 것을 살펴보았습니다. 방들은 금과 은으로 번쩍거렸습니다. 그녀는 그렇게 화려한 것은 본 적이 없었습니다. 마침내 그녀는 금지된 문 앞에 이르렀습니다. 그녀는 그냥 지나치려 했지만 호기심이 일어나 억누를 수 없었습니다. 그녀가 열쇠를 살펴보았는데 다른 열쇠와 똑같아 보였습니다. 소녀가 그것을 열쇠 구멍에 넣고 조금 돌리자 문이 활짝 열렸습니다.

그녀가 방에 들어갔을 때 무엇을 보았을까요? 방 한가운데는 피 묻은 커다란 대야가 놓여 있고, 그 안에는 토막 난 시체들이 들어 있었습니다. 대야 옆에는 통나무가 있고, 그 위에는 번쩍이는 도끼가 있었습니다. 소녀는 소스라치게 놀라 손에 들고 있던 달걀을 대야 안에 떨어뜨렸습니다. 그녀는 달걀을 꺼내 피를 닦아냈지만 소용이 없었고, 순식간에 피가 다시 나타났습니다. 소녀는 달걀을 닦고 문질렀지만 핏자국을 없앨 수는 없었습니다.

얼마 뒤 마법사가 여행에서 돌아왔습니다. 그는 먼저 열쇠와 달걀을 내놓으라고 했습니다. 소녀는 벌벌 떨면서 그것들을 내밀었습니다. 그는 붉은 얼룩을 보고 소녀가 금지된 방에 들어갔다는 것을 금방 알았습니다.

"너는 내 뜻을 어기고 그 방에 들어갔으니, 다시 그 방에 들어가야겠다. 네 목숨은 이제 끝났어."

그는 맏딸을 바닥에 메치고 머리채를 잡아끌어 그녀의 머리를 통나무 위에서 잘라 온몸을 토막 냈습니다. 그녀의 피가 바닥에 흘렀습니다. 그리고 그는 소녀를 다른 시체들이 있는 대야에 던지고 말했습니다.

"이제 둘째 딸을 데려와야겠어."

그는 다시 불쌍한 사람의 모습으로 그 집에 가서 구걸했습니다. 그러자 둘째 딸이 빵을 한 조각 가져왔습니다. 마법사는 그녀도 첫째 딸처럼 살짝 건드리기만 한 뒤 붙잡아 데려갔습니다. 둘째 딸도 언니보다 나을 것이 없었습니다. 그녀는 호기심을 누르지 못하고 피의 방문을 열어 들여다보았고, 마법사가 돌아오자 목숨을 잃어야 했습니다.

마법사는 다시 가서 막내딸을 데려왔습니다. 그러나 막내딸은 영리하고 꾀가 많았습니다. 마법사가 그녀에게 열쇠와 달걀을 주고 떠나자 우선 그녀는 달걀을 조심스럽게 치워두었습니다. 그리고 집을 살펴보다가 마침내 금지된 방으로 들어갔습니다. 아, 그런데 무엇이 보였을까요? 처참하게 살해된 사랑하는 두 언니의 시체가 토막이 나서 대야 속에 들어 있었습니다. 막내딸은 토막 난 신체 부위들을 모아 머리와 몸통, 팔과 다리를 원래대로 맞췄습니다. 토막들이 제 위치에 놓이자 움직이면서 서로 달라붙었습니다. 그러더니 두 언니가 눈을 뜨고 다시 살아났습니다. 세 자매는 기뻐하며 서로 부둥켜안고 입을 맞추었습니다.

집에 돌아오자 마법사는 당장 열쇠와 달걀을 내놓으라고 했습니다. 하지만 그 위에 핏자국이 보이지 않자 그가 말했습니다.

"너는 시험을 통과했으니 내 신부로 삼겠다."

그는 이제 그녀를 마음대로 할 수 없었고, 그녀의 요구가 어떤 것이든 들어주어야 했습니다.

"좋아요. 그러면 당신은 먼저 금을 한 광주리 우리 부모님께 갖다 드리세요. 당신이 그것을 직접 지고 가야 해요. 그동안 나는 결혼식 준비를 할게요."

그런 후 그녀는 작은 방에 숨어 있던 두 언니에게 달려갔습니다.

그녀는 이렇게 말했습니다.

"언니들을 구할 순간이 왔어. 저 악당이 언니들을 다시 집으로 데려다 줄 거야. 언니들이 집에 도착하는 즉시 나를 도와줄 사람들을 보내줘."

그녀는 두 언니를 광주리 안에 넣고 눈에 보이지 않도록 그들을 완전히 금으로 덮었습니다. 그러고는 마법사를 불러 말했습니다.

"이 광주리를 메고 가세요. 내가 창문으로 내다보며, 당신이 가는 도중에 서거나 쉬려고 멈추는지 감시하겠어요."

마법사는 광주리를 등에 짊어지고 떠났습니다. 하지만 광주리가 너무 무거워 얼굴에 땀이 줄줄 흘러내렸습니다. 그래서 그는 주저앉아 잠시 쉬려고 했습니다. 그러자 즉시 광주리 속에서 소녀가 소리쳤습니다.

"내가 창문으로 내다보는데 쉬고 있네요. 당장 가지 못하겠어요?"

마법사는 신부가 말한다고 생각했습니다. 그리고 다시 길을 떠났습니다. 다시 한 번 앉아 쉬려고 하는데 당장 그녀가 외쳤습니다.

"내가 창문으로 내다보는데 쉬고 있네요. 당장 가지 못하겠어요?"

그가 멈춰 서려고 할 때마다 그녀가 소리쳤으므로 그는 계속 가야 했습니다. 그렇게 그는 끙끙거리고 숨을 헐떡이며 마침내 금과 두 소녀가 든 광주리를 그들의 부모 집에 갖다 놓았습니다.

마법사의 집에 남은 막내딸은 벌써 결혼식 준비를 하고 마법사의 친구들에게 초대장을 보냈습니다. 그런 다음 이가 드러난 해골을 장식품과 꽃송이로 치장해서 다락방으로 가져가 얼굴이 밖을 향하도록 창가에 세워놓았습니다. 모든 것이 준비되자 신부는 꿀통 속에 들어갔다가 깃털 이불을 잘라 펼쳐서 그 위로 몸을 굴렸습니다. 그러자 그녀는 이상한 새처럼 보여 아무도 그녀를 알아볼 수 없게 되었습니다. 그녀는 집 밖으로 나갔다가 도중에 결혼식 하객들을 만났습니다. 그들이 물었습니다.

"이불 새야, 어디 갔다 오는 길이니?"
"어디긴 어디야, 이불 새 집에서 오지."
"그럼 어린 신부는 뭘 하고 있지?"
"집 안을 위아래 구석구석 쓸고 나서
다락방에서 창밖을 내다보고 있지."

마침내 신부는 어슬렁거리며 집으로 돌아오던 신랑을 만났습니다. 마법사도 다른 사람들처럼 물었습니다.

"이불 새야, 어디 갔다 오는 길이니?"
"어디긴 어디야, 이불 새 집에서 오지."
"그럼 어린 신부는 뭘 하고 있지?"
"집 안을 위아래 구석구석 쓸고 나서
다락방에서 창밖을 내다보고 있지."

신랑이 위를 쳐다보니 꽃들로 장식된 해골이 보였습니다. 그는 그것이 자기 신부려니 생각하고 고개를 끄덕이며 다정하게 인사를 했습니다. 마법사와 하객들이 모두 집 안에 들어갔을 때 신부를 구하러 온 오빠들과 친척들도 도착했습니다. 그들은 아무도 빠져나오지 못하게 문이란 문은 모조리 잠그고 집에 불을 질렀습니다. 그리하여 마법사와 그의 친구들은 모두 불에 타 죽고 말았습니다.

강도 신랑

옛날에 아름다운 딸을 둔 방앗간 주인이 있었습니다. 딸이 다 자라자 그는 딸이 결혼을 잘 해서 부족함 없이 살기를 바랐습니다. 그래서 그는 적합한 사람이 나타나 딸에게 구혼을 하면 허락하리라 생각했습니다.

얼마 지나지 않아 아주 부유해 보이는 구혼자가 나타났습니다. 방앗간 주인은 그에게서 어떠한 흠도 찾을 수 없었으므로 그에게 자신의 딸을 주기로 약속했습니다. 그러나 아가씨는 보통 소녀가 자기 약혼자를 좋아해야 하는 것처럼 그를 좋아하지 않았고 그에게 신뢰도 가지 않았습니다. 그를 바라보거나 생각할 때마다 왠지 섬뜩한 마음이 들었기 때문입니다.

하루는 그가 그녀에게 말했습니다.

"당신은 내 약혼녀인데 아직 나를 한 번도 찾아오지 않는군요."

"당신 집이 어디인지 모르는걸요." 하고 아가씨가 대답했습니다. 그러자 약혼자가 "내 집은 저기 어두운 숲 속에 있소." 하고 말했습니다.

그녀는 그곳으로 가는 길을 찾지 못한다고 핑계를 댔습니다. 그러자 약혼자가 말했습니다.

"다음 일요일에 나를 찾아와 줘요. 이미 손님들을 초대해 놓았다오. 당신이 숲 속에서 길을 찾을 수 있도록 재를 뿌려두겠소."

일요일이 되자 아가씨는 길을 떠나야 했습니다. 아주 불안한 마음이 들었지만 왜 그런지 딱히 이유를 알 수 없었습니다. 그녀는 가는 길을 표시하기 위해 양쪽 주머니에 완두콩과 불콩을 가득 채웠습니다. 숲의 입구에 재가 뿌려져 있었습니다. 그녀는 재를 따라 걸어가면서 한 걸음 내디딜 때마다 땅에 콩을 몇 개 던져두었습니다. 하루를 다 걸어서 가장 어두운 숲 한가운데 이르자 외딴집이 나타났습니다. 너무 어둡고 음산해 보여서 그녀는 마음에 들지 않았습니다. 그녀가 집 안으로 들어가 보았지만, 안에는 아무도 없었고 정적만 감돌았습니다. 갑자기 어떤 목소리가 외쳤습니다.

돌아가요, 돌아가, 어린 아가씨여.
당신이 들어온 이곳은 살인마의 집입니다.

아가씨가 고개를 들어 보니 그것은 벽에 걸린 새장 속 새의 목소리였습니다. 새가 또 한 번 소리쳤습니다.

돌아가요, 돌아가, 어린 아가씨여.
당신이 들어온 이곳은 살인마의 집입니다.

그러나 어린 아가씨는 온 집 안을 돌아다니며 이 방 저 방을 둘러보았습니다. 집은 완전히 비어 있었고 단 한 명의 사람도 찾을 수 없었습니다. 그러다 그녀는 지하실로 갔는데, 그곳에는 머리를 계속 흔드는 아주 늙은 할머니가 앉아 있었습니다. 소녀가 할머니에게 물었습니다.

"제 약혼자가 이 집에 살고 있나요?"

"이런, 불쌍한 아이 같으니, 여기가 어딘 줄 알고 온 거니! 여긴 살인마의 소굴이란다. 너는 네가 곧 결혼할 신부라고 생각하겠지만, 너는 죽음과 결혼하게 될 거야. 이봐라, 난 저기에 물이 든 커다란 솥을 올려야 해. 그자들이 너를 마음대로 할 수 있게 되면 인정사정없이 조각내 요리해 먹을 거야. 그들은 인육을 먹는 자들이거든. 내가 불쌍히 여겨 구해 주지 않는다면 너는 죽은 목숨이야."

그러고 나서 노파는 그녀를 사람들 눈에 띄지 않는 커다란 통 뒤로 데려갔습니다.

"죽은 듯이 가만히 있어. 소리 내지 말고 움직여서도 안 돼. 그렇지 않으면 모든 게 끝장인 줄 알아. 밤에 도둑들이 잠들었을 때 우리는 도망갈 거야. 나는 이미 오래전부터 기회를 기다려왔어."

그녀가 통 뒤로 숨자마자 흉악한 도적 떼가 집에 돌아왔습니다. 그들은 다른 처녀를 끌고 왔습니다. 술에 취한 강도들은 그녀가 비명을 지르고 애원을 해도 들은 척도 하지 않았습니다. 그들은 그녀에게 포도주 세 잔을 가득 따라주었습니다. 한 잔은 하얀 술, 다른 잔은 빨간 술, 또 다른 잔은 노란 술이었습니다. 그것을 마시자 그녀의 심장이 터져 두 동강이 났습니다. 그들은 그녀의 고운 옷을 찢고 그녀를 탁자 위에 눕히고 아름다운 몸을 토막 낸 뒤 소금을 뿌렸습니다. 불쌍한 신부는 강도들 손에 자신의 운명이 어떻게 될지 알게 되었으므로, 통 뒤에서 부르르 떨었습니다. 그중 한 녀석이 죽은 처녀의 작은 손가락에서 금반지를 발견했습니다. 그는 반지를 빼려다가 쉽게 빠지지 않자 손도끼로 손가락을 잘라버렸습니다. 그런데 잘린 손가락이 공중으로 튀어 올라서 통을 넘어 신부의 품속에 떨어졌습니다. 강도는 촛불을 들고 손가락을 찾으려 했지만 찾아내지 못했습니다. 그러자 다른 녀석이 "저 큰 통 뒤에도 살펴봤나?" 하고 물었습니다. 하지만 노파가 소리쳤습니다.

"와서 먹기나 해. 찾는 것은 내일 하고. 손가락이 어디 도망이라도 가려고."

그러자 도둑들이 "하긴 할멈 말이 맞아." 하고 말했습니다. 강도들은 찾는 것을 포기하고 식탁에 앉아 먹었습니다. 할머니가 포도주에 수면제를 타놓았으므로 그들은 곧 지하실에 드러누워 코를 골며 잤습니다. 신부는 코 고는 소리를 듣고 통 뒤에서 나왔습니다. 그녀는 바닥에 줄지어 드러누워 자고 있는 그들을 넘어가야 했는데, 그러다가 혹시 누구를 깨우기라도 할까 봐 두려웠습니다. 그러나 그녀는 신의 도움으로 무사히 빠져나올 수 있었습니다. 할머니가 그녀와 함께 위로 올라가 문을 열었고 강도의 소굴에서 되도록 빨리 도망쳤습니다. 바람이 뿌려져 있던 재를 날려 보냈지만, 완두콩과 불콩들에서 싹이 돋고 자라나 달빛 속에서 그들에게 표지판이 되어주었습니다. 그들은 밤새도록 걸어 아침에 방앗간에 도착했습니다. 소녀는 모든 것을 일어난 그대로 아버지에게 이야기했습니다.

결혼식을 올리기로 한 날 신랑이 나타났고 방앗간 주인은 친척과 친지 들을 모두 초대했습니다. 그들은 식탁에 앉아 이야기를 하나씩 하기로 했습니다. 그러나 신부는 가만히 앉아 아무 말도 하지 않아서 신랑이 신부에게 말했습니다.

"자, 여보, 당신은 아는 이야기가 없소? 다른 사람들처럼 우리에게 무언가 이야기를 해주지."

그러자 그녀가 대답했습니다.

"그러면 저는 꿈 이야기를 하겠어요. 혼자 숲길을 걷다가 어떤 집에 다다랐어요. 그 안에는 벽에 걸린 새장 속의 새 말고는 아무도 없었어요. 그 새가 이렇게 외치는 거예요.

돌아가요, 돌아가, 어린 아가씨여.
당신이 들어온 이곳은 살인마의 집입니다.

새는 또 한 번 그렇게 소리쳤어요. 여보, 이건 그냥 꿈 이야기일 뿐이에요. 그래서 이 방 저 방 다 돌아다녔지요. 방은 모두 텅 비어 있었고, 어쩐지 으스스했어요. 마침내 지하실로 내려가 보니 머리를 계속 흔드는 아주 늙은 할머니 한 분이 앉아 계셨어요.

제가 '제 약혼자가 이 집에 살고 있나요?' 라고 묻자 할머니가 대답했어요.

'아, 이런 불쌍한 아이야, 너는 살인마의 소굴에 들어온 거야! 여기에 너의 신랑이 살긴 하지만 그가 너를 토막 내 죽인 다음 요리해서 먹을 거야.'

여보, 이건 내가 꾼 꿈일 뿐이에요. 그런데 할머니는 나를 커다란 통 뒤에 숨겨주었어요. 내가 막 거기에 숨자마자 강도들이 어떤 처녀를 끌고 돌아왔어요. 그들은 그녀한테 하얀색, 빨간색, 노란색,

세 가지 포도주를 마시게 했어요. 그런데 그녀는 그것을 마시고 심장이 두 동강이 나버렸어요. 여보, 이건 그냥 꿈 이야기일 뿐이에요. 그들은 그녀의 예쁜 옷을 벗기고 그녀의 고운 몸을 탁자 위에서 토막 내어 소금을 뿌렸어요. 여보, 이건 그냥 꿈 이야기일 뿐이에요. 그런데 강도 한 명이 그녀의 작은 손가락에 아직 반지가 있는 것을 봤어요. 반지를 빼기가 쉽지 않자 그는 손도끼로 손가락을 잘랐어요. 그런데 그 손가락이 공중으로 튀어 올라 커다란 통을 넘어 내 품속에 떨어지지 뭐예요? 이것이 바로 그 반지 낀 손가락이랍니다."

이렇게 말하며 그녀가 손가락을 꺼내 그곳에 있는 사람들에게 보여주었습니다.

그 이야기를 듣는 동안 얼굴이 재처럼 창백해진 강도는 벌떡 일어나 달아나려 했지만 손님들이 그를 붙잡아 재판관에게 넘겼습니다. 그리하여 그를 비롯한 강도 일당은 흉악한 죄를 저지른 벌로 모두 처형당했습니다.

브레멘 음악대

한 남자가 당나귀 한 마리를 가지고 있었습니다. 그 당나귀는 여러 해 동안 묵묵히 곡식 자루를 방앗간으로 날라다 주었습니다. 그러나 당나귀의 힘이 다해 가면서 점점 쓸모가 없어지자 주인은 그에게 줄 먹이를 아껴야겠다고 생각했습니다. 그러자 좋지 않은 낌새를 눈치챈 당나귀는 달아나서 브레멘을 향해 떠났습니다. 그는 그곳 시의 전속 악사가 될 수 있으리라 생각했습니다.

조금 걸어가자 사냥개 한 마리가 길바닥에 누워 있었습니다. 그 사냥개는 달리다 지친 개처럼 숨을 헐떡였습니다.

"이봐, 왜 그리 헐떡거리고 있나, 용맹한 사냥개야?"

당나귀가 묻자 사냥개가 대답했습니다.

"내가 나이가 들어 날마다 힘이 없어지고, 사냥도 할 수 없게 되자 주인이 나를 죽이려고 하는 거야. 그래서 도망을 쳤지. 그렇지만 이제 어떻게 벌어먹고 살아야 할지."

그러자 당나귀가 말했습니다.

"내 말 들어봐. 나는 브레멘으로 가서 시의 전속 악사가 되려고 하는데, 너도 같이 가서 악사로 일하는 게 어때? 나는 라우테를 연주할 테니 너는 팀파니를 치는 거야."

개는 그렇게 하자고 했습니다. 그들은 얼마 가지 않아 잔뜩 우거지상을 하고 길가에 앉아 있는 고양이 한 마리를 보았습니다.

"무슨 좋지 않은 일이 있니, 늙은 고양이야?"

당나귀가 물었습니다.

"목숨이 위태로운데 즐거울 수가 있겠어?" 하고 고양이가 대답했습니다.

"이제 나이가 들어 이빨이 무뎌지니까, 쥐를 쫓아다니는 것보다는 난롯가에 앉아 이야기하는 게 더 좋은데, 주인 여자가 나를 물에 빠뜨려 죽이려는 거야. 도망쳐 나오기는 했지만 어디로 가야 할지 모르겠어."

그러자 당나귀가 말했습니다.

"우리하고 같이 브레멘으로 가자. 너는 세레나데를 아니까, 시의 전속 악사가 될 수 있을 거야."

고양이는 흔쾌히 그들과 같이 갔습니다. 이렇게 도망자 셋이서 어느 농가로 갔는데, 수탉이 대문 위에 앉아 있는 힘을 다해 소리를 지르고 있었습니다.

"꽤 심금을 울리는 소리로군. 무슨 일이야?"

당나귀가 그렇게 묻자 수탉이 대답했습니다.

"날씨가 좋을 거라고 미리 알려주는 거야. 오늘은 주인집 여자들이 세례받은 아기의 속옷을 빨아서 말리는 날이거든. 그리고 손님들이 일요일에 오는데, 인정머리 없는 여주인이 요리사에게 내일 나를 수프로 만들어 먹고 싶다고 말하는 거야. 그래서 오늘 밤에는 내 머리가 잘리게 생겼거든. 그래서 아직 할 수 있을 때, 목청껏 외쳐대는 거지."

그러자 당나귀가 말했습니다.

"아니야. 붉은 머리 수탉아, 우리하고 같이 떠나는 게 어때? 우리는 브레멘으로 갈 거야. 어디로 가든 죽는 것보다는 나을 거야. 너는 목청이 좋잖아. 우리가 함께 음악을 연주하면 괜찮은 음악이 나올 거야."

수탉은 그 계획에 동의했고 넷은 함께 길을 떠났습니다.

그러나 그들은 브레멘 시에 하루 만에 닿을 수 없었습니다. 날이 저물어 그들은 숲에 도착했고 그곳에서 하룻밤을 지내기로 했습니다. 당나귀와 개는 커다란 나무 밑에 엎드렸고, 고양이와 수탉은 나뭇가지 속에 자리를 잡았습니다. 그러나 수탉은 자기가 가장 안전하다고 생각한 나무 꼭대기로 날아 올라갔습니다. 잠이 들기 전에 수탉은 다시 한 번 사방을 둘러보았습니다. 그리고 멀리서 조그만 불빛이 타오르는 것을 보았다고 생각했습니다. 그는 동료들에게 불빛이 보이는데 그리 멀지 않은 곳에 틀림없이 집이 있을 것이라고 외쳤습니다. 그러자 당나귀가 말했습니다.

"그렇다면, 이곳은 쉴 만한 곳이 못 되니 일어나서 그곳으로 가는 게 좋겠어."

개는 거기에 고기가 약간 붙은 뼈다귀가 몇 개 있으면 좋겠다고 생각했습니다. 그들은 불빛이 있는 곳으로 길을 떠났습니다. 불이 환히 켜진 도둑들의 집에 가까이 가자 불빛이 더욱 밝아지며 점점 더 커졌습니다. 가장 큰 당나귀가 창가로 가서 안을 들여다보았습니다.

"뭐가 보이니, 당나귀야?"

수탉이 그렇게 묻자 당나귀가 대답했습니다.

"뭐가 보이느냐고? 맛있는 음식과 마실 것이 차려진 식탁이 보여. 도둑들이 거기에 앉아 신 나게 먹고 마시고 있어."

"그건 우리가 먹어야 하는 건데."

수탉이 말했습니다.

"그래, 네 말이 맞아. 아, 우리가 저기에 있으면 좋을 텐데!"

당나귀가 말했습니다. 네 마리 동물들은 어떻게 하면 도둑들을 쫓아낼 수 있을지 함께 의논했습니다. 마침내 좋은 방법을 찾아냈습니다. 당나귀가 창턱에 두 앞발을 올리고 서면 개가 당나귀의 등에 올라타고, 고양이가 다시 개 위에 올라타고, 마지막에 수탉이 날아올라 고양이 머리 위에 앉기로 했습니다. 그렇게 한 다음, 그들은 신호에 맞춰 함께 음악을 연주하기 시작했습니다. 당나귀는 히이힝 하고 외쳐대고, 개는 멍멍 짖어대고, 고양이는 야옹야옹 울어대고, 수탉은 꼬끼오 하고 울었습니다. 그리고 와장창 유리창을 깨고 창문을 통해 방 안으로 뛰어들었습니다. 도둑들은 그 끔찍한 소리에 놀라 벌떡 일어났습니다. 그들은 집 안에 유령이 들어왔다고 생각하고 완전히 겁에 질려 숲 속으로 도망쳤습니다. 그러자 네 친구들은 식탁에 둘러앉아 남은 음식이라도 좋다며 마치 한 달은 굶은 것처럼 먹어댔습니다.

네 명의 떠돌이 악사들은 식사를 끝내자 불을 끄고 각자 자신의 본성에 따라 편히 잘 잠자리를 찾아보았습니다. 당나귀는 마당의 짚더미 위에 누웠고, 개는 문 뒤에, 고양이는 잿더미 옆의 아궁이 위에, 그리고 수탉은 지붕의 들보 위에 앉았습니다. 다들 먼 길을 걸어 피곤했으므로 금세 잠이 들었습니다.

자정이 지나 도둑들이 멀리서 바라보니 이제 그들의 집에 불이 꺼지고 모든 것이 조용해져 있었습니다. 그러자 두목이 말했습니다.

"우리 그렇게 겁먹지 않아도 되었을 텐데."

그러고는 부하 한 명에게 집으로 가서 살펴보고 오라고 했습니다. 집 안이 모두 조용해서 그는 불을 켜려고 부엌으로 들어갔습니다. 그런데 그자는 고양이의 불타오르듯 이글거리는 두 눈을 불붙은 석탄이라고 잘못 생각해 불을 붙이려고 성냥개비를 갖다 댔습니다. 하지만 고양이는 그것을 가볍게 여기지 않고 그의 얼굴에 달려들어 침을 뱉고 할퀴었습니다. 도둑은 소스라치게 놀라 뒷문으로 달아나려 했습니다. 그러나 거기 엎드려 있던 개가 벌떡 일어서며 그의 다리를 물어버렸습니다. 그가 마당을 가로질러 거름 더미 옆을 지날 때는 당나귀가 뒷발로 그를 호되게 걷어찼습니다. 이런 소리에 잠에서 깬 수탉이 정신을 차리고 들보 위에서 "꼬끼오!" 하고 악을 썼습니다.

그래서 도둑은 할 수 있는 한 힘껏 달려 두목에게 돌아가서 말했습니다.

"아, 그 집에는 소름 끼치는 마녀가 앉아 있었어요. 그 마녀가 제게 입김을 불더니 기다란 손가락으로 얼굴을 할퀴었어요. 그리고 문 앞에는 칼을 든 남자가 앉아 있다가 제 다리를 찔렀고, 마당에는 시커먼 괴물이 누워 있다가 나무 몽둥이로 저를 후려쳤어요. 그리고 지붕 위에는 재판관이 앉아 '저 악당 녀석을 이리 잡아 오너라!'

하고 외치는 거예요. 그래서 저는 재빨리 도망쳐 왔습니다."

그때부터 도둑들은 감히 다시 집에 들어갈 엄두를 내지 못했습니다. 네 명의 브레멘 음악대는 그곳이 매우 마음에 들었으므로 다시는 그곳을 떠나려 하지 않았습니다.

그리고 마지막으로 그 이야기를 해준 사람의 입에서는 아직도 따뜻한 김이 나고 있답니다.

영리한 엘제

어떤 남자에게 '영리한 엘제'라는 딸이 하나 있었습니다. 그녀가 자라자 아버지가 말했습니다.

"저 애를 결혼시켜야겠소."

어머니가 말했습니다.

"그래요. 저 아이를 데려가겠다는 사람이 나타나면요."

그러다 한스라는 젊은이가 먼 곳에서 와서 그녀에게 청혼을 했습니다. 그는 영리한 엘제가 정말 영리한지 보겠다고 조건을 내걸었습니다.

아버지가 "오, 그 애는 정말 영리하지." 하고 말했습니다.

그리고 어머니는 이렇게 말했습니다.

"아, 저 애는 골목에 바람이 부는 것을 볼 수 있고 파리가 기침하는 걸 들을 수 있지요."

"그래요? 만약 그녀가 정말 영리하지 않다면 난 그녀를 데려가지 않겠습니다."라고 한스가 말했습니다.

그들이 식탁에 앉아 음식을 먹고 있을 때 어머니가 말했습니다.

"엘제야, 지하실로 내려가 맥주를 가져오려무나."

영리한 엘제는 벽장에서 항아리를 꺼내 지하실로 내려갔습니다. 지루하지 않게 그녀는 뚜껑을 세차게 두드리며 갔습니다. 그녀는 지하실에 내려가자 의자를 가져와 맥주 통 앞에 놓았습니다. 그러면 허리를 구부리지 않아도 되고, 등도 아프지 않을 것이며 뜻하지 않게 다치는 일도 없을 테니까요. 그런 다음 그녀는 통을 그녀 앞에 놓고 꼭지를 돌렸습니다. 맥주가 흘러나오는 동안 그녀는 눈이 심심하지 않게 벽 위쪽을 쳐다보았습니다. 그리고 이리저리 두리번거리다가 바로 자기 머리 위에 있는 곡괭이를 보았습니다. 그것은 벽돌공이 실수로 거기에 두고 간 것이었습니다. 그러자 영리한 엘제는 갑자기 울었습니다.

그리고 이렇게 말했습니다. "만약 내가 한스와 결혼해 아이를 낳고 그 아이가 자라면 우리는 그 애더러 맥주를 따라 오라고 지하실로 보내겠지. 그러면 저 곡괭이가 그 애의 머리 위에 떨어져 아이를 죽이고 말 거야."

그래서 엘제는 주저앉아 앞으로 닥쳐올 불행을 생각하며, 있는 힘을 다해 울며 소리쳤습니다. 위에 있던 사람들은 마실 것을 기다렸지만, 영리한 엘제는 오지 않았습니다. 그러자 어머니가 하녀에게 말했습니다.

"지하실에 내려가 엘제가 어디 있는지 보고 오너라."

하녀가 밑으로 내려가 보니 엘제는 맥주 통 앞에 앉아 큰 소리로 울고 있었습니다.

"엘제, 왜 우는 거니?" 하고 하녀가 물었습니다.

엘제가 대답했습니다.
"아, 내가 안 울게 생겼어? 만약 내가 한스와 결혼을 하면 아이가 생기겠지. 그 애가 자라 크면 여기서 맥주를 따라 와야 하고, 저 곡괭이가 머리 위에 떨어져 그 아이를 죽일 수도 있잖아."
"참으로 영리한 엘제구나!"
그래서 하녀는 엘제 곁에 앉아 장차 다가올 불행을 생각하며 크게 울었습니다.
한참이 지나 하녀도 돌아오지 않고 위에 있던 사람들은 맥주 생각이 간절했으므로 아버지가 하인에게 말했습니다.
"지하실에 내려가 엘제와 하녀가 어디 있는지 보아라."
하인이 아래로 내려가니 영리한 엘제와 하녀가 함께 앉아 울고 있었습니다.
그래서 그가 "왜 울고 있는 거야?" 하고 물었습니다. 엘제가 말했습니다.
"내가 안 울게 생겼어? 만약 내가 한스와 결혼해 아이를 가지고 그 애가 자라면 여기서 맥주를 따라 와야 하겠지. 그러면 저 곡괭이가 아이의 머리 위에 떨어져 그 애를 죽일 거야."
"참으로 영리한 엘제구나!" 하고 하인이 말했습니다.
하인도 엘제 곁에 앉아 똑같이 큰 소리로 울부짖었습니다.
사람들은 위에서 하인을 기다렸습니다. 하지만 그가 돌아오지 않자, 남편이 아내에게 말했습니다.
"지하실에 내려가 엘제가 어디 있는지 보고 오구려."
아내가 아래로 내려가 셋이서 슬프게 울고 있는 것을 보고 이유를 물어보았습니다. 그러자 엘제는 어머니에게 그녀가 갖게 될 아이가 자라서 맥주를 따라 와야만 할 때, 저 곡괭이가 떨어져 그 아이를 죽일지도 모른다고 이야기했습니다.

그러자 어머니도 마찬가지로 말했습니다.

"아, 참으로 영리한 엘제구나!"

어머니도 주저앉아 그들과 함께 소리 내어 울었습니다.

위에 있던 남편은 계속 기다렸지만 아내는 돌아오지 않았고, 갈증을 참을 수 없어 이렇게 말했습니다.

"내가 직접 지하실로 가서 엘제가 어디 있는지 보아야겠네."

그가 지하실로 내려가자 그들은 앉아서 같이 울고 있었습니다. 그리고 그는 엘제의 아이가 그 이유라는 것을 들었습니다. 엘제는 언젠가 아이를 낳을 것이고, 그 아이가 여기에 앉아 맥주를 따라야 할 바로 그때 저 곡괭이가 떨어져, 그것 때문에 아이가 죽을 수도 있어서 그렇게 울고 있다는 것이었습니다.

"아, 참으로 영리한 엘제구나!"

그는 그렇게 소리치고, 주저앉아 그들과 함께 울었습니다.

신랑이 될 사람은 위에서 혼자 오랫동안 기다렸지만 아무도 돌아오지 않자 이렇게 생각했습니다.

'그들이 아래서 나를 기다리고 있는게 틀림없어. 나도 직접 내려가서 뭘 하는지 봐야 해.'

그가 내려가 보니 다섯 사람이 앉아 서로 질세라 슬프게 소리 지르고 탄식했습니다.

그러자 "무슨 사고라도 났나요?" 하고 한스가 물었습니다.

엘제가 "아, 한스. 만약 우리가 결혼해 아이를 갖고 그 애가 자라면 우리는 뭔가 마실 것을 따라 오라고 그 애를 이리로 보내겠죠. 그러면 저 위에 걸려 있는 곡괭이가 떨어져 그 애의 머리를 박살 내 죽일 수도 있잖아요. 그러니 어찌 울지 않을 수 있겠어요?" 라고 말했습니다.

"하긴 그렇군요. 우리 집 살림에는 이보다 영리한 사람은 필요 없습니다. 당신은 이렇게 영리하니 그대를 내 아내로 맞이하겠소."

그는 그녀의 손을 잡고 그녀와 함께 위로 올라가 그녀와 결혼했습니다. 결혼하여 얼마쯤 지났을 때 한스가 말했습니다.

"여보, 난 밖으로 일하러 나가 돈을 벌어 오겠소. 그러니 당신은 밭에 나가서 빵을 만들 밀을 베어 오시오."

"네, 여보. 그렇게 할게요."

한스가 집에서 나간 뒤 엘제는 맛있는 수프를 끓여 밭으로 나갔습니다. 그녀는 밭에 도착하자 혼자 중얼거렸습니다.

"어떻게 하지? 밀을 먼저 벨까, 아니면 수프를 먼저 먹을까? 그래, 수프를 먼저 먹어야겠어."

그러고는 수프 한 컵을 다 먹어치웠습니다. 그녀는 배가 부르자 또다시 말했습니다.

"어떻게 하지? 밀을 먼저 벨까, 아니면 먼저 한숨 잘까? 그래, 먼저 한숨 자야겠어."

그러고는 그녀는 밀밭에 누워 잠이 들었습니다.

한스가 집에 돌아온 지 한참이 지났는데도 엘제는 돌아오지 않았습니다. 그래서 그는 "참으로 영리한 엘제야, 열심히 일하느라 저녁 먹으러 집에 돌아오지도 않다니." 하고 말했습니다.

하지만 저녁이 됐는데도 그녀가 여전히 돌아오지 않자, 한스는 그녀가 밀을 얼마나 베었는지 보려고 밖으로 나갔습니다. 그러나 그녀는 밀은 하나도 베지 않고 밀밭에 누워 자고 있었습니다. 한스는 재빨리 집으로 돌아와 작은 방울들이 달린 새 잡는 그물을 가져가서는 그녀 주위에 쳐놓았습니다. 그래도 그녀는 계속 잠만 잤습니다. 그러자 한스는 집으로 달려와 문을 걸어 잠그고 의자에 앉아 일을 했습니다.

날이 완전히 어두워지자 영리한 엘제는 잠에서 깨어났습니다. 그녀가 몸을 일으키자 사방에서 딸랑딸랑 소리가 났습니다. 걸음을 한 발짝씩 옮길 때마다 방울 소리가 요란하게 울렸습니다. 그러자 그녀는 깜짝 놀라 자신이 정말 영리한 엘제인지 혼란스러워졌습니다.

그래서 "내가 나일까, 아니면 내가 아닐까?" 하고 중얼거렸습니다.

그러나 좀처럼 답이 나오지 않자 잠시 망설이며 우두커니 서 있다가 마침내 이렇게 생각했습니다.

"집에 가서 내가 나인지 아닌지 물어봐야지. 그들은 알고 있을 거야."

그녀는 자기 집 문 앞으로 달려갔지만 문은 잠겨 있었습니다. 그래서 창문을 두드리며 소리쳤습니다.

"한스, 엘제가 안에 있나요?"

한스가 대답했습니다.

"그래요, 그녀는 여기 있어요."

그녀는 그 말에 깜짝 놀라 말했습니다.

"맙소사, 그럼 난 내가 아니구나."

그러고는 그녀는 다른 집으로 갔습니다. 하지만 사람들은 딸랑

거리는 방울 소리를 듣고 문을 열어주지 않았습니다. 그녀는 어디에도 들어갈 수 없었습니다. 그래서 엘제는 마을 밖으로 달려 나갔고, 그 후로 그녀를 본 사람은 아무도 없었습니다.

게으른 하인츠

하인츠는 게을렀습니다. 그는 날마다 염소를 몰고 초원으로 나가는 것 말고는 할 일이 없었는데, 하루 일을 끝내고 집으로 돌아갈 때는 이렇게 한숨을 지었습니다.

"해마다 늦가을까지 이런 식으로 염소를 몰고 들로 나가는 일은 정말 큰 짐이고 힘든 일이야. 만약 자리에 드러누워 잠만 잘 수 있다면 얼마나 좋을까? 하지만 안 돼. 염소가 어린 나무를 망가뜨리거나, 울타리를 뚫고 정원으로 들어가거나 달아나지 못하게 눈을 뜨고 있어야 해. 그러나 이런 식으로 살아서야 누가 마음 편히 자기 인생을 즐길 수가 있단 말인가!"

하인츠는 자리에 앉아 생각을 가다듬고, 어떻게 하면 그의 어깨에서 짐을 털어버릴까 궁리했습니다. 오랫동안 생각해 보았지만 뾰족한 수가 떠오르지 않았습니다. 그러다가 문득 좋은 생각이 떠올랐습니다.

"옳지, 좋은 수가 있어. 뚱보 트리나와 결혼하는 거야. 뚱보 트리

나에게도 염소가 있으니까, 내 염소도 같이 몰고 나갈 수 있을 거야. 그러면 나는 더 힘들게 살지 않아도 될 거야."

하인츠가 소리쳤습니다.

그래서 하인츠는 몸을 일으켜 피곤한 팔다리를 움직여 거리를 가로질러 갔습니다. 뚱보 트리나가 사는 집은 그리 멀지 않은 곳에 있었습니다. 하인츠는 그녀의 부모님께 부지런하고 정숙한 딸과 결혼하게 해달라고 했습니다. 트리나의 부모님은 청혼을 받고 길게 생각하지 않았습니다. 그들은 사람이란 끼리끼리 놀기 마련이라고 생각하며 승낙했습니다. 그래서 뚱보 트리나는 하인츠의 아내가 되었고, 그녀는 염소 두 마리를 몰고 초원으로 나갔습니다. 하인츠는 이제 즐거운 나날을 보냈습니다. 그는 다른 일은 할 필요가 없었고 자신의 게으른 생활에 싫증만 나지 않으면 되었습니다. 하인츠는 가끔 트리나와 들로 나갔는데, 그녀에게 이렇게 말했습니다.

"내가 들에 나오는 이유는 일을 하고 난 후에 휴식이 더욱 달콤하기 때문이야. 그렇지 않으면 아무리 쉬어도 전혀 재미있는 줄 모를 거야."

하지만 뚱보 트리나도 게으르기가 하인츠 못지않았습니다. 하루는 그녀가 이렇게 말했습니다.

"여보, 하인츠, 우리는 그럴 필요가 없는데 왜 인생을 힘들게 만들고, 황금 같은 젊은 날을 이렇게 망치고 있을까요? 아침마다 매애 울어대며 우리의 달콤한 잠을 방해하는 염소 두 마리를 이웃 사람에게 줘버리는 게 낫지 않겠어요? 그는 그 대가로 우리에게 꿀벌 통을 줄 거예요. 집 뒤꼍의 양지바른 곳에 그것을 놓아두면 신경 쓰지 않아도 되지요. 우리는 벌을 지킬 필요도, 염소를 몰고 들로 나갈 필요도 없어요. 벌들은 밖으로 날아갔다가 꿀을 모아가지고 스스로 다시 집을 찾아오니까 우리는 손 하나 까딱하지 않아도 되고요."

"듣고 보니 아주 그럴듯하군. 우리 당장 당신의 제안을 실행에 옮깁시다. 게다가 꿀은 염소젖보다 훨씬 맛도 좋고 영양분도 풍부하며, 더 오래 보관할 수 있으니 말이오."

이웃 사람은 그들에게서 염소 두 마리를 받고는 두말없이 벌통을 주었습니다. 벌은 이른 아침부터 밤늦게까지 쉬지 않고 벌집을 드나들며 가장 좋은 꿀을 벌통에 채웠습니다. 그래서 가을이 되자 하인츠는 꿀을 한 단지 가득 받을 수 있었습니다.

하인츠와 트리나는 침실 벽에 고정된 선반 위에 꿀단지를 올려놓았습니다. 두 사람은 꿀단지를 도둑맞거나 쥐가 찾아낼까 봐 걱정했기 때문에, 트리나는 튼튼한 개암나무 회초리를 가져와 침대 옆에 놓아두었습니다. 꿀을 노려 불청객이 침입하면 귀찮게 일어날 필요 없이 회초리로 쫓아버릴 수 있게끔요.

게으른 하인츠는 정오가 되기 전에는 침대에서 나오려 들지 않았습니다.

"일찍 일어날수록 일찍 죽는단 말이야."

어느 날 아침 하인츠는 실컷 잠을 자고 훤한 대낮이 되었는데도 침대에 누워 쉬면서 아내에게 말했습니다.

"여자들은 단것을 좋아한단 말이야. 그리고 당신은 언제나 몰래 꿀을 먹고 있어. 그러니 당신 혼자 꿀을 다 먹어치우기 전에 어떤 얼간이 녀석의 거위와 바꾸는 게 좋겠어."

그러자 트리나가 대꾸했습니다.

"하지만 우리가 거위를 돌볼 아이를 갖기 전에는 안 돼요. 내가 거위 새끼들을 걱정하며 까닭 없이 힘을 낭비해야겠어요?"

"우리 아들이 거위를 돌볼 것 같소? 요즘 아이들은 이제 부모 말을 듣지 않아요. 그들은 자기들이 부모보다 똑똑하다고 생각하기 때문에 저희 좋을 대로 하거든. 암소를 찾아오라고 보냈는데 지빠귀 세 마리를 쫓아간 하인처럼 말이야."

"오, 만약 아들 녀석이 내 말을 안 들으면 혼을 내줄 거예요. 나는 회초리를 들고 인정사정없이 그 애를 후려 팰 거예요. 이렇게 말이에요."

트리나가 대답했습니다.

트리나는 흥분하여 쥐를 쫓으려고 놓아둔 회초리를 집어 들었습니다.

"이렇게 아이를 마구 후려 팰 거예요."

하지만 그녀는 치려고 팔을 휘두르다가, 불행히도 침대 위쪽에 있는 꿀단지를 치고 말았습니다. 꿀단지는 벽에 부딪쳐 산산조각이 나서 떨어졌고, 맛 좋은 꿀은 바닥에 흘러내렸습니다.

한스가 말했습니다 "얼간이 거위 녀석이 쓰러져 버려서, 이제 돌보지 않아도 되겠어. 하지만 꿀단지가 내 머리 위로 떨어지지 않아서 다행이지. 이 정도로 끝난 것만 해도 천만다행이야."

그리고 하인츠는 꿀단지 조각에 아직 꿀이 조금 남은 것을 발견하자, 그것에 손을 뻗으며 흡족한 듯이 말했습니다.

"여보, 우리 여기 남은 꿀이나 맛있게 먹읍시다. 놀랐으니 조금 쉬어야겠소. 우리가 조금 늦게 일어난다고 해서 뭐가 달라지겠소? 하루는 언제나 충분히 긴데."

그러자 아내가 대답했습니다.

"맞아요, 우리는 언제나 때맞춰 도착할 테니까요. 언젠가 달팽이가 결혼식에 초대를 받아 길을 떠났대요. 그런데 그 부부가 낳은 아이의 세례식에 도착을 했다네요. 그리고 달팽이는 그 집 앞에서 울타리를 넘다가 떨어지면서 '서둘러서 좋을 것은 없다.' 라고 했다지 뭐예요."

세 명의 군의관

자신들의 의술이 완벽하다고 생각한 군의관 세 명이 세상을 돌아다녔습니다. 그들은 하룻밤을 묵기 위해 여관에 들어갔습니다. 여관 주인은 그들에게 어디에서 왔으며 어디로 갈 것인지 물었습니다.

"우리는 세상을 돌아다니며 우리의 기술을 시험해 보고 있습니다."

"그러면 당신들이 할 수 있는 기술을 한번 보여주시오." 주인이 말했습니다.

그러자 첫 번째 군의관은 자기 손을 자르고, 내일 아침 일찍 다시 붙여놓겠다고 했습니다. 두 번째 군의관은 자기 심장을 떼어내고, 내일 아침 다시 붙이겠다고 했습니다. 세 번째 군의관은 자기 눈알을 도려낸 후 내일 아침 다시 넣어놓겠다고 했습니다.

"정말 당신들이 그렇게 할 수 있다면 모든 걸 다 배운 거네요."
여관 주인이 말했습니다.

사실 그들에게는 바르기만 하면 그 부위를 다시 붙일 수 있는 연고가 있었습니다. 또 그들은 항상 연고가 든 작은 병을 가지고 다녔습니다. 그리고 그들은 말한 대로 몸에서 손과 심장과 눈알을 잘라, 그것들을 함께 접시에 담아 여관 주인에게 주었습니다. 여관 주인은 하녀에게 그 접시를 주었고, 그녀는 그것을 찬장에 넣어 잘 간수했습니다.

하녀에게는 몰래 사귀는 애인이 있었습니다. 군인인 그는 여관 주인과 세 명의 군의관 등 여관에 있는 모든 사람들이 잠이 들자 애인을 찾아와서, 무언가를 먹고 싶어 했습니다. 하녀는 찬장을 열고 그에게 음식을 조금 가져다주었습니다. 그런데 그녀는 찬장 문 닫는 것을 잊어버린 채 식탁에서 애인 옆에 앉아 이야기를 했습니다. 불행한 일이 일어나리라고는 꿈에도 생각하지 못하고 그녀가 기분 좋게 앉아 있을 때, 고양이가 살그머니 들어와 열린 찬장 문에서 세 군의관의 손, 심장, 두 눈알을 훔쳐 달아나 버렸습니다.

군인이 식사를 마치자, 하녀는 그릇들을 치우고 찬장 문을 닫으려다가 주인이 잘 간수하라고 준 접시가 빈 것을 알았습니다. 하녀는 깜짝 놀라 애인에게 말했습니다.

"아, 이를 어떡하면 좋아! 손이 없어졌어요. 심장과 눈알들도 없어졌고요. 내일 아침에 저는 어쩌면 좋아요!"

그러자 군인이 하녀에게 말했습니다.

"진정해요. 내가 곤경에서 벗어나도록 도와줄 테니. 밖에 있는 교수대에 도둑이 매달려 있던데, 내가 그 사람 손을 잘라 올게요. 어느 쪽 손이었지?"

"오른손이에요."

그리고 하녀가 그에게 날카로운 칼을 주자, 군인은 교수대로 가서 가엾은 죄인의 오른손을 잘라 그녀에게 가져왔습니다. 그런 다음 그는 고양이를 잡아 두 눈알을 뽑아냈습니다. 이제 심장만 남았습니다.

"혹시 돼지를 잡아서 죽은 고기를 지하실에다 두지 않았어요?"
"그래요."
하녀가 말했습니다.
"그럼 됐어."
군인은 그렇게 말하고는 지하실로 내려가 돼지의 심장을 가져왔습니다. 하녀는 그것들을 모두 접시에 담아서 찬장에 넣었습니다. 그리고 애인이 떠나자 차분한 마음으로 잠자리에 들었습니다.

다음 날 아침 세 명의 군의관들은 자리에서 일어나 하녀에게 손과 심장과 눈알을 담은 접시를 가져오라고 말했습니다. 하녀가 찬장에서 접시를 꺼내 가져다주자, 첫 번째 군의관이 도둑의 손을 자기 팔에 갖다 대고 연고를 바르자 금방 붙고 아물었습니다. 두 번째 군의관은 고양이 눈알을 들고 자기 눈에 집어넣어 아물게 했습니다. 세 번째 군의관은 돼지 심장을 자신의 심장이 있던 자리에 붙였습니다. 옆에 서 있던 여관 주인은 그들의 의술을 칭찬하며, 이런 일은 지금까지 한 번도 본 적이 없었다고 말했습니다. 그리고 그는 모든 사람에게 그들을 칭찬하고 소개하겠다고 했습니다. 세 명의 군의관은 방값을 치르고 계속 여행을 했습니다.

그들이 그렇게 길을 가는데, 돼지의 심장을 가진 군의관은 다른 이들과 같이 어울려 걷지 않고, 구석진 곳마다 달려가 마치 돼지처럼 킁킁거리며 코로 냄새를 맡았습니다. 다른 두 군의관이 그의 옷

자락을 잡아당기며 하지 못하게 해보았지만 아무 소용이 없었습니다. 그는 몸을 뿌리치고 아주 더러운 곳으로 달려갔습니다. 두 번째 군의관도 이상한 행동을 하기 시작했습니다. 그는 두 눈을 비비며 다른 두 군의관에게 말했습니다.

"이보게, 어떻게 된 거지? 이건 내 눈이 아니야. 앞이 전혀 보이지 않아. 내가 넘어지지 않도록 누가 나를 잡아주게."

그들은 힘들게 걷고 또 걸어 저녁 무렵 다른 여관에 도착했습니다. 함께 들어간 여관 안에서는 구석진 탁자에 어떤 부자 남자가 앉아 돈을 세고 있었습니다. 도둑의 손을 가진 군의관이 그 부자의 주위를 돌아다니며 팔을 몇 번 움찔움찔했습니다. 그리고 마침내 부자가 고개를 뒤로 돌리는 순간 그는 돈 무더기에서 한 움큼의 돈을 움켜쥐었습니다. 한 군의관이 그 모습을 보고 말했습니다.

"이봐, 무슨 짓을 하는 거야? 도둑질을 해서는 안 되잖아, 창피한 줄 알아야지!"

"아니, 내가 이럴 수가! 내 손이 자꾸 움찔움찔하더니 내 마음과 상관없이 돈을 움켜잡았어."

그런 후에 그들은 잠자리에 들었습니다. 그들이 누운 방은 너무 캄캄해 눈앞의 손조차 보이지 않을 정도였습니다. 그런데 고양이 눈을 가진 군의관이 갑자기 잠에서 깨어나 동료들을 깨우며 말했습니다.

"이보게들, 저기 좀 보라고. 하얀 생쥐가 돌아다니는 게 보이지 않나?"

두 군의관이 자리에서 일어났지만 그들 눈에는 아무것도 보이지 않았습니다. 그러자 그가 말했습니다.

"뭔가 잘못됐어. 우리가 우리 것을 돌려받지 못한 거야. 그 여관 주인에게 돌아가야 해. 그자가 우리를 속인 거야."

그리하여 다음 날 아침 그들은 전날 머물렀던 여관으로 되돌아가 여관 주인에게 각자 자기 것을 돌려받지 못했다고 말했습니다. 한 사람은 도둑의 손을, 다른 한 사람은 고양이의 눈알을, 또 다른 사람은 돼지의 심장을 받았다면서요. 여관 주인은 그렇다면 분명 하녀의 잘못이라고 말하며 그녀를 부르려고 했습니다. 하지만 하녀는 세 명의 군의관이 돌아오는 것을 보고 뒷문으로 달아나 다시는 돌아오지 않았습니다. 그러자 세 명의 군의관은 여관 주인에게 많은 돈으로 변상하라고, 안 그러면 집에 불을 질러버리겠다고 말했습니다. 여관 주인은 자기가 가진 것과 마련할 수 있는 것을 다 끌어다 그들에게 주었습니다. 세 명의 군의관은 그 돈을 가지고 떠났습니다. 그것은 비록 여생을 편히 지내기에 충분한 돈이었지만, 세 군의관으로서는 차라리 자기 손이며 심장, 눈을 갖고 사는 편이 나았을 것입니다.

영리한 꼬마 재봉사

옛날에 아주 거만한 공주가 있었습니다. 구혼자가 찾아오면 공주는 수수께끼를 냈고, 풀지 못하면 비웃으며 쫓아버렸습니다. 공주는 자기가 내는 수수께끼를 푸는 사람이면 누구든지 결혼하겠다고 널리 알렸습니다.

마침 세 명의 재봉사가 한 자리에 모였습니다. 그중 나이가 위인 두 명의 재봉사는 여러 번 솜씨 좋은 작업을 성공적으로 했으므로, 이번 일도 잘되리라고 생각했습니다. 세 번째 재봉사는 쓸모없는 꼬마 덤벙이로 바느질 기술도 신통치 않았습니다. 그렇지만 그는 어디서 이런 행운이 오겠느냐며 이 기회에 행운을 잡아야 한다고 생각했습니다.

그러자 나이 많은 두 재봉사가 그에게 말했습니다.

"그냥 집에 있지. 그런 형편없는 머리로는 성공할 수 없어."

그러나 꼬마 재봉사는 그런 말에도 낙담하지 않고, 일단 그렇게 하기로 마음을 정했으니 어떻게든 해보겠다고 했습니다. 그러고는 온 세상이 마치 자기 것인 양 힘차게 출발했습니다.

세 명의 재봉사는 공주 앞에 나아가 정답을 맞힐 수 있는 사람들이 왔으니 수수께끼를 내라고 하면서, 자신들은 바늘귀에 꿸 수 있을 만큼 예리한 지성을 갖춘 사람들이라고 했습니다.

그러자 공주가 "내 머리카락은 두 가지 색인데, 무슨 색이지요?" 하고 물었습니다.

첫 번째 재봉사가 이렇게 말했습니다.

"당연히 검은색과 흰색이겠지요. 흔히 소금과 후추라고 불리는 옷감처럼요."

"틀렸어요. 다음 사람이 대답해 보세요."라고 공주가 말했습니다.

그러자 두 번째 재봉사가 말했습니다.

"검은색과 흰색이 아니라면, 우리 아버지의 예복처럼 갈색과 붉은색이겠지요."

다시 공주가 말했습니다.

"틀렸어요. 다음 사람이 대답해 보세요. 그가 확실히 아는 것처럼 보이는데요."

그러자 꼬마 재봉사가 대담하게 걸어 나오며 말했습니다.

"공주님은 은빛과 금빛, 두 가지 색 머리카락을 갖고 계십니다."

공주는 그 말을 듣고 얼굴이 하얘지며 겁이 나서 거의 쓰러질 뻔했습니다. 그녀는 이 세상에 아무도 그것을 풀 수 없으리라고 굳게 믿었는데, 꼬마 재봉사가 맞혔기 때문입니다.

공주는 다시 정신을 차리고 말했습니다.

"그렇다고 아직 나를 이긴 건 아니에요. 당신이 해야 할 일이 더 남았거든요. 저 아래 우리에 곰이 한 마리 있는데, 당신은 그 곰과 함께 밤을 보내야 해요. 그리고 내가 내일 아침에 일어날 때까지 당신이 살아 있으면, 당신과 결혼을 하겠어요."

공주는 그렇게 해서 꼬마 재봉사를 떼어버릴 수 있겠다고 기대했습니다. 왜냐하면 그 곰은 지금까지 손아귀에 들어온 누구도 살려둔 적이 없었기 때문입니다. 꼬마 재봉사는 겁내지 않고 매우 즐거운 표정으로 "시작이 반이지요." 하고 말했습니다.

그러다가 저녁이 되자 그들은 꼬마 재봉사를 곰이 있는 우리로 데려갔습니다. 곰은 앞발을 들고 진심으로 환영한다는 듯 금방이라도 꼬마 친구에게 달려들려고 했습니다.

꼬마 재봉사가 "자, 가만가만. 내가 곧 마음을 진정시켜 줄게."라고 말했습니다. 그리고 꼬마 재봉사는 아무런 두려움이 없는 사람처럼 느긋하게 주머니에서 호두를 꺼내 이로 깨뜨려서 알맹이를 먹었습니다. 곰이 그것을 보자 자기도 호두가 먹고 싶었습니다. 꼬마 재봉사는 주머니에 손을 집어넣어 호두 한 줌을 곰에게 건네주었습니다. 하지만 그것은 호두가 아니라 자갈이었습니다. 곰은 그것을 입에다 넣고 깨물었지만 아무리 해도 깨지지 않았습니다.

곰은 '어휴, 이런 바보가 다 있나! 호두 하나 깨뜨리지 못하다니.' 하고 생각했습니다. 그리고 재봉사에게 "이봐, 호두 좀 깨뜨려 줘." 하고 말했습니다.

그러자 꼬마 재봉사가 말했습니다.

"거봐, 네가 얼마나 바보인지 알겠지. 주둥이는 그렇게 크면서 작은 호두 하나도 깨뜨리지 못하다니."

재봉사는 자갈을 받아 재빨리 바꿔서 호두를 입에 넣고 깨물어서, 두 조각을 냈습니다.

그러자 곰이 말했습니다.

"다시 한 번 해봐야겠어. 네가 하는 것을 보니 나도 할 수 있을 것 같아."

꼬마 재봉사는 곰에게 한 번 더 자갈을 주었습니다. 곰은 온갖 힘을 다해 그것을 깨물고 또 깨물었습니다. 하지만 여러분도 곰이 할 수 있으리라고는 생각하지 않겠지요. 그 일이 끝나자 꼬마 재봉사는 상의 속에서 바이올린을 꺼내 연주하기 시작했습니다. 곰은 음악 소리를 듣자 춤을 추지 않을 수 없었습니다. 한동안 춤을 추자 곰은 그 악기가 무척 마음에 들어 재봉사에게 말했습니다.

"이봐, 바이올린은 켜기 어려워?"

"어린이도 할 수 있게 쉽지. 봐, 왼손 손가락을 바이올린 위에 올려놓고 오른손 손가락으로 활을 잡고 움직이면 되는 거야. 그러면 흥겨운 소리가 나지. 트랄라라, 트랄라라!"

그러자 곰이 말했습니다.

"그렇다면 나도 바이올린 켜는 법을 배우고 싶어. 그러면 내가 춤추고 싶을 때마다 출 수 있잖아. 넌 어떻게 생각해? 나에게 가르쳐줄 수 있겠어?"

"물론이지. 네게 그런 재능이 있다면 말이야. 하지만 네 앞발을 보니까 발톱이 너무 길어서 발톱을 좀 깎아야겠다."

나사를 죄는 바이스를 가져오자, 곰은 앞발을 그 위에 올려놓았습니다. 하지만 꼬마 재봉사는 그것을 단단히 죄고 말했습니다.

"이제 가위를 가져올 때까지 기다려."

그리고 나서 재봉사는 곰이 제 맘대로 으르렁거리게 내버려 두고 구석의 짚단 위에 드러누워 잠이 들었습니다.

공주는 밤에 곰이 마구 으르렁거리는 소리를 듣고 재봉사를 죽이고 기뻐서 그런다고 생각했습니다. 다음 날 아침 공주는 아무 걱정 없이 즐거운 마음으로 자리에서 일어났습니다. 그런데 우리 쪽을 바라보니 재봉사가 활기찬 모습으로 서서, 마치 물속의 물고기처럼 멀쩡하게 살아 있었습니다. 공주는 모든 사람에게 약속을 알렸으므로 이제 그 말을 지키지 않을 수 없었습니다. 왕은 마차를 불렀고, 공주는 결혼식을 올리러 재봉사와 함께 교회로 가야 했습니다. 그런데 그들이 마차에 올라타자, 그의 행운을 시기한 마음씨 나쁜 두 재봉사가 우리로 내려가 곰을 풀어주었습니다. 곰은 극도로 화가 나 마차를 뒤쫓아 갔습니다. 곰이 씩씩거리고 으르렁거리며 달려오자 덜컥 겁이 난 공주가 소리쳤습니다.

"아, 곰이 우리를 쫓아와요. 당신을 잡아가려고요."

그러자 꼬마 재봉사는 재빨리 물구나무를 서더니 다리를 창밖으로 내놓으며 소리쳤습니다.

"나사를 죄는 바이스가 보이지? 얼른 돌아가지 않으면 너를 다시 조여놓을 테다."

그것을 본 곰은 발길을 돌려 도망쳤습니다. 그러자 우리의 재봉사는 침착하게 마차를 몰고 교회로 가서 공주의 손을 잡고 결혼식을 올렸습니다. 그리고 두 사람은 황무지에 사는 종달새처럼 함께 행복하게 살았습니다. 이 이야기를 믿지 못하겠다는 사람은 벌금으로 일 탈러*를 내야 합니다.

---

* 독일의 옛 화폐 단위로, 1탈러는 1마르크의 세 배에 해당한다.

가난뱅이 농부

 부자 농부들만 사는 마을이 있었습니다. 그 마을에 가난한 농부가 딱 한 명 살았는데, 사람들은 그를 가난뱅이 농부라는 말을 줄여서 그냥 '뱅이'라고 불렀습니다. 그에게는 암소 한 마리조차 없었고, 소를 살 돈은 더더구나 없었습니다. 그와 그의 아내는 암소를 무척 갖고 싶었습니다. 어느 날 남편이 아내에게 말했습니다.
 "여보, 좋은 생각이 있어. 우리의 좋은 친구가 소목장이 일을 하는데, 그 사람에게 나무로 송아지를 만들어 다른 소들처럼 보이게 갈색 칠을 해달라는 거야. 머지않아 그것이 자라 혹시 암소가 될지도 모르잖아."
 아내도 그 생각이 마음에 들었습니다. 그들의 친구인 목수는 나무를 깎고 다듬어 송아지를 만들고는 그럴듯하게 갈색 칠을 했습니다. 그리고 송아지가 마치 풀을 먹는 것처럼 고개를 아래로 숙이게 해놓았습니다.
 다음 날 아침 목동이 소들을 몰고 밖으로 갈 때 가난뱅이 농부가 그를 불러 말했습니다.

"이봐요, 나에게 어린 송아지가 있는데 아직 너무 어리니 데리고 가줘야 해요."

"뭐, 그러지요."

목동은 송아지를 팔에 안고 목초지로 데려가 풀밭에 내려놓았습니다. 어린 송아지는 마치 풀을 뜯어 먹는 것처럼 그 자리에 계속 서 있었습니다. 그러자 목동이 말했습니다.

"저렇게 먹어대는 걸 보니 금방 제 발로 뛰어다니겠지!"

날이 저물어 소 떼를 몰고 집에 돌아가야 할 시간이 되자 목동이 말했습니다.

"거기 그렇게 서서 실컷 먹었으니 이제 네 다리로 걸어갈 수 있겠지. 난 너를 다시 팔에 안고 가고 싶지 않아."

가난뱅이 농부는 문 앞에 서서 어린 송아지가 돌아오기를 기다리고 있었습니다. 목동이 소 떼를 몰고 마을로 오는데, 자신의 어린 송아지가 없어 그는 송아지가 어디 있는지 물었습니다.

"아직 거기 서서 풀을 뜯어 먹고 있어요. 계속 먹기만 하고 따라오려고 하지 않더군요."

"아니, 저런. 내 송아지를 다시 데려와야겠어."

그래서 두 사람이 함께 풀밭으로 가보았지만, 누가 훔쳐 갔는지 송아지가 없었습니다.

그러자 목동이 말했습니다.

"달아난 게 틀림없어요."

"그럴 리가 없어요!"

그래서 농부는 목동을 이장에게 데려갔습니다. 이장은 목동이 일을 소홀히 했다고 판결하여, 농부에게 달아난 송아지 대신 암소 한 마리를 주라고 명령했습니다.

그리하여 가난뱅이 농부와 그의 아내는 그렇게 오랫동안 바라던 암소를 갖게 되었습니다. 그들은 진심으로 기뻤으나 사료가 없어, 소를 먹일 수 없어 곧 소를 잡아야 했습니다. 그들은 고기를 소금에 절였고, 농부는 가죽을 팔려고 도시로 갔습니다. 그러면 그 돈으로 새 송아지를 살 수 있을 것입니다.

도시로 가는 도중에 그가 방앗간 곁을 지나가는데, 그곳에는 날개가 부러진 까마귀가 앉아 있었습니다. 그는 불쌍한 마음에 까마귀를 들어 가죽으로 감싸주었습니다. 그러나 날씨가 나빠지면서 세찬 비와 바람이 불었으므로, 그는 길을 더 갈 수 없어 방앗간으로 돌아가 잠자리를 청했습니다. 집에 혼자 있던 방앗간 안주인이 농부에게 말했습니다.

"저기 짚 더미 위에서 주무세요."

그러고는 그에게 빵 한 조각과 치즈를 주었습니다. 농부가 그것을 먹고 소가죽을 옆에 둔 채 누웠습니다. 안주인은 '피곤해서 잠이 들었나 보다.'라고 생각했습니다.

그러는 동안 신부가 찾아오자 방앗간 안주인은 그를 반갑게 맞이하며 말했습니다.

"남편이 나가고 없으니 우리끼리 푸짐하게 차려 먹어요."

농부는 그들이 푸짐하게 차려 먹는다는 말을 듣고 자기는 빵 한 조각과 치즈로 때워야 했던 것에 화가 났습니다. 그녀는 구운 고기와 샐러드, 케이크와 포도주 등 네 가지 음식을 방으로 차려 왔습니다.

그들이 막 앉아 먹으려는 순간, 바깥에서 문을 두드리는 소리가 났습니다.

"아이고, 남편이 돌아왔어요!"

여자는 재빨리 구운 고기는 난로 속에, 포도주는 베개 밑에, 샐러드는 침대 위에, 케이크는 침대 밑에 숨겼습니다. 그리고 신부는 현관의 벽장 속으로 들어가게 한 다음 남편에게 문을 열어주며 말했습니다.

"다행히도 다시 돌아오셨네요! 세상이 끝나기라도 할 것 같은 폭풍이지요!"

방앗간 주인은 짚더미 위에 누워 있는 농부를 보고 물었습니다.

"저 사람은 저기서 뭐 하는 거요?"

"아, 저 불쌍한 사람이 폭풍우를 만나서 묵었다 갈 곳을 찾기에 빵과 치즈를 조금 주고 짚 더미 위에서 자고 가라고 했어요."

"그렇다면 그건 알았고, 빨리 먹을 거나 가져다주시오."

그녀가 말했습니다.

"하지만 빵과 치즈밖에 없어요."

방앗간 주인은 "아무거라도 좋소. 빵과 치즈라도 가져다주시오." 하더니 농부를 보고 말했습니다.

"이리 와서 나하고 같이 조금 더 먹지 않겠소?"

농부는 거절하지 않고 벌떡 일어나 먹었습니다. 빵을 먹고 나자 방앗간 주인은 까마귀를 싼 가죽이 바닥에 놓여 있는 것을 보고 "저건 뭔가요?" 하고 물었습니다.

농부가 "안에 점쟁이가 들어 있습니다."라고 대답했습니다.

"내 미래도 점칠 수 있겠소?" 하고 방앗간 주인이 물었습니다.

"그렇고말고요." 하고 농부가 대답했습니다.

"하지만 네 가지밖에 알려주지 않아요. 다섯 번째는 혼자만 비밀로 간직하지요."

방앗간 주인은 궁금해서 말했습니다.

"그러면 점을 한번 쳐보라고 하시오."

농부가 까마귀의 머리를 꼬집자 까마귀가 "까악! 까악!" 울음소리를 냈습니다. 그러자 방앗간 주인이 "뭐라고 하는 건가요?" 하고 물었습니다.

농부가 대답했습니다.

"첫 번째로는 베개 밑에 포도주가 숨겨져 있다고 하는군요."

"이것 참 횡재로군!"

방앗간 주인은 그렇게 외치며 그곳으로 가서 포도주를 찾아냈습니다.

"그다음은 뭐요?"

방앗간 주인이 말했습니다.

농부는 까마귀를 다시 울리고는 말했습니다.

"두 번째로는 난로 속에 구운 고기가 있다고 하는군요."

"반가운 소리로군!"

방앗간 주인은 그렇게 외치며 그곳으로 가서 구운 고기를 찾아냈습니다.

농부는 다시 까마귀가 예언하도록 만들고 나서 말했습니다.

"세 번째로는 침대 위에 샐러드가 있다고 말하는군요."

"그것 참 좋은 일이군!"

방앗간 주인은 그렇게 외치며 그곳으로 가서 샐러드를 찾아냈습니다.

마지막으로 농부는 까마귀가 한 번 더 울 때까지 까마귀를 꼬집고는 말했습니다.

"네 번째로는 침대 밑에 케이크가 있다고 하는군요."

"그것 참 좋은 일이군!"

방앗간 주인은 그렇게 외치며 그곳을 둘러보고 케이크를 찾아냈습니다.

이제 두 사람은 식탁에 함께 앉았지만, 안주인은 극도로 불안한 나머지 열쇠를 모두 갖고 침대에 누웠습니다.

방앗간 주인은 다섯 번째 점괘도 무척 알고 싶었지만 농부가 말했습니다.

"먼저 이 네 가지 음식을 빨리 듭시다. 다섯 번째 것은 좋지 않은 것이니까요."

그래서 그들은 음식을 먹고 나서, 다섯 번째 점괘에 방앗간 주인이 얼마나 낼지 흥정을 했습니다. 그들은 마침내 삼백 탈러로 합의를 보았습니다. 그 후 농부는 까마귀가 큰 소리로 울 때까지 까마귀의 머리를 한 번 더 꼬집었습니다. 방앗간 주인이 물었습니다.

"뭐라고 하는 거요?"

"그가 말하기를 저 바깥 현관의 벽장에 악마가 숨어 있다고 하는군요."

"악마를 쫓아내야지요." 하며 방앗간 주인이 문을 활짝 열어젖혔습니다. 안주인은 할 수 없이 열쇠를 내줘야 했습니다. 농부가 벽장을 열었습니다. 그러자 신부가 죽을힘을 다해 뛰쳐나갔습니다. 그것을 본 방앗간 주인이 말했습니다.

"그 말이 사실이었군. 내 두 눈으로 그 시커먼 녀석을 똑똑히 봤어."

그리하여 농부는 다음 날 아침 동틀 무렵 삼백 탈러를 가지고 떠났습니다.

집에 돌아온 가난뱅이는 점점 번창해 나갔습니다. 그가 근사한 집을 짓자 다른 농부들이 말했습니다.

"저 가난뱅이가 황금 눈이 내리고 삽으로 금을 푸는 곳에 갔다 온 모양이야."

가난뱅이는 이장 앞에 불려가 어떻게 해서 부자가 되었는지 말해야 했습니다.

"도시에서 소가죽을 삼백 탈러에 팔았습니다."

그 말을 들은 다른 농부들은 자기들도 큰 이득을 보고 싶어서 저마다 집으로 달려갔습니다. 그리고 도시에서 비싸게 팔기 위해 다들 자기 소를 죽여 가죽을 벗겼습니다. 하지만 이장이 말했습니다.

"우리 집 하녀부터 먼저 보내야 해."

하녀가 도시의 상인에게 갔을 때 그는 소가죽 한 장에 삼 탈러밖에 쳐주지 않았습니다. 상인은 다른 사람들이 왔을 때는 그만큼도 주지 않으며 이렇게 말했습니다.

"이 많은 소가죽을 대체 나더러 어쩌라는 거요?"

그러자 농부들은 가난뱅이한테 속은 것을 알고 화가 났습니다. 그들은 복수하기로 마음먹고 이장한테 가서 그를 사기죄로 고발했습니다. 죄 없는 가난뱅이는 만장일치로 사형 판결을 받고 구멍이 잔뜩 뚫린 통 속에 넣어져 물속으로 굴려지게 되었습니다. 가난뱅이는 끌려나왔고, 그에게 영결 미사를 해줄 신부가 불려 왔습니다.

다른 사람들은 모두 그곳에서 떨어져 있어야 했습니다. 농부는 그 신부가 방앗간 안주인과 같이 있던 사람임을 알아차렸습니다. 그가 신부에게 말했습니다.

"제가 신부님을 벽장에서 나가게 해주었으니 신부님도 저를 통에서 나가게 해주십시오."

바로 그 순간 양치기가 양 떼를 몰고 왔습니다. 그가 오랫동안 이장이 되고 싶어 했다는 것을 알고 있던 농부는 있는 힘을 다해 고함을 질렀습니다.

"아니. 나는 안 할 거예요! 온 세상이 강요한다 해도 하지 않을 거예요!"

그 소리를 듣고 다가온 양치기가 물었습니다.

"무슨 일인데 그러시오? 무엇을 안 하겠다는 거요?"

그러자 농부가 말했습니다.

"내가 통 속에 들어가면 이장을 시켜주겠다는 거요. 하지만 난 그렇게 하지 않을 거요."

"이장이 되기 위해 그것만 하면 된다면 내가 당장 통 속에 들어가겠소."

농부가 말했습니다.

"당신이 들어간다면 당신이 이장이 될 거요."

양치기는 흔쾌히 통 속으로 들어갔습니다. 그러자 농부는 뚜껑을 닫은 다음 양 떼를 몰고 떠났습니다. 신부는 마을 사람들에게 가서 미사가 끝났다고 말했습니다. 그러자 사람들이 와서 통을 물 쪽으로 굴렸습니다. 통이 굴러가기 시작하자 양치기가 소리쳤습니다.

"난 꼭 이장이 되고 말 거야."

마을 사람들은 농부가 그렇게 소리친다고 생각하고 이렇게 대답했습니다.

"우리도 같은 생각이야. 하지만 먼저 물속 세상이나 구경하시지."

그러고는 통을 물속으로 굴렸습니다.

그리고 나서 농부들이 집으로 돌아가는데, 그들이 마을에 들어설 무렵 가난뱅이가 아주 만족한 모습으로 유유히 양 떼를 몰고 왔습니다. 농부들이 깜짝 놀라서 물었습니다.

"자네, 어디서 오는 길인가? 물에서 나온 건가?"

그러자 농부가 대답했습니다.

"물론이지요. 바닥에 이를 때까지 깊이깊이 가라앉았지요. 통 밑창을 밀고 기어 나왔더니, 양들이 풀을 뜯는 아름다운 초원이 펼쳐져 있더군요. 거기서 이 양 떼를 데려왔지요."

농부들이 물었습니다.

"거기에 아직도 더 남아 있나?"

"아, 그럼요. 여러분에게 필요한 이상으로 많이 있어요."

그러자 농부들은 자기들도 양을 한 무리씩 몰고 오리라고 마음을 먹었습니다. 그러나 이장이 말했습니다.

"내가 먼저야."

마을 사람들은 모두 함께 물가로 갔습니다. 마침 푸른 하늘에는 양털 구름이 피어올라 있었고, 물 위에 비친 구름을 보고는 농부들이 소리쳤습니다.

"저 밑에 있는 양들이 벌써 보여!"

이장이 사람들을 밀치고 앞으로 나서며 말했습니다.

"내가 먼저 내려가 둘러보고 괜찮으면 여러분을 부르겠소."

그래서 그는 뛰어들어 풍덩 물속으로 들어갔습니다. 마을 사람들에게는 풍덩 소리가 마치 그가 부르는 소리처럼 들려 모두 따라 뛰어들었습니다. 그리하여 마을 사람들은 모두 죽고 말았고 유일하게 살아남은 가난뱅이는 마을의 재산을 몽땅 차지하여 부자가 되었습니다.

늙은 힐데브란트

옛날에 한 농부가 아내와 함께 살았는데, 그 마을의 신부가 농부의 아내를 매우 좋아했습니다. 그래서 신부는 오랫동안 그녀와 온종일 즐겁게 보내기를 바랐습니다. 농부의 아내도 사실 그렇게 하고 싶었습니다. 어느 날 신부가 농부의 아내에게 말했습니다.

"이봐요, 우리가 온종일 즐겁게 함께 보낼 수 있는 방법을 내가 생각했어요. 수요일에 침대에 드러누워요. 그리고 남편에게 아프다고 말하고 일요일이 될 때까지 끙끙 앓는 소리를 내요. 그러면 나는 일요일 미사 중에 설교를 할 때, '누구든지 집에 아이, 남편, 아내, 아버지, 어머니, 누이, 형제, 그리고 누가 되었든 아픈 이가 있는 사람은 벨리슐란트에 있는 괴켈리 산으로 순례를 떠나시오. 거기에서 한 푼을 주고 월계수 잎을 한 되 사세요. 그러면 아이, 남편, 아내, 아버지, 어머니, 누이, 형제 그리고 누가 되었든 아픈 사람은 금방 건강해질 겁니다.' 라고 말하겠어요."

"그거 좋은 생각이네요."

농부의 아내가 얼른 말했습니다.

그래서 농부의 아내는 수요일에 약속한 대로 침대에 드러누워 다 죽어가는 것처럼 끙끙 앓는 소리를 냈습니다. 남편은 아내를 위해 그가 생각해 낼 수 있는 모든 것을 다 했지만 그녀는 좋아지지 않았습니다. 일요일이 되자 아내가 말했습니다.

"나는 너무 아파서 당장 죽을 것 같아요. 하지만 내가 죽기 전에 하고 싶은 것이 한 가지 있어요. 나는 오늘 신부님이 하실 설교를 꼭 듣고 싶어요."

그러자 농부가 말했습니다.

"여보. 그러면 안 되지. 자리에서 일어나면 더 나빠질 수도 있어. 내가 미사에 가서 설교를 주의해서 듣고, 신부님이 말한 것을 당신에게 전부 이야기해 주겠소."

"그럼 가세요. 주의해서 잘 듣고, 들은 것을 모두 나에게 다시 들려줘야 해요."

아내가 그렇게 말했습니다. 농부는 설교를 들으러 가서 신부가 하는 말을 들었습니다.

"만일 누구든 집에 아이, 남편, 아내, 아버지, 어머니, 누이, 형제, 누가 되었든 아픈 사람이 있으면 벨리슐란트에 있는 괴컬리 산으로 순례를 떠나시오. 거기서 한 푼을 주고 월계수 잎을 한 되 사시오. 그러면 아이, 남편, 아내, 아버지, 어머니, 누이, 누가 되었든 아픈 사람이 금방 나을 겁니다. 순례를 떠나려고 하는 분은 미사가 끝난 후에 나한테 오면 월계수 잎을 담을 자루와 돈을 한 푼 주겠습니다."

제일 기뻐한 사람은 당연히 농부였습니다. 그는 미사가 끝난 후에 당장 신부한테 갔고, 신부에게 월계수 잎을 담을 자루와 돈 한 푼을 받았습니다. 그리고 그는 집으로 돌아가, 문에 들어서자마자 큰 소리로 아내에게 말했습니다.

"여보, 이제 당신은 다 나은 거나 다름없어요. 오늘 신부님이 설교하기를 '누구든지 집안에 아이, 남편, 아내, 아버지, 어머니, 누이, 동생, 누가 되었든 아픈 사람이 있으면 벨리슐란트에 있는 괴컬리 산으로 순례를 떠나, 그곳에서 한 푼을 주고 월계수 잎을 한 되 사시오. 그러면 아이, 남편, 아내, 아버지, 어머니, 누이, 형제, 누가 되었든 아픈 사람이 당장 건강해질 것이오.' 라고 했어요. 나는 신부님한테서 벌써 월계수 잎을 담을 자루와 돈을 한 푼 받았어요. 당장 순례를 떠나야겠소. 그러면 당신이 더 빨리 나을 수 있을 거요."

그래서 농부는 길을 떠났습니다. 남편이 집에서 나가자마자 농부의 아내는 자리에서 일어났고, 곧 신부가 찾아왔습니다. 하지만 우리는 두 사람은 잠시 놔두고 농부를 따라가기로 해요. 그는 괴컬리 산에 빨리 도착하려고 쉬지 않고 빨리 걸었습니다. 그는 그렇게 가다가 아는 계란 장수를 만났습니다. 계란 장수는 장에서 계란을 팔고 돌아오는 길이었습니다.

계란 장수가 "신의 가호가 있기를. 어딜 그렇게 바쁘게 가고 있나?" 하고 말했습니다.

그러자 농부가 말했습니다.

"신의 축복이 있기를. 내 아내가 아프다네. 그래서 내가 오늘 신부님 설교를 들으러 갔는데, 그분이 말하기를 '누구든 집에 아이, 남편, 아내, 아버지, 어머니, 누이, 형제, 누가 되었든 아픈 사람이 있으면 벨리슐란트에 있는 괴컬리 산으로 순례를 떠나시오. 거기서 한 푼을 주고 월계수 잎을 한 되 사시오. 그러면 아이, 남편, 아내, 아버지, 어머니, 누이, 누가 되었든 아픈 사람이 금방 나을 겁니다.' 라고 하시는 거야. 그래서 신부님한테서 월계수 잎을 담을 자루와 돈을 한 푼 받아서, 지금 순례를 하는 거라네."

그러자 계란 장수가 농부에게 말했습니다.

"이보게, 친구. 자네는 그런 말을 믿을 정도로 어리석단 말인가? 그게 무얼 의미하는지 정말 모르나? 그 신부는 온종일 자네 아내와 둘이서만 편히 보내고 싶어서, 자네를 멀리 가게 하려고 이런 일을 한 거라네.

농부가 말했습니다.

"이런 세상에, 자네 말이 정말인지 알고 싶네."

"이렇게 하도록 하지. 내 계란 바구니 속에 들어가게나. 내가 자네를 집으로 데려갈 테니 직접 확인하라고."

그래서 그렇게 하기로 했습니다. 계란 장수는 농부를 계란 바구니 속에 넣어 집으로 데려갔습니다. 두 사람이 집에 도착해 보니, 아니 세상에, 모든 것이 벌써 흥겨웠습니다. 농부의 아내는 뒷마당에 있는 가축들을 닥치는 대로 잡고 팬케이크까지 구웠고, 신부는 자기의 바이올린을 들고 그곳에 있었습니다. 계란 장수가 문을 두드리자 농부의 아내가 누구냐고 물었습니다.

"전데요, 친구예요. 하룻밤 묵게 해주세요. 장에서 계란을 다 팔지 못해서 다시 집으로 가져가야 하거든요. 그런데 너무 무거워 도저히 가져갈 수 없는 데다 벌써 날이 어두워져서요."

"글쎄, 지금은 곤란한데요. 하지만 기왕 오셨으니 어쩔 수 없네요. 들어와서 저기 난로 옆의 긴 의자에 앉으세요."

계란 장수는 등에 진 바구니를 가지고 난로 옆의 긴 의자에 앉았습니다. 그가 옆에 있었지만 신부와 농부의 아내는 즐거운 시간을 보냈습니다.

신부가 말했습니다.

"당신은 아름답게 노래할 수 있죠. 나를 위해 뭔가 불러주겠소?"

"아, 지금은 부를 수 없어요. 젊은 시절에는 제법 노래를 잘했지만, 이제 다 지난 이야기예요."

"아, 조금만 불러봐요."

그러자 농부의 아내가 노래를 부르기 시작했습니다.

난 남편을 저 멀리 보냈어요.
벨리슐란트의 괴컬리 산으로요.

그러자 신부가 노래했습니다.

자루는 돌려달라 하지 않을 테니
그곳에서 일 년 내내 있었으면 좋겠네.
할렐루야!

그러자 난로 뒤에 있던 계란 장수가 노래를 불렀습니다.(먼저 농부의 이름이 힐데브란트라는 것을 여러분에게 말해 두겠어요.)

어이, 이봐, 힐데브란트,
난로 옆의 긴 의자에서 뭘 하고 있어?

할렐루야!

그러자 이번에는 바구니 속에 있던 농부가 노래를 불렀습니다.

아, 더는 못 참겠어.
이젠 바구니에서 뛰쳐나가야겠어.

농부는 바구니에서 나와 신부를 마구 두들겨 패고는 집 밖으로 내쫓아 버렸습니다.

작품해설

그림 동화로 보는 메르헨의 세계

홍성광

　독일에서 성경책 다음으로 많이 읽힌 책 『어린이와 가정을 위한 동화』는 1812년 제1권이 출간된 그림 형제의 동화집이다. 독일에서 메르헨(Märchen)은 원래 어른을 위한 민담이지 어린이를 위한 동화가 아니었다. 그러다가 그림 형제가 민담을 수집해서 어린이에게 알맞은 내용으로 고치고 순화시켜 사실상 어린이용이 되었으므로 그들이 편집하고 수정한 민담은 동화라고 불러도 무방하겠다. 이러한 민담은 신화, 전설과 함께 설화에 속한다. 설화란 일정한 구조를 가진 꾸며낸 이야기로서, 한 민족 사이에서 전해 내려온 이야기를 통틀어 일컫는 말이다. 설화의 특징은 구전된 이야기로, 입에서 입으로 전해지기에 알맞도록 짧고 단순한 형식을 갖는다. 또한 옛날부터 전해오는 전래 민담 중에서 동심을 바탕에 깔고 있는 이야기가 전래 동화이다.

　그리고 메르헨을 '민담'이라고 할 경우 '폴크스메르헨(Volksmärchen)'을 '전래 민담'으로 '쿤스트메르헨(Kunstmärchen)'을

'창작 민담'이라고 불러야 하는데, 이때 전래 민담이라는 용어는 무방하지만 창작 민담이라는 용어를 사용하면 '창작'과 '민담'이 서로 모순을 일으키므로, 그 경우는 창작 동화라고 하는 것이 낫겠다. 구전되어 온 전래 민담은 1696년 프랑스의 샤를 페로에 의해 문학적인 것으로 받아들여졌으며, 또한 창작 동화의 전통은 본질적으로 17세기 말에 프랑스에서 꽃을 피웠는데, 그림 동화는 사실상 페로의 민담으로부터 많은 영향을 받았다고 할 수 있다.

1803년 그림 형제는 마르부르크 대학교에서 만난 독일 낭만주의 작가인 아힘 폰 아르님과 클레멘스 브렌타노의 영향으로 옛 민담에 지대한 관심을 갖게 되었다. 두 사람을 알게 해준 사람은 마르부르크 대학의 법학자 사비니였다. 그림 형제는 두 낭만주의 작가의 재촉으로 카셀에서 구전되고 있던 민담을 약 십삼 년 동안 수집했는데 특히 위그노 출신이었던 도로테아 피만, 하센플루크와 빌트 가정에서 많은 민담을 수집할 수 있었다. 특히 빌트 가문의 딸은 나중에 빌헬름 그림의 부인이 되었다. 그리하여 이들의 영향으로 그림 동화에 프랑스의 창작 동화와 전래 민담이 들어오게 되었다. 순수하게 독일적인 동화책을 갖기 위해,「장화 신은 고양이」나「푸른 수염」처럼 프랑스에서 유입된 몇몇 동화들은 2판부터 삭제하기도 했다. 하지만 프랑스 민담에도 존재하는「빨간 모자」는 계속 수록되었으므로 그러한 원칙이 철저하게 지켜진 것은 아니었다. 그리고 「재투성이 신데렐라」같은 동화는 유럽뿐만 아니라 전 세계에 비슷한 민담이 있으므로 그림 동화가 순전히 독일적이라는 말에는 어폐가 있다고 하겠다.

그림 동화는 또한 원래의 표현을 다르게 바꾸었다는 비판을 들었는데, 요정(fairy)을 마녀로 바꾼 것, 원래 일인자인 황제나 군주를 의미했던 프린스(prince)를 공국의 군주가 아니라 왕의 아들, 즉 왕자로 설정하고, 프린세스(princess) 역시 왕의 딸, 즉 공주로 설정한 것 등이 그것이다. 또한 그림 동화 서문에서 두 형제는 수집한 민담들이 다른 여러 나라에도 존재하는 민담임을 밝혔지만, 그런 한편 그것들이 고대 북구 신화나 고대 독일 신화에 바탕을 둔 순수하게 헤센 지방의 민담임을 강조하기도 했다. 하지만 그들은 민담 수집 작업에 큰 영향을 미친 피만 부인이 실은 헤센 지방의 농부 아내가 아니라 프랑스에 뿌리를 둔 교양 있는 재단사였다는 사실을 은폐한 것이다. 1806년 나폴레옹이 침략하여 독일이 불행에 빠지자 그림 형제는 조국의 명예와 해방을 위해 싸워야 한다고 생각했고, 독일의 통일과 주권 회복을 강하게 열망했는데, 민담의 수집과 발간도 그러한 활동의 일환이었다.

1812년 12월 20일 그림 형제는 여든여섯 편의 이야기가 실린 제1권을 발행했으며 1815년에는 일흔 편의 이야기를 추가한 제2권을 발행하였다. 특히 제2권의 판매가 지지부진했기 때문에 그림 형제와 출판인 라이머 간에 불화가 일어나기도 했다. 동화를 신화 발달의 마지막 단계로 파악한 빌헬름 그림은 제2권의 서문에서 "사람들이 잃어버린 것으로 간주한 순전히 원시독일적인 신화가 이 전래 민담 속에 있다."고 말했다. 1819년에 발간한 2판은 1판의 수많은 텍스트를 근본적으로 바꾸었기 때문에 그림 동화의 판본사에서 가장 중요한 책으로 간주되는데, 거기에 유명한 작품인 「브레멘 음악대」, 「행복한 한스」, 「요술 식탁」 등이 새로 수록되었다. 이후 계속 책을 발행하여 1825, 1837, 1840, 1843, 1850년에 증보판을 발간했고, 마지막으로 1857년에 7판이 발간되었고 빌헬름은 8판을 준비했지만 사망함으로써 계획이 무산되었다.

그림 형제는 1815년에 발간한 제2권의 저자 서문에서 그 책이 교육적 서적이라고 명시적으로 밝히기도 했지만, 책의 이름과는 달리 초판의 주제와 내용은 많은 면에서 어린이에게 적합하지 않다는 비판을 받았다. 그래서 빌헬름은 시민 가정의 취향에 부응하기 위해 중요한 세부 내용을 바꾸었다. 그는 동화를 기독교 윤리로 채색했고, 사회 비판적 동기를 완화하고 사회 비판적 내용을 약화시켰으며, 동화를 통해 어린이 교육을 중요한 목표로 삼았다. 그리하여 증보판에서는 「백설 공주」와 「헨젤과 그레텔」의 못된 엄마는 계모로 바뀌고, 「라푼첼」에 있던 성적인 내용은 바뀌거나 제거되었지만, 잔인한 내용이 다 삭제되지는 않았다. 그리고 1819년에 발간한 2판부터는 동생인 빌헬름 그림이 혼자 책의 편집을 담당했다. 야콥 그림은 되도록 민담을 고치지 말고 그대로 수록하자는 입장이었지만 빌헬름은 어린이가 읽기에 적합한 내용으로 바꾸려고 했기 때문이다. 1825년 빌헬름 그림은 쉰 편으로 간추린 축약본을 발간하기도 하였다.

도널드 워드와 같은 민속학자들은 그림 동화에 나오는 이야기와 비슷한 민담이 인도, 페르시아, 세르비아, 잉글랜드 등 여러 나라에서 전해져 오고 있던 점을 들어 그림 형제가 수집한 이야기들이 실은 인도 유럽어족에서 널리 퍼져 있는 공통의 원형에서 파생된 것이라 생각하였다. 그림 동화는 출간 이후 여러 나라의 문화에 큰 영향을 미쳤다. 위스턴 휴 오든은 제2차 세계대전 기간 중에 서구 문화와 그림 동화의 관계를 연구하기도 하였다. 그림 동화는 다른 나라의 낭만적 민족주의를 자극하여 여러 나라에서 민담의 수집과 발간이 이어졌다. 그리하여 러시아의 알렉산드르 아파나셰프, 노르웨이의 페테르 크리스텐 아스뵈른엔, 영국의 조지프 제이콥 등이 자국의 민담을 수집하였다. 이들의 작업은 많은 부분에서 상호 연관이 있었는데, 이에 대해 조지프 제이콥은 "페로가 시작했고 그림 형제가 완성했다."고 표현하였다.

한편 그림 형제의 동화 역시 자신들의 선전 도구로 삼은 나치스는 그림 동화의 교훈은 순수한 혈통 간의 결혼과 적들에 대항하는 굳건한 동맹의 중요성을 일깨운다고 주장하였다. 제2차 세계대전 후에는 그림 동화에 등장하는 몇몇 잔인하고 무서운 장면이 나치스의 잔혹한 행위와 연관된다는 토론이 벌어지기도 했다.

이 책은 *Kinder- und Hausmärchen. Gesamtausgabe in 3 Bänden mit den Originalanmerkungen der Brüder Grimm*(Reclam, Philipp Verlag, Oktober 2001) 및 Brothers Grimm의 *Selected Tales*(Penguin Books, 1982)를 대본으로 삼았다.

PENGUIN CLASSICS

유토피아 토머스 모어 서문 폴 터너/류경희 옮김	소송 프란츠 카프카 홍성광 옮김·작품해설
젊은 베르테르의 슬픔 괴테 김재혁 옮김/작품해설 마이클 헐스	지하로부터의 수기 도스토옙스키 조혜경 옮김·작품해설
크로이체르 소나타 레프 톨스토이 서문 도나 터싱 오윈/이기주 옮김	이탈리아 기행 괴테 홍성광 옮김·작품해설
동물농장 조지 오웰 서문 맬컴 브래드버리/최희섭 옮김	첫사랑 이반 투르게네프 서문 빅터 S.프리쳇/최진희 옮김
좁은 문 앙드레 지드 이혜원 옮김·작품해설	차라투스트라는 이렇게 말했다 니체 서문 홀링데일/홍성광 옮김
성 프란츠 카프카 홍성광 옮김·작품해설	별에서 온 아이 오스카 와일드 서문 이언 스몰/김전유경 옮김
도리언 그레이의 초상 오스카 와일드 서문 로버트 미갤/김진석 옮김	고독의 우물 래드클리프 홀 임옥희 옮김·작품해설
노생거 수도원 제인 오스틴 임옥희 옮김/작품해설 매럴린 버틀러	오페라의 유령 가스통 르루 홍성영 옮김
인간의 대지 생텍쥐페리 허희정 옮김/작품해설 윌리엄 리스	기쁨의 집 이디스 워튼 서문 신시아 그리핀 울프/최인자 옮김
위대한 개츠비 스콧 피츠제럴드 서문 토니 태너/이만식 옮김	데이지 밀러 헨리 제임스 서문 데이비드 로지/최인자 옮김
벤자민 버튼의 시간은 거꾸로 간다 스콧 피츠제럴드 서문 오도넬/박찬원 옮김	이반 일리치의 죽음 레프 톨스토이 서문 앤서니 브리스/박은정 옮김
아가씨와 철학자 스콧 피츠제럴드 서문 오도넬/박찬원 옮김	대위의 딸 푸시킨 심지은 옮김·작품해설
홍길동전 허균 정하영 옮김·작품해설	군주론 니콜로 마키아벨리 서문 앤서니 그래프턴/권기돈 옮김
금오신화 김시습 김경미 옮김·작품해설	지킬 박사와 하이드 스티븐슨 서문 로버트 미갤/박찬원 옮김

PENGUIN CLASSICS

주홍 글자 너새니얼 호손
김지원, 한혜경 옮김·작품해설

채털리 부인의 연인 D. H. 로렌스
서문 도리스 레싱/최희섭 옮김

톰 소여의 모험 마크 트웨인
서문 존 실라이/이화연 옮김

로빈슨 크루소 대니얼 디포
서문 존 리체티/남명성 옮김

야간 비행·남방 우편기 생텍쥐페리
서문 앙드레 지드/허희정 옮김

광막한 사르가소 바다 진 리스
서문 앤젤라 스미스/윤정길 옮김

전원 교향악 앙드레 지드
김중현 옮김·작품해설

인상과 풍경 로르카
엄지영 옮김·작품해설

논어 공자
논어집주 주자/최영갑 옮김·작품해설

크리스마스 캐럴 찰스 디킨스
서문 마이클 슬레이터/이은정 옮김

켈트의 여명 윌리엄 버틀러 예이츠
서혜숙 옮김·작품해설

피터 팬 제임스 매튜 배리
서문 잭 자이프스/이은경 옮김

드라큘라 브램 스토커
서문 프레일링/박종윤 옮김·작품해설 힌들

1984 조지 오웰
서문 벤 핌롯/이기한 옮김

자유론 존 스튜어트 밀
서문 거트루드 힘멜파브/권기돈 옮김

오만과 편견 제인 오스틴
서문 비비엔 존스/김정아 옮김

대위의 딸 푸시킨
심지은 옮김·작품해설

한밤이여 안녕 진 리스
윤정길 옮김·작품해설

세월의 거품 보리스 비앙
이재형 옮김/작품해설 질베르 페스튀로

그렌델 존 가드너
김전유경 옮김·작품해설

7인의 미치광이 로베르토 아를트
엄지영 옮김·작품해설

왕자와 거지 마크 트웨인
남문희 옮김/작품해설 제리 그리스월드

소공녀 프랜시스 호즈슨 버넷
곽명단 옮김/작품해설 크노이플마커

헨리와 준 아나이스 닌
홍성영 옮김

셜록 홈즈 : 주홍색 연구 코난 도일
남명성 옮김/작품해설 이언 싱클레어

퀴어 윌리엄 버로스
조동섭 옮김

정키 윌리엄 버로스
서문 올리버 해리스/조동섭 옮김

모피를 입은 비너스 자허마조흐
김재혁 옮김·작품해설

PENGUIN CLASSICS

오셀로 윌리엄 셰익스피어
서문 톰 매캘린던/강석주 옮김

맥베스 윌리엄 셰익스피어
서문 캐럴 칠링턴 러터/김강 옮김

코·외투·광인일기·감찰관 고골
서문 로버트 맥과이어/이기주 옮김

알렉산드리아 사중주 : 저스틴
로렌스 더럴 권도희 옮김

알렉산드리아 사중주 : 발타자르
로렌스 더럴 권도희 옮김

알렉산드리아 사중주 : 마운트올리브
로렌스 더럴 김종식 옮김

알렉산드리아 사중주 : 클레어
로렌스 더럴 권도희 옮김

셜록 홈즈: 바스커빌 가문의 개 코난 도일
남명성 옮김/작품해설 크리스토프 프레일링

사랑에 관하여 안톤 체호프
안지영 옮김/작품해설

이상한 나라의 앨리스 루이스 캐럴
서문 휴 호턴/이소연 옮김/존 테니얼 삽화

거울 나라의 앨리스 루이스 캐럴
주해 휴 호턴/이소연 옮김/존 테니얼 삽화

햄릿 셰익스피어
서문 앨런 신필드/노승희 옮김

제인 에어 샬럿 브론테
서문 스티비 데이비스/류경희 옮김

목요일이었던 남자 체스터턴
김성중 옮김·작품해설

리어 왕 셰익스피어
서문 키어넌 라이언/김태원 옮김

메피스토 클라우스 만
오용록 옮김·작품해설

가든파티 캐서린 맨스필드
서문 로나 세이지/한은경 옮김

공산당 선언 마르크스, 엥겔스
서설 개레스 스테드먼 존스/권화현 옮김

80일간의 세계 일주 쥘 베른
서문 브라이언 앨디스/이효숙 옮김

무도회가 끝난 뒤 레프 톨스토이
박은정 옮김·작품해설

월든 헨리 데이비드 소로
서문 마이클 마이어/홍지수 옮김

허클베리 핀의 모험 마크 트웨인
백낙승 옮김·작품해설

인간 불평등 기원론 장 자크 루소
김중현 옮김·작품해설

사회계약론 장 자크 루소
김중현 옮김·작품해설

정글북 러디어드 키플링
서문 대니얼 칼린/남문희 옮김

감정교육 귀스타브 플로베르
서문 제프리 월/김윤진 옮김

레 미제라블 위고
이형식 옮김

더블린 사람들 제임스 조이스
서문 테렌스 브라운/한일동 옮김

PENGUIN CLASSICS

말테의 수기 릴케
서문 김재혁 옮김·작품해설

마지막 잎새 오 헨리
서문 가이 대번포트/최인자 옮김

자기만의 방 버지니아 울프
서문 미셸 배럿/이소연 옮김

타임머신 허버트 조지 웰스
서문 마리나 워너/한동훈 옮김

시학 아리스토텔레스
머리말 토도로프/서문 뒤퐁록, 랄로/김한식 옮김

작은 아씨들 루이자 메이 올컷
서문 일레인 쇼월터/유수아 옮김

쟈디그·깡디드 볼떼르
이형식 옮김·작품해설

반짝이는 것은 모두 오 헨리
최인자 옮김

어느 영국인 아편 중독자의 고백
토머스 드 퀸시 서문 헤이터/김명복 옮김

테레즈 데케루 프랑수아 모리아크
서문 장 투조/조은경 옮김

밤의 종말 프랑수아 모리아크
조은경 옮김

벨아미 기 드 모파상
윤진 옮김·작품해설

사물들 조르주 페렉
김명숙 옮김·작품해설

W 또는 유년의 기억 조르주 페렉
이재룡 옮김·작품해설

낙원의 이편 스콧 피츠제럴드
서문 오도넬/박찬원 옮김

고흐의 편지 빈센트 반 고흐
서문 로날드 데 레이우/정진국 옮김

죽은 아버지 도널드 바셀미
김선형 옮김·작품해설

비의 왕 헨더슨 솔 벨로
이화연 옮김

허조그 솔 벨로
이태동 옮김·작품해설

오기 마치의 모험 솔 벨로
이태동 옮김·작품해설

목로주점 에밀 졸라
윤진 옮김·작품해설

사랑의 사막 프랑수아 모리아크
최율리 옮김

독을 품은 뱀 프랑수아 모리아크
최율리 옮김

그림 동화집 그림 형제
서문 데이비드 루크/홍성광 옮김·작품해설

안나 카레니나 레프 톨스토이
서문 리처드 피비어/윤새라 옮김·작품해설